Ferien für eine Leiche (Highland-Krimi)

Lara Steel

Kontakt: lara.steel.mail@gmail.com
Twitter: steel_lara
www.larasteel.de

ISBN-13:9781535269599

ISBN-10:1535269596

Highland-Krimi

I

Megan Fairchild runzelte konzentriert die Stirn und zählte im Geiste die Leckerlis, die ihre Erstklässler in Othello hineinstopften.

Eigentlich erlaubte sie nicht, dass die Kinder ihren deutschen Schäfer- und ehemaligen Leichenspürhund fütterten, aber heute war immerhin der letzte Schultag vor den großen Ferien, und sie wollte sowohl den Kindern, als auch Othello etwas gönnen.

Vor allem Letzterer konnte sein Glück kaum fassen. Megan überlegte dennoch, wie lange ihm die Kinder noch Leckerlis in den Rachen werfen durften, bevor die Gefahr bestand, dass sie ihrem gierigen Hund den Magen auspumpen lassen musste.

„Gut, das ist jetzt genug, Kinder!“, unterbrach sie die Raubtierfütterung.

Die ersten Eltern warteten draußen und schielten durch die Fenster des Klassenzimmers, um die nicht nur von den Kindern so sehnlich erwarteten Sommerferien einzuläuten.

Sie klatschte in die Hände, um sich noch einmal vor der langen Schulauszeit Gehör zu verschaffen.

„Ich wünsche euch allen schöne Ferien und freue mich schon darauf, euch im Herbst wiederzusehen. – Eure Eltern warten draußen und holen euch ab. Der Schulbus kommt auch gleich! Der Unterricht -“

Sie stockte, weil die euphorisch lachenden und hüpfenden Kinder ihre Schulsachen einpackten und ohne noch Megans Satzende abzuwarten aus dem Zimmer stürmten.

Nur für einen kurzen Augenblick kam der jungen Lehrerin in den Sinn, dass sie eventuell ein Autoritätsproblem haben könnte, dann jedoch winkten ihnen alle Kinder strahlend noch einmal hinterher, bevor sie aus dem Schulhaus liefen und brachten sie zum Lächeln.

Sie hatte wirklich einen schönen Beruf. Trotzdem war sie gar nicht böse, dass sie jetzt erst einmal zwei Monate Urlaub hatte.

Denn die Sonne schien für schottische Verhältnisse verschwenderisch und ihr lieber Freund Inspektor Finley Grant hatte heute Geburtstag.

Sie griff sich sein Geschenk aus dem Schreibtischfach, holte ihre Schlüssel heraus und verließ die Schule.

*

Wenn man bedachte, dass das Highland-Dorf Fort Augustus weniger Einwohner hatte, als so ziemlich jedes kleinstädtische Krankenhaus Patienten, dann war es nicht weiter verwunderlich, dass der einzige Polizist am Ort auch gleichzeitig das Postamt betrieb.

Die Bäckerei hatte Grant aufgegeben, um mehr Zeit mit seiner Tochter verbringen zu können, derentwegen er in ständigem Sorgerechtsstreit mit seiner verhassten Exfrau stand.

Megan parkte ihren Wagen vor dem Revier und ließ Othello vom Rücksitz springen. Bisher zeigte er keinerlei Anzeichen von Übelkeit, was sie nach der Leckerli-Orgie doch ein wenig beruhigte.

Sie schob die Tür zum Postamt auf und sah, dass hinter der schmalen Tür, die in den einen Raum führte, der Grants *Polizeirevier* war, Licht brannte.

„Halloho!", rief sie, erhielt jedoch keine Antwort. Sie blickte Othello nach, der schnurstracks zum Wassertopf eilte und gierig trank. Mit einem letzten kontrollierenden Blick auf ihren kleinen Geschenkkorb, ging sie weiter und klopfte gegen den Türrahmen.

Grant allerdings reagierte nicht.

Er stand vor einem Schrank, dessen Türen aufgerissen waren und dessen Inhalt er durchwühlt hatte. Als er sich ins oberste Regal streckte, rutschte sein Shirt über seinen muskulösen Rücken ein stückweit nach oben und lenkte Megans Aufmerksamkeit für einen Sekundenbruchteil ab.

Dann klopfte sie wieder.

„Klopf! Klopf!", erklärte sie zusätzlich, da endlich drehte sich Grant über die Schulter um, ohne sein eifriges Suchen wirklich zu unterbrechen.

Er lächelte hastig.

„Miss Fairchild", begrüßte er sie und schlug dann die Schranktüren zu, um sich einem Aktenschränkchen zuzuwenden.

„Äh …" Megan zog eine Braue in die Stirn. „Genau."

Festentschlossen sich von seinem eigenartigen und tendenziell untypischen Verhalten nicht die Ferien- und Geburtstagslaune verderben zu lassen, trat sie ins Zimmer und stellte ihr Körbchen auf den Schreibtisch.

„Herzlichen Glückwunsch zum Geburtstag!", erklärte sie dabei und erwartete so etwas wie eine Umarmung.

Oder ein Lächeln.

Wenigstens Blickkontakt.

Doch Grant nickte nur und zog die nächste Schublade auf. „Vielen Dank, Miss Fairchild."

Allmählich schwand ihre Freundlichkeit.

„Es würde sich wenigstens gehören, mal nachzusehen, *was* ich Ihnen schenke!"

Ihr scharfer Ton ließ ihn herumwirbeln. „Natürlich." Er trat an den Schreibtisch, besah den Geschenkkorb wie jemand, der nicht wirklich wusste, was da vor ihm stand.

„Was …?"

Megan grinste. „Da steht *Megan*."

Jetzt war er noch verwirrter.

„Er hob das bunte Kärtchen mit ihrem Namen hoch. „Sie schenken mir … Ihren Namen?"

„Nein, nein." Vielleicht war das Geschenk tatsächlich etwas missverständlich. „Ich schenke Ihnen das *Du*! … sozusagen! Und bitte Sie, mich Megan zu nennen." Sie gab ein Achselzucken von sich. „Natürlich habe ich auch noch ein anderes Geschenk, aber das kann ich erst nachher -"

Sie brach ab, als Grants Hände schon wieder anfingen, Unterlagen von einem Stapel auf den anderen zu schichten.

„Eine großartige Idee, Miss Fairchild", murmelte er dabei.

Sie kniff die Augen zusammen. „Ach, ja?"

„Ja, absolut!"

Während sie sich fragte, *wie* sehr ein Mensch abgelenkt sein konnte, trat sie näher.

„Ihre Tochter möchte übrigens mit einem Motorradrocker durchbrennen."

„Großartig", nuschelte er in einen Hefter, schlug ihn wieder zu und zog an einem Schubladengriff.

„Und überhaupt, was halten Sie davon, wenn wir die Tür zusperren, ich mich ausziehe und Sie mich auf dem Schreibtisch mal so richtig rannehmen!"

Er nickte geistesabwesend, während er den Schlüssel der Schublade an seinem Schlüsselbund suchte. „Großartig, absolut großartig."

Jetzt reichte es aber!

Megan ließ beide Hände auf dem Schreibtisch laut krachend niedersausen, sodass sogar der schussfeste Othello kurz zusammenzuckte.

Grant hob etwas verwundert und beinah auf sie konzentriert den Blick.

„Was, zum Teufel, geht hier vor sich?", knurrte Megan und schob sich eine Strähne aus der mittlerweile wuterhitzten Stirn.

„Ich -"

„Und verkaufen Sie mich ja nicht für dumm!"

„Ich suche etwas!"

Sie stieß ein Lachen aus. „Nicht möglich!", erklärte sie ironisch. „Und was könnte das wohl sein?"

Während sie seinen Blick festhielt, war ihm regelrecht anzusehen, wie er die Möglichkeit einer Lüge abwägte, doch Megans Blick war zu stechend. Und sie wusste, dass er wusste, wie verdammt genau sie ihn mittlerweile schon kannte.

„Den Wohnungsschlüssel meiner Exfrau!"

Sie zog die Stirn kraus. „Wollen Sie sie beklauen?"

„Nein, natürlich nicht!", gab er ungeduldig zurück, schüttelte noch einmal den Kopf und sah dann wieder zu Megan auf. „Wie es aussieht, ist meine Exfrau … verschwunden."

„Verschwunden?"

„Ja."

Sie blickte ihn prüfend an. Immerhin wusste sie genau, wie spinnefeind sich die beiden waren.

„Und das ist etwas … Schlechtes?“, fragte sie vorsichtig.

„Natürlich ist das etwas Schlechtes!“

Aufgeregt warf er die Arme in die Luft. Eine Geste, die an ihm seltsam melodramatisch wirkte! „Sie ist immerhin die Mutter meines Kindes. Und auch wenn ich eher gegenteilig empfinde, kann ich es meiner Tochter nicht verübeln, dass sie ihre Mutter nun einmal liebt! Also ja, es ist etwas *ziemlich* Schlechtes, dass meine Frau plötzlich verschwunden ist!“

„Exfrau!“, korrigierte Megan ungerührt.

„Natürlich Exfrau!“ Er schnaufte und strich sich mit beiden Händen durch das volle, braune Haar. Dann ließ er sich auf seinen Stuhl fallen.

Megan verstand das als Aufforderung, sich ebenfalls zu setzen. Sie zog sich einen Stuhl heran und setzte sich auf die andere Seite des Schreibtisches. Dort schlug sie die Beine übereinander, verschränkte die Hände im Schoß und nickte.

„Dann schießen Sie mal los!“

Grant blickte sie unter zusammengezogenen Brauen unzufrieden an. Er wusste verdammt genau, dass sie nicht mehr lockerlassen würde. Also nickte er und versuchte sich augenscheinlich zu sammeln.

„Mairead ist mit ihrer Freundin Anne und deren Eltern nach Südfrankreich geflogen für zwei Wochen.“

„Wow!“

Grant nickte. „Die Familie hat wohl ein Ferienhaus an der Côte d’Azur und so eine Gelegenheit kann ich meinem Kind ja schlecht verwehren. Und da die Eltern beide Kinderärzte sind, war sogar Belana einverstanden.“

„Wer ist Belana?“

„Na, meine Exfrau.“

„Achso." Megan überlegte; der schöne Name wollte so gar nicht zu dem Bild der garstigen Schreckschaube passen, dass sie sich im Geiste zurechtgelegt hatte. Dennoch nickte sie. „Und weiter?"

„Wir hatten am Dienstag einen Gerichtstermin wegen des Sorgerechtes", fuhr Grant schon deutlich ruhiger fort. „Der gefühlt Eintausendste! – Obwohl wir versuchen, solche Termine vor Mairead geheimzuhalten, riecht sie den Braten immer schon und ist die Tage davor und danach völlig durch den Wind."

„Deswegen war es zusätzlich gut, dass Sie in Frankreich ist?"

Grant nickte. „Genau. – Nur beim diesmaligen Termin geschah etwas völlig Unvorhergesehenes: Belana tauchte nicht auf! Ihr Anwalt wusste nicht Bescheid, ich wusste natürlich nicht Bescheid." Er gab ein Achselzucken von sich. „Da wurde ich schon misstrauisch. Belana würde niemals freiwillig einen solchen Termin verpassen, schließlich ist sie es ja, die mir beständig das Sorgerecht streitig machen will."

„Und seitdem haben Sie nichts von ihr gehört?"

„Nein. – Ich habe sogar meine Mutter gebeten, ihren Vater anzurufen und in einem Nebensatz mal zu fragen, wie es ihr so geht. Aber auch der meinte, er hätte sie in der vergangenen Woche nicht gesprochen. – Kurzum: Sie ist verschwunden!"

„Und jetzt wollen Sie in ihrer Wohnung nachsehen, ob-"

„Ob ich eine Spur finde", unterbrach er sie. „Oder irgendeinen Hinweis. Und zwar möglichst bevor Mairead wieder aus den Ferien zurückkommt."

Megan nickte langsam. Das klang wirklich einigermaßen besorgniserregend.

„Verstehe“, sagte sie nachdenklich.

„Wo Sie es jetzt schon wissen, wollte ich Sie fragen, ob Sie mir eventuell Othello ausborgen könnten?“

Der Kopf des Hundes schnellte bei der Erwähnung seines Namens in die Höhe.

„Othello ausborgen?“ Megan schüttelte den Kopf. Sie wusste verdammt genau, worauf ihr Hund trainiert war: Leichen zu finden und Blutspuren zu verfolgen. „Sie wissen doch, dass es uns nur im Doppelpack gibt!“

Er gab ein unzufriedenes Geräusch von sich. „Ich will Sie da aber nicht mit reinziehen, bevor ich nicht selbst weiß, was vor sich geht!“

Megan blinzelte ungerührt. „Wir kennen uns doch nun schon eine Zeit lang, mein lieber Inspektor. Denken Sie ernsthaft, mit dieser lahmen Argumentation kommen Sie bei mir durch?“

Grant hob eine Braue. „Ich könnte Sie zwingen, hierzubleiben.“

Megan erhob sich und streichelte Othellos Kopf. „Wir beide wissen doch, dass Sie mich zu rein gar nichts weder zwingen noch zwingen können möchten. – Othello und ich gehen jetzt noch für kleine Mädchen. Und dann sind wir startklar und stellen Ihnen gerne unser ermittlerisches Gespür zur Verfügung.“

Als sie sich zum Gehen wandte, stand Grant von seinem Stuhl auf und rief ihr nach: „Megan?“

Mit einem überraschten Gesichtsausdruck drehte sie sich um. „Ja?“

„Ich wollte mich für das schöne Geburtstagsgeschenk bedanken, das ich in meiner Aufregung so schändlich übergangen habe.“ Als er lächelte, war der verschmitzte Zug um seine vollen Lippen zurück. „Ich würde es sehr gerne annehmen und mich freuen, wenn Sie im Gegenzug mein Äquivalent dazu ebenfalls akzeptieren."

Sie streichelte Othellos Kopf, ohne den Blickkontakt mit Grant zu unterbrechen. „Ich soll Sie also auch duzen?"

„Darauf wollte ich hinaus."

„In dem Fall …" Megan machte einen Schritt zurück und lächelte zufrieden. „… holen wir dich in einer halben Stunde ab."

II

Als Megan knappe drei Stunden später ihren Minivan, dessen Rückraum sie zu einer kleinen Wohlfühloase für Othello umgebaut hatte, durch das Wohngebiet in Edinburgh steuerte, in dem Belana Grant offenbar residierte, staunte sie nicht schlecht.

„Wie viel Geld hat Ihre Exfrau, um Gottes Willen?“

„Deine Exfrau.“

„Was?“

„Wieviel Geld hat *deine* Exfrau, muss es heißen.“

Megan schüttelte den Kopf. „Ich habe doch gar keine Exfrau.“

Als er sie entgeistert anstarrte, lächelte sie. „War nur Spass! – Also, wie viel Geld hat deine Exfrau?“

Grant gab ein Achselzucken von sich. „Naja, ihres und dann noch meines. Wie das eben so ist bei Scheidungen.“

Sie warf ihm einen Blick zu, während sie vor einer roten Ampel hielt.

„Aber von dem Geld, das wir als Finderlohn für das Gold auf Tantallus Hall bekommen haben, hat sie doch wohl nichts abbekommen?“

„Nein, glücklicherweise. – Da vorne links. Das rote Haus.“

„Sie wohnt in einem roten Haus?“

Er nickte. „Im Penthouse. Deswegen ist auch der Schlüssel so wichtig. Es gibt nur einen Aufzug, der direkt in die Wohnung fährt. Und wenn man dafür nicht den passenden Schlüssel hat, dann kommt man gar nicht hoch. – Am besten hier parken!“

„Hier?“, sie zeigte empört auf eine reichlich kleine Parkbucht.

„Ja, hier. – Oder hast du Probleme beim Einparken?“

Sie warf ihm einen giftigen Blick zu und legte lautstark den Rückwärtsgang ein.

Überraschend komplikationslos manövrierte sie den Wagen in die Lücke und stieg aus. Während sie Othellos Schiebetür aufzog, blickte sie an der blutrot gestrichenen Fassade empor.

„So eine Farbe kann eigentlich nichts Gutes verheißen“, erklärte sie kopfschüttelnd. „Wie kann man nur in einem roten Haus wohnen? In einem *blut*roten!“

„Ist doch besser als die schwarze Schlangenhaut, in die Tantallus Hall gekleidet ist.“

Megan wackelte mit dem Kopf. „Ich finde das Haus sehr schön“, erklärte sie, ohne Grant anzusehen. Dennoch bemerkte sie aus dem Augenwinkel, wie er die Stirn krauszog.

„Tatsächlich?“

„Ja. – Für die schrecklichen Dinge, die darin geschehen sind, kann es ja schließlich nichts!“

Grant nickte, war aber schon wieder reichlich abgelenkt, was in Anbetracht ihres Vorhabens ja auch verständlich war.

Die beiden betraten das elegante, schlichte Haus und Grant kramte am Lift angekommen, seinen Schlüsselbund hervor. Wortlos steckte er den Schlüssel ins Schloss und drehte ihn ein Stück, wonach sich sofort die Türen schlossen und sich der Lift in Bewegung setzte.

„Eine sehr routinierte Bewegung“, bemerkte Megan mit einem Nicken in Richtung Schlüssel.

Grants Mundwinkel zuckte, während sich Othello vor die Lifttür stellte.

„Ich hole meine Tochter des Öfteren hier ab. Kein Grund zur Eifersucht."

„Ich bin nicht eifersüchtig!"

„Natürlich!"

„Das ist doch lächerlich!"

Bevor Grant noch einmal antworten konnte, hielt der Aufzug und die Türen glitten auf.

Megan riss die Augen auf, während Othello sich fragend nach ihr umsah.

„Heilige Scheiße", erklärte sie leise.

Sie hob den Blick zu Grant, der plötzlich sehr blass geworden war.

Kein Wunder, denn die ganze, offenbar teuer und exklusiv eingerichtete Wohnung, war verwüstet. Bilderrahmen lagen in Scherben auf dem Boden, die Couch war umgeworfen, die Kissen aufgestochen.

Megan trat einen Schritt nach vorne und Othello und Grant folgten ihr.

Als der Hund leise winselte, schwoll ihr Puls an. Er war die letzten fünf Jahre bei der Suche nach Leichen eingesetzt worden und wusste verdammt genau, wie ein Tatort auszusehen hatte.

„Soll ich …" Megan schluckte, bevor sie wieder empor sah und ihren Satz beendete. „Soll ich ihn suchen lassen?"

Grant zögerte einen Augenblick, während sein Blick durch die verwüstete Wohnung fuhr, in der kein Stein auf dem andren geblieben war. Dann nickte er.

„Bitte", erklärte er schwach.

Megan schluckte trocken und ging zur Couch und nahm die Decke, die quer über der Lehne hing, knüllte sie zusammen und drehte sich zu Othello um, der offenbar darauf wartete, zum Einsatz zu kommen.

„Othello!“, flüsterte sie aufgeregt und hielt ihm die Decke unter die Nase. Sofort schnüffelte er eifrig daran, prägte sich den Geruch der Person ein, die sich damit zugedeckt hatte. „Such! – Such sie! Wo ist sie? – Such!“

Sofort wirbelte der Schäferhund herum, die Nase auf dem Boden trabte er durch den Raum und dann in das Nebenzimmer.

„Das ist die Küche“, erklärte Grant, der sich ein wenig beruhigt hatte, dennoch aber nicht zu wagen schien, genauer hinzusehen.

„Wo ist Maireads Zimmer?“

„Auf der anderen Seite da hinten!“

Megan nickte und beobachtete Othello, der in einen Raum lief, der offenbar das Schlafzimmer von Belana Grant war.

Ihre zweifellos sündhaft teuren Kleider waren aus dem Schrank gerissen, sogar die Schubfächer lagen auf dem weißen Teppichboden verteilt.

Othello sprang aufs Bett, wo ihr Geruch zweifellos am intensivsten war. Doch er schien weder Blut noch sonst irgendetwas Bedenkliches zu erschnüffeln, so dass er wieder heruntersprang und aus dem Raum lief.

Grant stand im Türrahmen und schüttelte den Kopf.

„Irgendjemand hat offenbar etwas gesucht!“ Er griff auf das Sideboard, wo Briefe und Papiere wild verstreut waren. Darunter war ein Terminkalender.

Megan trat neben ihn. „Hast du eine Idee, was das gewesen sein könnte? – Hat sie einen gefährlichen Beruf?“

„Nein, sie -“

Othellos hysterisches Kläffen ließ sie beide verstummen. Sie wechselten einen aufgeschreckten Blick, dann schluckte Grant und sagte: „Ich sehe nach."

Als er sich in Bewegung setzen wollte, hielt Megan ihn am Arm zurück.

„Nein, nein. Ich gehe."

„Aber -"

„Keine Widerrede."

Sie schob sich an ihm vorbei und ging mit bebendem Brustkorb und kaltem Schweiß auf der Stirn ins Badezimmer, wo Othello noch immer einen wie auch immer gearteten Fund meldete.

Um sich zu sammeln, schloss sie einen Augenblick die Augen, bevor sie ins Badezimmer ging, um das zu entdecken, was ihren Hund so aufregte.

Als sie die Augen öffnete, sah sie zu ihrer endlosen Erleichterung keine Leiche, die in einer wie auch immer gearteten Blutlache lag. Vielmehr stand Othello über einem kleinen Eimerchen, das er umgeschmissen hatte und dessen Inhalt er hysterisch ankläffte.

Megan fiel ein Stein vom Herzen. Mit einem erleichterten Auflachen rief sie ihren Hund und lobte ihn überschwänglich, als er zu ihr kam und sich an ihre Beine schmiegte.

„Alles in Ordnung", rief sie zu Grant hinaus. „Sie können reinkommen."

Als er in der Tür auftauchte, blickte er skeptisch in den Raum.

„Was hat er denn entdeckt?"

„Einen kleinen Eimer, in dem offenbar gebrauchte Hygieneartikel weggeworfen wurden."

Verständnislosigkeit lag in seinem Blick.

„Gebrauchte … Hygieneartikel?“

„Tampons“, erklärte Megan dem begriffsstutzigen aber sichtlich erleichterten Inspektor. „Gebrauchte Tampons. Mit Blut!“

„Oh! Ihh!“ Er nickte schnell und hob die Hände. „Okay!“

„Ist ja wohl besser, als die Alternative“, antwortete sie auf seinen angewiderten Gesichtsausdruck.

Er nickte hastig. „Kein Vergleich!“

Indem er Othello mit einer Hand über den Kopf strich, hielt er mit der anderen den Terminkalender in die Höhe.

„Ich habe vielleicht eine Spur gefunden“, sagte er dabei.

„Eine Spur?“

Er nickte und ging aus dem Badezimmer. „Belana notiert sich sämtliche Termine immer in einem Tischkalender.“ Er legte den Kalender auf eine leergefegte Kommode. „Hier steht Dienstag und Mittwoch vor einer Woche *Shooting Callanish.*“

„Shooting? Ist sie Fotografin?“

„Sie ist Model.“

„Was?“ Megan räusperte sich, als sie merkte, dass ihre Stimme etwas schrill geworden war. „Das hast du mir nie erzählt!“

„Du hast nie gefragt“, gab er achselzuckend zurück.

Megan schwieg für einen Moment. Erst jetzt fiel ihr auf, wie wenig sie von Grants verhasster Exfrau wusste. Nun kam zu den wenigen Fakten über sie noch die Tatsache hinzu, dass sie offenbar verdammt schön war.

„Und was ist Callanish?“, fragte sie dann.

„Ein Steinkreis. Der größte überhaupt auf den Britischen Inseln.“

„Also fahren wir dorthin und finden sie."

„Fahren gestaltet sich etwas schwierig."

„Warum?"

„Der Callanish befindet sich auf einer Insel. Lewis and Harris."

Megan schwieg, um ihr mangelndes Geographiewissen ihrer eigenen Heimat nicht sofort hinauszuposaunen.

„Also fliegen wir?", fragte sie stattdessen.

Grant deutete ein Kopfschütteln an. „Bevor ich nicht weiß, was los ist, will ich dich nicht in die Sache mitreinziehen."

Sie verschränkte die Arme vor der Brust und kniff die Augen zusammen. Um ihre demonstrative Haltung zu unterstreichen, setzte sich Othello neben sie.

„Sind wir dir peinlich vor deiner Supermodel-Exfrau?", fragte sie schnippischer als geplant.

„So ein Blödsinn!"

„Na dann!" Sie lächelte und ging zum Lift. „Auf zum Flugplatz!"

*

„Deinen Urlaub hattest du dir sicher anders vorgestellt", erklärte Megan, während sie am Flugplatz angekommen ihre Tasche aus dem Van lud und Othello mit der Leine winkte.

Fremde reagierten des Öfteren etwas empfindlich, wenn der aufmerksame, große Schäferhund, der in etwa so viel wog wie sie selbst, frei herumlief.

Dass er sich besser benahm, als die meisten – zumindest männlichen – Angehörigen der menschlichen Spezies, konnten sie ja nicht wissen.

„Dass ich meine verschwundene Exfrau suche und zu diesem Zweck auf die Äußeren Hebriden fliege, während mir meine einzige Tochter eine überaus knappe Geburtstags-SMS schickt, um ihr Sonnenbad an der Côte d'Azur nicht unterbrechen zu müssen?" Er schüttelte den Kopf. „Nein, wirklich nicht."

„Ich bezahle dafür heute Abend das Essen."

Er hielt inne und lächelte auf sie herab. „Du bist überhaupt die Einzige, die sowohl an meinen Geburtstag gedacht hat, als mir auch noch ein besonders schönes Geschenk gemacht hat, an dem ich mich erfreue und das ich sehr gerne benutze, *Megan*."

Sie lächelte. „Dieses geschwollene Gerede gefällt mir besser, als ich es zugeben will."

Grant nickte selbstgefällt. „Wie das meiste an mir, schätze ich. – Das nehme ich." Er nahm ihr die Reisetasche aus der Hand und überlud sich in seiner vollkommenen Galanterie so hoffnungslos mit ihrem Gepäck, dass sein Gang zum Rollfeld leicht schwankend war.

Der Pilot stand neben der kleinen Cessna und ging den beiden entgegen.

„Sind wir zu spät?", fragte Megan und streckte ihm zur Begrüßung die Hand entgegen.

„Nein, Ma'am! Alles bestens! – Das nehme ich besser, aye?" Mit breitestem schottischen Dialekt, nahm er Grant die Hälfte der Taschen ab und stopfte sie wenig zimperlich durch eine seitliche Luke.

Dann zeigte er auf Othello. „Macht der Köter Ärger im Flugzeug? Falls ja -"

„Der *Köter*", unterbrach ihn Megan scharf, „ist Polizeibeamter."

Der Pilot zog die buschigen Brauen in die Stirn. „Ein Polizeihund? – Etwa Drogen?“

„Leichen“, gab Megan ungerührt zurück.

„Oh! – okay.“

Während der Pilot den Rest des Gepäcks verstaute, wechselten Megan und Grant einen knappen Blick. Beiden fiel auf, dass er ziemlich erleichtert war, dass Othello kein Drogenspürhund war. Kurz überlegte sie, ob sie das kümmerte, doch Grant traf die Entscheidung für sie beide, als er sagte: „Ich sitze vorn.“

Obwohl Megan es nicht zugeben wollte, fragte sie sich selbst, wie Othello sich in einem Flugzeug verhalten würde; noch dazu in einem so winzigen.

Doch er zerstreute ihre Sorgen wie immer, indem er sich in dem knappen Rückraum neben sie setzte und schicksalsergeben den Kopf in ihren Schoß legte.

Der Pilot warf den beiden einen Blick über die Schulter zu, dann gab er Grant einen Stoß mit dem Ellbogen.

„Der Glückspilz, was!“, erklärte er anzüglich und lachte laut auf.

Megan verdrehte die Augen, während Grants Mundwinkel zuckten. Eine Antwort blieb er seinem schlüpfrigen Nebensitzer schuldig.

Sie blickte aus dem kleinen Fenster und fragte sich unwillkürlich, ob es normal war, dass die Fahrt über die Rollbahn sich so holprig anfühlte. Sie wollte nicht zwingend von Flugangst sprechen, aber sie bewegte sich doch definitiv lieber auf dem Boden vorwärts.

Umso erleichterter war sie, dass der Start komplikationslos verlief.

Während des Fluges schwiegen die Drei. Othello schlief allmählich ein, was bedauerlicherweise auch für die linke Seite von Megans Hinterteil und den dazu gehörigen Oberschenkel galt. Während sie ihre Zehen bewegte, um die Durchblutung wieder in Gang zu bringen, tippte der Pilot gegen die Frontscheibe.

„Da unten ist Stornoway“, rief er gegen den Motorenlärm an.

Sowohl Megan als auch Grants Blick folgte seinem Fingerzeig.

Ein beinah kitschig schönes Küstenstädtchen mit weißen Häusern drängte sich an das steinige Ufer des Meeres. Ein kleiner Hafen lag in einer Bucht. Der üppigen Anzahl kleiner Fischkutter nach zu urteilen, war der Arbeitstag für die Fischer bereits gelaufen.

Megan hatte zugegebenermaßen keine Ahnung von der Isle of Lewis, aber es war offensichtlich, dass die Bevölkerungsdichte überschaubar war.

Dementsprechend konnte es auch nicht viele Hotels geben, in denen Grants mysteriöse Exfrau abgestiegen sein konnte. Und wenn man bedachte, mit welchem piekfeinen Kram ihre Wohnung eingerichtet war, schränkte das die Auswahl zusätzlich ein.

Othello wachte auf, als die kleine Maschine mit einem unangenehmen Ruck auf der Landebahn aufsetzte.

Ohne weitere schlüpfrige Bemerkungen lud ihr Pilot das Gepäck aus. Die beiden nahmen es ihm ab und verabschiedeten sich.

Auf dem Weg zu dem Mietwagen, den Grant offenbar organisiert hatte, ließ Megan ihren Blick über die Landschaft schweifen.

Es war ein milder Tag, an dem immer wieder die Sonne hinter den Wolken auftauchte und die hügelige Landschaft im satten Grün des Grases regelrecht erstrahlen ließ.

Das Meer roch salzig und frisch und der sanfte Wind zerrte an ihren Locken, während sie ihr Gepäck einluden.

„Wie viele Hotels gibt es denn hier, die wir abklappern müssen?“, fragte sie und schlug den Kofferraumdeckel zu.

„Eines.“

„Was?“ Sie stieg ein und schnallte sich an. „Aber hier gibt es doch mehr als ein Hotel.“

„Sicher. Aber nur eines mit fünf Sternen. Und Belana würde nie …“ Er schüttelte den Kopf. „Wenn sie auf dieser Insel übernachtet hat, dann dort.“

Er startete den Wagen und lenkte ihn auf die schmale Landstraße. Megan warf ihm einen prüfenden Blick zu.

„Wie geht’s dir, Grant?“

Zur Antwort runzelte er die Stirn. „Ich heiße Finley.“

„Ich weiß.“

„Und warum nennst du mich dann Grant?“

„Ehrlich gesagt …“ Sie zog entschuldigend die Schultern hoch. „Ich finde deinen Namen furchtbar dämlich.“

Er blies die Backen auf, bevor er antwortete. „Das hast du mir aber schonend beigebracht.“

Sie nickte. „Ich bin schließlich Pädagogin.“

Die kurze Fahrt vom Flugplatz in den Ort brachte sie zu einem Hotel mit dem einfallslosen Namen „The Lewis.“

Es wirkte zwischen den malerischen Häusern in seiner Protzigkeit direkt unangenehm.

„Ja“, erklärte Grant, nachdem sie den Wagen geparkt hatten, „wenn Belana irgendwo abgestiegen ist, dann hier.“

Sie erklommen die geschwungenen Marmorstufen zur gläsernen Eingangstür, die ihm ein klischeehaft gekleideter Page mit einem durchaus freundlichen Lächeln öffnete.

An der Rezeption hob ein ältlich wirkender Mann den Blick, der sofort missbilligend auf Othello hinabglitt.

„Guten Tag“, grüßte er dennoch höflich. „Wie kann ich Ihnen helfen?“

„Ich bin Inspektor Grant. Scotland Yard.“ Er griff in die Innentasche seiner Jacke und förderte seinen Polizeiausweis zutage, den er auf den Tresen legte. Dann nickte er zu Megan hinab. „Das hier ist Constable Fairchild. Wir sind auf der Suche nach Mrs. Belana Grant.“

Dem Rezeptionisten schien weder aufzufallen, dass der Polizist und die gesuchte Person den selben Nachnamen hatten, noch dass der weibliche *Constable* sich nicht ausgewiesen hatte. Megan versuchte, souverän zu bleiben und nickte Grants Frage ab.

„Ich fürchte, hier wohnt niemand unter diesem Namen.“

„Mrs. Grant hat vor acht Tagen hier eingecheckt. Möglicherweise reist sie unter ihrem Mädchennamen: McNamara.“

Der Hotelangestellte, der seinem Namensschild nach Robin Fort hieß, wandte sich mit einem nachdenklichen Geräusch dem Computer zu.

„Am 12., sagen Sie, müsste sie eingecheckt haben?“

„Genau.“

Megan und Grant wechselten einen verschlossenen Blick, während hinter dem Tresen fleißig getippt wurde.

„Ah ja, hier haben wir sie. Mrs. Belana McNamara. – Ich erinnere mich an sie. Eine beeindruckende Frau. Sehr elegant.“

Grant deutete ein Stöhnen an.

„Wenn Sie das sagen“, gab er zurück und besann sich dann aber wieder auf sein Vorhaben, seine Exfrau zu finden. „Wann hat sie ausgecheckt?“

„Am Sonntag, den 14.“ Der Mann beugte sich etwas nach vorne und kniff vor dem Bildschirm die Augen zusammen. Offenbar brauchte er eine Brille, für die er zu eitel war. „Ich erinnere mich, dass sie nicht selbst ausgecheckt hat.“

Megans Puls schwoll an.

„Sondern?“, kam sie Grants Nachfrage zuvor.

„Ihr Manager hat für sie die Hotelrechnung beglichen und die Schlüssel abgegeben. Er sprach von einem Termin, der für Mrs. McNamara offenbar sehr spontan vereinbart worden war.“

„Wie hieß er?“, fragte Grant mit ernster Miene, die seine Sorge nur schwer verbergen konnte.

Robin Ford schüttelte den Kopf. „Er hat mir seinen Namen leider nicht genannt.“

„Und wie sah er aus?“, fragte Megan.

„Nun er war groß. Vielleicht so groß wie Sie, Inspektor. Dunkelhaarig außerdem. Er hatte schmale Lippen und ein spitzes Kinn, beides wirkte an ihm ein wenig verkniffen, wenn ich das so sagen darf. – Ach, und er hatte einen irischen Dialekt. Sehr breit.“

Megan verkniff sich ein Lachen. Was Dialekte anging, durften diese Hochlandschotten aber nun wirklich die Füße stillhalten.

„Ich nehme an, Mrs. McNamaras Zimmer wurde bereits neu vermietet?“

„In der Tat.“

„Ist bei der Reinigung des Raumes irgendetwas aufgefallen?"

Ford überlegte kurz und schüttelte dann langsam den Kopf. „Nicht, dass ich wüsste. – Wonach genau suchen Sie denn, Sir?"

„Wenn ich das mal wüsste", antwortete Grant seufzend, dann nickte er. „Sei es drum: da uns unsere Nachforschungen noch etwas länger beschäftigen werden, würden wir gerne einchecken. Zwei Einzelzimmer."

„Natürlich, Sir." Wieder der missbilligende Blick auf Othello hinab. „Hunde jedoch sind im *The Lewis* nicht gestattet. So leid es mir tut."

„Das ist ein Polizeibeamter", gab Megan zurück.

„Solange er Fell hat und bellt, ist es ein Hund. So sind die Hotelrichtlinien. Ich bedaure", erklärte er und wirkte dabei überhaupt nicht, als würde er irgendetwas bedauern.

„Nun, da kann man natürlich nichts machen."

Als Megan gegen Grants kampflose Kapitulation protestieren wollte, brachte er sie mit einem verborgenen Zwinkern zum Verstummen und wandte sich wieder an Mr. Ford. „Nichtsdestoweniger halte ich es für angebracht, wenn Constable Othello hier einmal eine Runde durch die Lobby dreht." Er hakte seine Leine aus und Othello blickte erwartungsvoll zu Megan empor.

Grant derweilen lächelte. „Er ist Drogenspürhund, müssen Sie wissen."

Der Hotelangestellte presste die Lippen aufeinander. Kein Wunder! Megan mochte wetten, dass die reichen Säcke, die in diesem Hotel abstiegen, koksten bis der Arzt kam; mindestens!

„Ich wüsste nicht -"

„Und außerdem will ich Ihnen verraten, dass die Hundenase so empfindlich ist, dass sie selbst Atome einer Substanz aufspüren kann? Im Speziellen, wenn es sich dabei um eine Substanz handelt, auf die solche Nasen jahrelang trainiert wurden. – Othello?“

Während der Hund den Kopf hob, ließ Robin Ford ebendiesen auf die Brust sinken.

„Na, meinetwegen“, erklärte er nur. „Nehmen Sie ihn mit aufs Zimmer. Er wird sich ja wohl benehmen.“

Während er Grant zwei Zimmerschlüssel hinschob, nickte dieser. „Mindestens so gut, wie all ihre anderen Gäste.“

Als er sich zum Gehen wandte, kam Megan noch ein Gedanke.

„Ach, Mr. Ford!“, fragte sie im Umdrehen.

„Ja, Miss?“

„War zufällig noch jemand in Ihrem Haus abgestiegen, der zu Mrs. McNamara gehörte? Ein Designer? Oder ein Fotograf?“

„In der Tat, Miss. – Der Fotograf wohnt ebenfalls bei uns.“

„Sagten Sie, *wohnt*? Heißt das, er ist noch hier?“

„Das ist er.“

Megan und Grant wechselten einen schnellen Blick. Die erste Spur.

„Und wie heißt er?“

„Sein Name ist Richard Eddison. Zimmer 2-12. – Im Moment ist er nicht im Haus, aber ich kann ihm eine Nachricht hinterlegen, wenn Sie es wünschen.“

Megan wollte gerade nicken, da sagte Grant: „Nein, das ist nicht nötig. – Vielen Dank.“

Er nahm Megan am Arm und schob sie von der Rezeption weg.

„Warum soll das denn bitteschön nicht nötig sein?“, zischte sie.

„Weil ich Rick kenne.“

„Was? – Woher?“

„Er hat Belana von Anfang an gefördert. Dank seiner Fotos rissen sich die Agenturen um sie. Durch ihn kam es überhaupt dazu, dass sie das erste Mal auf der *Fashion Week* laufen konnte.“

„Auf der … *Fashion Week*?“, fragte Megan etwas grell. Kein Wunder, immerhin war die bucklige Hexe, die Grants Exfrau in ihrer Fantasie eigentlich sein musste, von einem Model zu einem Supermodel aufgestiegen.

Er nickte, wie jemand, der derartige Veranstaltungen für genauso nutzlos wie uninteressant hielt.

„Ich rufe ihn gleich an. Wenn er noch hier auf der Insel ist, können wir uns mit ihm treffen. – Das war eine großartige Idee, nach dem Fotografen zu fragen. – Natürlich wäre mir das später auch noch eingefallen.“

„Natürlich.“ Sie folgte ihm in den Lift und streichelte Othellos Kopf. „Warum steigen wir überhaupt in diesem Kasten ab? Er ist protzig und dekadent. Und vermutlich unverschämt teuer.“

„In allen drei Punkten stimme ich vollumfänglich zu.“ Nach einem kurzen Blick auf seinen Zimmerschlüssel schickte er den Aufzug in den dritten Stock. „Allerdings habe ich die Hoffnung, dass wir hier noch auf irgendeine Spur stoßen. Immerhin ist das Belanas letzter bekannter Aufenthaltsort, bevor sie verschwand.“

Megan nickte. Das war immerhin nicht von der Hand zu weisen.

„In dem Fall“, erklärte sie mit einem Achselzucken, als sich die Türen des Aufzugs öffneten, „hoffe ich auf einen Whirlpool.“

Mit einem Grinsen ging Grant voran und durchschritt den in unaufdringlichen Pastelltönen gestrichenen Flur, an dessen Ende sich ihre beiden Zimmer gegenüberlagen.

Megan schob ihre Schlüsselkarte ein und die Tür auf. Othello ging auf ihr Nicken hin voran.

„Wow“, erklärte sie schlicht und drehte sich kurz über die Schulter, wo auch Grant anerkennend nickte.

„Nicht schlecht.“

Das war die Untertreibung des Jahrtausends. Die Sitzecke war verschwenderisch groß, mit einem Flügel in der Ecke und einer komplett ausgestatteten kleinen, aber luxuriösen Küche auf der gegenüberliegenden Seite. Durch die großen Fenster war die Küste zu sehen und da es drei weitere Türen gab, gab es mindestens zwei Schlafzimmer.

Sie trat sich die Schuhe ab und grub ihre Zehen in den hochflorigen Teppich.

Othello schritt den Raum ab, als wollte er prüfen, ob auch alles sicher war.

Grant fiel das ebenfalls auf. Lachend trat er neben Megan und sagte mit einem Blick auf den Hund: „Einmal Bulle, immer Bulle.“

Sie nickte und sah ihrem Hund nach, den sie in dem halben Jahr, seit er nun bei ihr lebte, so unendlich fest in ihr Herz geschlossen hatte.

Dann fiel ihr ein, wen sie ebenfalls sehr in ihr Herz geschlossen hatte. Und derjenige hatte momentan sichtbar große Sorgen. Sie hob den Blick und fragte: „Wie geht es dir?“

„Gut.“

Megan zog eine Braue in die Stirn. „Grant“, sagte sie kopfschüttelnd. „Ich bin es.“

Er trat vor die Fensterfront und verschränkte die kräftigen Arme vor der Brust. Es vergingen einige Sekunden, bevor er sprach.

„Ich habe ja nie ein großes Geheimnis daraus gemacht, dass meine Exfrau und ich uns bis aufs Blut bekriegen. – Und dennoch haben wir eine Tochter; eine Tochter, die wir beide über alles lieben. – Und damit hat Belana wenigstens eine Eigenschaft, die ich an ihr schätze; denn egal, wie sprunghaft und stressig ihr Job ist: Sie ist eine gute Mutter. Keine Skandale, keine Drogen, keine Kotzerei. Wenn sie sich zwischen einem Job und einer Schulaufführung oder einem Klassenkonzert entscheiden musste, dann fiel ihre Wahl immer auf Mairead.“ Er blickte Megan über die Schulter hinweg an, so dass diese zu ihm trat. „Und wir haben eine Vergangenheit, in der wir glücklich waren. Und ich hätte sie nicht geheiratet, wenn ich sie nicht geliebt hätte; was sie am Ende daraus gemacht hat, das steht auf einem anderen Blatt. Jedenfalls -“

Megan legte ihre Hand auf seinen Arm und brachte ihn so zum Verstummen. „Wir finden sie“, erklärte sie und klang dabei überzeugter, als sie es war.

„Ein fremder Kerl, der ihre Rechnung vor fünf Tagen bezahlt hat und seitdem hat sie niemand mehr gesehen? – Das klingt offengesagt sehr … – Ich habe schon einige Entführungen miterlebt, Megan. Und wenn in dieser Zeit weder eine Lösegeldforderung gestellt wird, noch sonst ein Kontakt mit dem Entführer entsteht, dann ist das ein sehr schlechtes Zeichen.“

„Wir wissen nicht, ob sie entführt wurde.“

Grants Gesichtsausdruck nach zu urteilen, hatte er diese Möglichkeit noch nicht in Betracht gezogen.

„Sie könnte untergetaucht sein."

„Und Mairead?"

„Sie ist doch in Frankreich und bekommt nichts mit. Vielleicht muss deine Exfrau etwas erledigen, das weder Aufschub duldet und noch Erklärungen erlaubt."

„Das ist unwahrscheinlich."

„Aber möglich – Und als guter Ermittler muss man alles in Betracht ziehen, auch wenn es im ersten Augenblick unwahrscheinlich wirkt."

Grants Mundwinkel zuckten. „Sehr gut argumentiert, Watson."

Megan nickte und zog ihr Telefon heraus. „Und nun schlage ich vor, du rufst den Fotografen an. – Hast du seine Nummer?"

„Ich lasse mich über sein Büro verbinden", erklärte er und wählte. Es dauerte nur einen Augenblick, bis eine recht schrille Frauenstimme am anderen Ende der Leitung zu hören war, die den Anruf an das Handy ihres Chefs weiterleitete.

„Rick?", fragte Grant und wartete eine Antwort ab. „Ja, ich bin's. Du bist auf der Lewis and Harris, habe ich gehört. – Können wir uns sehen?" Er sah Megan an, während er nickte und sagte: „Ich muss dringend mit dir sprechen."

III

Rick, der Fotograf, war am westlichen Ende der Isle of Lewis, wo er einige Fotos für den neuen Herbstkatalog eines Kleidungsherstellers schießen wollte, von dem Megan noch nie gehört hatte. Sie war zugegebenermaßen auch nicht gerade der Typ, der sich auf Markenkleidung verstand.

Früher hatte sie sich teure Kleider nicht leisten können und heute, nach dem üppigen Finderlohn für die Goldmünzen auf Tantallon Hall, interessierte sie sich schlichtweg nicht mehr dafür.

Als Grant den Mietwagen im Nirgendwo parkte, hob sie den Kopf.

„Wo sind wir?"

„Fast da."

Er stieg aus und Megan folgte ihm unwillkürlich. „Was ist das denn für eine dämliche Antwort?", beschwerte sie sich.

Er drehte sich über die Schulter um und ging auf einem schmalen Trampelpfad zwischen felsigen Hügeln hindurch.

„Warst du schon mal am Dalmore Beach?"

„Nicht, dass ich wüsste."

„Dann ist meine Antwort genau die Richtige. Die Sonne geht gerade unter und du wirst begeistert sein." Er blieb stehen, so dass sie zu ihm aufschließen konnte.

„Wieso -?" Sie stockte und blickte hinab auf den Strand. „Wow!"

„Nicht wahr?"

Sie nickte und es war ihr völlig gleich, dass ihr dabei der Mund offenstand. Der Strand schien endlos, mit weißem Sand bedeckt und einfach so traumhaft schön, wie aus einem Fernsehspot.

Die Sonne versank gerade hinter den leisen Wellen und tauchte das Wasser in spektakuläre Farben.

„Das Meer sieht aus, als würde es … brennen."

Grant lächelte. „Schön, nicht wahr?"

„Absoluter Wahnsinn. Es ist wie in der Karibik. Nur ohne Palmen."

„Und ohne Stechmücken und Malaria und giftige Schlangen und …" Er nahm sie am Ellbogen. „Wie gehen einfach mal runter."

Megan fiel beim Weg hinab zum Strand mehr als einmal fast über ihre eigenen Füße, weil sie den Blick einfach nicht von der beinah magischen Szenerie losreißen konnte. Und dabei störte sie noch nicht einmal die kleine Traube von Menschen, die vor den sich kräuselnden Wellen mit Schirmen und Spiegeln und Kameras bewaffnet, nicht wirklich ins Bild passte.

Es war einfach zu wundervoll; zu magisch.

„An so einem Strand würde ich gerne einmal heiraten."

Unwillkürlich blieb Grant stehen. Auch Megan stockte.

„Tut mir leid", sagte sie durchaus peinlich berührt. „Das ist mir so rausgerutscht."

Grant grinste breit. „Es gibt also doch einen Hauch Romantik in diesem sonst so analytischen Kopf. – Das finde ich sehr sympathisch."

Sie verzog das Gesicht. „Wir vergessen einfach, dass ich das gesagt habe. Ich werde nämlich nie heiraten! Niemals!"

„Aber natürlich." Grant hob die Hand und winkte. „Rick?"

Der Fotograf drehte sich herum. In der Hand hielt er eine Kamera mit monströsem Objektiv. Er schien ein paar Sekunden zu überlegen, wie jemand, der gerade sehr konzentriert gewesen war. Dann entspannte er sein Gesicht zu einem Lächeln und winkte zurück.

Im Näherkommen hatte Megan Gelegenheit, ihn ein wenig genauer ins Auge zu fassen. Er war schätzungsweise Mitte Vierzig, hatte dunkelbraunes Haar, das oberhalb der Stirn ein wenig dünn wurde. Ansonsten war er schlank, mittelgroß und dem Gesicht nach zu urteilen durchaus freundlich.

Er legte die Kamera auf ein kleines Tischchen und klatschte in die Hände.

„Kurze Pause, Kinder!“, rief er, woraufhin zwei sehr schlanken Frauen und einem Mann sofort dicke Mäntel übergeworfen wurden, die diesen aufgrund spärlicher Badebekleidung dankbar um sich schlangen.

„Hey, Finn!“ Er kam Megan und Grant entgegen und schüttelte die Hand des Letzteren, als wären sie durchaus gute Freunde. „Es ist lange her, Mann.“

„Verdammt lange“, stimmte Grant zu, dann zeigte er auf Megan. „Megan, das ist Rick. Rick, das ist Megan Fairchild. Sie -“

„Nein, sag nichts!“, unterbrach ihn der Fotograf und musterte Megan mit einem prüfenden Blick. „Bildschön!“, urteilte er und fing an, sie zu umrunden. „Ein richtiger Typ. Wow, die Haare! – Zu klein für den Laufsteg. Katalogmodel?“

„Nein -“

„Ja, ich weiß!“, unterbrach Rick noch einmal, der seine Runde beendet hatte und nun mit einem wissenden Nicken und einem offenbar begeisterten Grinsen wieder vor ihnen stand. „Dessous-Model!" Er nickte wieder. „Ich hätte es sofort sehen müssen. Die Brüste, der Hintern, die schmale Taille. Und das Gesicht: Unschuld meets Versuchung! Einfach fantastisch! – Haben Sie eine Mappe, die ich mir einmal ansehen könnte?"

Die letzte Frage stellte er Megan, doch diese war so völlig perplex, dass ihr buchstäblich die Worte fehlten; ein seltener Umstand.

„Ich …, ich …" Mehr brachte sie nicht hervor, bis Grant ihr zur Hilfe eilte.

„Bitte entschuldige Ricks Verhalten", sagte er und zog Megan in einer Geste an sich, die deutlich machen sollte, dass sie zu ihm gehörte und alles andere als fotografisches Freiwild war. „Fotografen sind so!" Dann blickte er wieder zu Rick auf. „Miss Fairchild ist eine liebe Freundin, die mir bei polizeilichen Ermittlungen hilft. Dasselbe gilt für Othello."

Rick schien reichlich verwirrt. „Othello?", fragte er, doch da kam der große Schäferhund auch schon angetrabt, nachdem er sich am Rande des Strandes erleichtert hatte und ein paar offensichtlich interessanten Spuren gefolgt war.

Unwillkürlich trat der Fotograf ein Stück zurück.

„Tut mir leid", sagte er zu Megan, schaffte es jedoch nicht, den Blick von Othello loszureißen, wie jemand, der verfluchten Respekt vor Hunden hatte. „Ich wollte Sie nicht beleidigen. Ehrlich! Ich finde Sie großartig, hinreißend. Wenn ich Sie einmal fotografieren soll für ein paar Headshots oder eine Mappe, rufen Sie mich an!" Er zog ein Kärtchen aus der Hosentasche und streckte es Megan hin, die es in ihrer noch immer andauernden Verblüffung sogar ergriff und einsteckte.

„Warum wir eigentlich hier sind, Rick“, ging Grant dazwischen. Megan wurde das Gefühl nicht los, dass ihm die Begeisterung, mit der sie betrachtet wurde, gar nicht passte.

„Wir suchen Belana.“

Rick zog die Stirn kraus. „Ernsthaft?“

„Ja, ernsthaft. Warum?“

„Na ja, ich weiß ja, wie es zwischen euch steht.“ Er lachte, wie jemand, der mit der Ehe nichts am Hut hatte. „Du solltest froh sein, wenn du sie los bist, Mann. – Ich habe dich gewarnt. Von Anfang an! Ich habe dir gesagt, was passieren wird!“

Megan blickte zu Grant auf und schluckte die Frage hinunter, die ihr auf der Zunge lag: Was genau Rick meinte.

„Rick, Belana ist verschwunden.“

„Verschwunden?“

„Seit Sonntag. Wir hatten einen Sorgerechtstermin vor vier Tagen. Sie ist nicht aufgetaucht, hat sich bei niemandem abgemeldet und ist seitdem wie vom Erdboden verschluckt.“

„Ein Mann hat für sie am Sonntag ausgecheckt, der behauptete, er wäre ihr Manager“, sagte Megan, um sich durch mehr als die Form ihres Hinterns einzubringen.

„Aber soweit wir wissen, hat Belana keinen Manager.“

Rick nickte. „Ich kann mir schon vorstellen, wer das war. Groß, dunkelhaarig? Ire?“

„Ja, genau.“

„Das war sicher ihr neuer *Freund*.“ Er lachte freudlos. „Ein wahnsinniger Schleimbeutel, kaum älter als zwanzig. Nicht wirklich Belanas Stil und schon gar nicht ihre Klasse. Aber sie war verrückt nach ihm; so verrückt, dass sie unbedingt dieses Shooting auf der Lewis oben am Callanish wollte.“

„Was war das für ein Shooting?“, fragte Grant.

„Na, nachdem diese Zeitreise-Serie wie eine Bombe eingeschlagen hat, sind alle ganz verrückt nach Steinkreisen. Wir haben also für ein Wissenschaftsmagazin, das sich mit den Mythen der Zeitreise beschäftigt, ein Shooting da oben gemacht. Belena trug ein Kostüm aus dem 18. Jahrhundert, hat sich sogar die Haare braun färben lassen, damit es authentisch ist. Die *Haare*! Du weißt doch, wie sie es mit denen hat!“

„Allerdings“, gab Grant nachdenklich zurück. „Aber was hat das mit ihrem Freund zu tun?“

„Er wohnt hier auf der Insel. Angeblich ist er Archäologe, aber wenn dieser Fatzke Wissenschaftler ist, dann bin ich Daisy Duck!“ Rick schüttelte den Kopf. „Belana hat mich richtig angefleht, den Job machen zu dürfen. Die Bezahlung war lächerlich. Keine 1.000 pro Tag.“

Megan schluckte. Wenn das ein schlecht bezahlter Tag war, was um alles in der Welt, war dann ein gut bezahlter Tag?

„Und der Freund war dabei beim Shooting?“

„Ja, fast die ganze Zeit. – Mir war der Kerl von Anfang an unsympathisch. Aber versuch mal, einer Frau klar zu machen, dass der Kerl ein Arschloch ist, auf den sie steht! – Ich hätte wissen müssen, dass er Dreck am Stecken hat.“

„Kannst du dir vorstellen, warum er Belana hätte entführen sollen?“

„Nein, keine. Sie hing ja sowieso an seinen Lippen.“

„Sie haben vermutlich auch keine Idee, wo wir ihn finden können?“, fragte Megan, doch Rick schüttelte nur den Kopf.

„Es gibt fast 20.000 Menschen auf der Insel. Und sie nannte ihn immer Johnny. Keine Ahnung, wie er mit Nachnamen hieß."

„Wann haben Sie sie zuletzt gesehen?" Othello schmiegte sich gegen Megans Schenkel und verlangte so seine Streicheleinheit.

„Am Samstag", gab Rick zurück. „Nach dem Shooting haben wir ein Gläschen getrunken und sie ist mit Johnny weggefahren."

Megan kam eine Idee. „Wenn sie zwei Tage fotografiert haben, könnte er nicht auf irgendeinem Foto zu sehen sein?"

„Ich habe ja nicht ihn fotografiert!"

„Ja, aber beim Test der Belichtung, bei einem versehentlichen Klick, bei irgendetwas." Megan hob den Blick zu Grant, der anerkennend nickte und dann Rick ansah. „Ein Foto wäre eine riesen Hilfe."

„Josy sortiert immer die Unfall-Bilder aus. Ich kann sie fragen, ob sie noch was auf dem Rechner hat."

„Danke."

Rick drehte sich herum und wandte sich an eine junge Frau, die am Laptop saß und sich offenbar durch zahllose Bilder klickte.

Megan sah sie nicken und zur Maus greifen.

„Darauf hätte ich auch kommen müssen", erklärte Grant und beobachtete genauso gespannt, wie Megan, was Rick und Josy da taten. Als Rick plötzlich die Hand hob und die beiden zu sich winkte, beschleunigte sich ihr Puls.

„Wir haben ihn im Anschnitt", sagte er und beschattete das spiegelnde Display mit der Hand. „Aber um ihn wiederzuerkennen reicht es vielleicht."

Grant schob das Gesicht vor das Display und kniff die Augen zusammen. Megan tat das Gleiche. Sie konnte nämlich verdammt nochmal ihren Augen nicht trauen: Belana Grant oder McNamara oder wie auch immer sie sich nannte, war unverschämt schlank, riesengroß, hatte schätzungsweise vier Kilogramm Haare auf dem Kopf und braune Augen, die leicht schräg standen, wie bei einer Katze. Sie war wirklich bildschön.

„Könntet ihr mir das ausdrucken?“, fragte Grant, der keine Ahnung von Megans Gedankengängen hatte.

„Klar. – Josy?“

„Japp.“

Sie tippte und sofort sprang der Fotodrucker an, der auf dem Tischchen aufgebaut war. Rick gab Grant die Fotografie und seufzte. „Ich hoffe, es bringt euch weiter. Ich hoffe, ihr findet sie, Mann.“

Grant nickte. „Ich auch. – Danke, Rick.“

„Kein Ding. Viel Glück.“

Die beiden verabschiedeten sich und wandten sich zum Gehen.

„Ach, und Miss Fairchild?“

Sie drehte sich noch einmal zu dem Fotografen um. „Das mit den Fotos habe ich ernst gemeint!“

Mit einem etwas verlegenen Lächeln nickte sie. „Ich denke darüber nach“, gab sie zurück und verließ mit Grant und Othello den Strand.

*

„Und was fangen wir jetzt mit dem Foto an?“, fragte sie, nachdem sie endlich den Aufstieg vom Strand bewältigt hatten.

„Wir zeigen es herum und ich versuche heute Abend einen Gefallen bei einem Kollegen in Edinburgh einzufordern, der das Gesicht durch die Polizeidatenbank laufen lassen soll. Falls der Kerl wegen eines Verbrechens erfasst ist, wissen wir schnell, wer er ist und wo er wohnt. – Aber zuerst fahren wir hoch zum Callanish, solange es noch hell ist."

„Zu dem Steinkreis?"

„Mhm."

„Und warum?"

„Weil das der Ort ist, wo Belana zuletzt gesehen wurde. Und das könnte im besten Fall irgendeinen Hinweis liefern."

Die beiden stiegen in den Wagen, fütterten das Navi mit dem Begriff *Callanish* und folgten den Fahranweisungen der blechernen Frauenstimme, die aus dem Armaturenbrett dröhnte; nicht zuletzt, weil beide nicht wussten, wo man das verdammte Ding leiser stellte.

Die Route führte sie über eine wenig befahrene Landstraße nordwärts, wo sie etwa 45 Minuten später einen Parkplatz erreichten, falls die Fläche Kies, die scheinbar wahllos auf eine unebene Weidefläche gekippt worden war, diese Bezeichnung überhaupt verdiente.

Nachdem sie ausgestiegen waren, verstaute Grant das Foto in seiner Jackentasche und folgte dem schmalen Weg, der den hölzernen Wegweisern und dazu gehörigen Infotafeln nach wohl zum Steinkreis und Hügelgrab rund um Callanish führte.

„Deine Exfrau ist sehr schön." Megan biss sich auf die Lippe.

Verdammt, warum purzelten ihr manchmal so ungefiltert die Worte direkt aus dem Gehirn auf ihre Zunge.

Grants Gesicht nahm einen etwas bitteren Ausdruck an, während er nickte. „Auf den ersten Blick, ja."

„Wie meinst du das?", fragte sie, vielleicht etwas zu freudig, und folgte ihm einige Steinstufen hinab, zu einem Plateau, auf dem die ersten Steine zu sehen waren.

„Ich meine", erklärte Grant und ließ suchend den Blick von links nach rechts schweifen, bevor er weiterging, „dass der Spruch, dass wahre Schönheit von innen käme, zwar abgedroschen, aber nicht unwahr ist. Denn Frauen wie Belana verlieren schnell ihre Anziehungskraft und ihr Strahlen, wenn man erst einmal in ein paar ihrer schier unzähligen Abgründe geblickt hat."

„Hast du nicht vorhin noch gesagt, was für eine großartige Mutter sie wäre?"

„Das ist sie auch. Aber das ist etwas anderes. Ich meine, schließlich liebt sie Mairead. Und wenn man etwas liebt, dann sorgt und kümmert man sich darum, das ist nun einmal der Zwang, den einem dieses außergewöhnliche Gefühl auferlegt." Er gab ein Achselzucken von sich. „Sie ist eben eine Mutter."

„Das ist keine Garantie für Liebe", gab Megan bitter zurück und versuchte sich dabei mit der Erinnerung an ihre Mutter so gut es ging, zu verschonen.

Grant war stehengeblieben. Sie hatte nicht erst einmal das schwere Verhältnis zu ihrer Mutter erwähnt, die sie trotz allem bis zum letzten Atemzug gepflegt hatte.

„Du hast mir noch nie davon erzählt", sagte er leise und so mitfühlend, dass es ihr beinah zu viel war. „Ich meine, nicht wirklich davon erzählt."

Megan nickte und sah doch nicht zu ihm auf. „Ich weiß."

Sie befürchtete schon, er würde weiter nachbohren, aber stattdessen legte er seine Hand in ihren Rücken und schob sie leicht vorwärts.

„Da vorne", sagte er dabei und sie hob den Blick.

„Wow!" Und das war noch untertrieben. Denn was sie vor sich sah, war atemberaubend.

Hohe, schlanke Steine ragten auf einer Anhöhe in den Himmel, den die untergehende Sonne in orangefarbenes Licht getaucht hatte. Sie waren majestätisch, kraftvoll und regelrecht magisch.

Megan ging voran, trat zwischen sie und drehte sich um die eigene Achse.

Gegen diese Anlage war Stonehenge eine touristische Lächerlichkeit.

Denn Callanish, das begriff sie nun, da sie auf diesem heiligen, keltischen Boden stand, der schon seit weit über dreitausend Jahren für Rituale benutzt wurde, die sie nur erahnen konnte, hatte sich nie zähmen lassen. Es war noch die gleiche faszinierende Heiligkeit, die es vor Urzeiten schon gewesen war.

Es nahm einen in Beschlag und ließ einen nicht mehr los; zumindest Megan nicht. Sie trat vor einen flachen Stein, dessen Oberfläche bis auf einige Einkerbungen glatt war.

Als sie die ausgebreiteten Hände darüber gleiten ließ und dem kühlen Antlitz des Steins nachspürte, überlief sie eine Gänsehaut.

„Beeindruckend, nicht wahr?"

Sie fuhr herum, als sie Grants Stimme hinter sich hörte.

Er lächelte auf sie herab. Der Schein der untergehenden Sonne umkränzte ihn wie eine Erscheinung.

Megan schluckte. „Es ist unglaublich. Ich kann mir gut vorstellen, dass das den Menschen vor all den Jahren einen Heidenrespekt eingejagt hat."

„Du denkst, die Menschen hatten Angst, wenn sie hier waren?"

„Da ich das hier für einen Opferstein halte: ja, durchaus."

Grant runzelte die Stirn und beugte sich an ihr vorbei, um den Stein zu berühren. „Du meinst, Menschenopfer?"

Sie nickte. Irgendetwas in seinem Gesicht machte sie skeptisch. Ein Ausdruck lag in seinen dunklen Augen, den sie noch nie an ihm bemerkt hatte; aber vielleicht lag das auch nur an der Umgebung, in der sie sich befanden.

„Ich sehe etwas ganz Anderes, wenn ich mich in die damalige Zeit versetze."

„Und das wäre?"

„Ich sehe unzählige Feuer und Menschen in feierlicher Stimmung."

Megan bemerkte, dass sie einen Schritt zurückmachte; was zweifellos daran lag, dass Grant sie nach hinten schob. Sie stieß gegen den Opferstein. „Was -?"

„Ich sehe die Sonne, die hinter dem höchsten der Steine untergeht und alles in blutrotes Licht taucht. Und hier …" Er zeigte noch einmal auf den Stein, der nun genauso nah hinter ihr, wie Grant vor ihr war.

Sie schüttelte den Kopf.

„Hier sehe ich ein Paar. Einen Mann und eine Frau. Nackt im Schein der Flammen. Vielleicht eine Priesterin und ein auserwählter Mann. Vielleicht die Kinder zweier Clan-Oberhäupter. Wer weiß das schon …"

Ihr wurde plötzlich brennend heiß in den Wangen und in ganz anderen Körperregionen. Ein angenehmer Geruch stieg ihr in die Nase, der nur von Grant ausgehen konnte.

Verdammt, war er ihr denn schon so nah?

Sie hob den Blick, um den Abstand zwischen ihren Körpern zu überprüfen, und stieß mit dem Kopf beinah gegen sein Kinn. Dementsprechend schien er ihr *ziemlich* nah zu sein.

Plötzlich war seine Hand in ihrem Haar, ballte sich darin zu einer Faust und erlaubte ihr nicht mehr, den Blick von seinem Gesicht abzuwenden.

„Unter dem Jubelschrei der Menschen haben sie zueinandergefunden und dem nachgegeben, was in ihnen so brennend loderte", flüsterte er an ihrer Stirn. „Genau hier. Spürst du nicht ihren Atem? Hörst du nicht ihre trommelnden Herzen?"

Megan schluckte, während eine hitzige Welle durch ihren Körper schwappte. Um sich zu beruhigen, musste sie für einen Moment die Augen schließen.

„Ich … ich weiß nicht, ob -"

Ein Geräusch, das so ganz und gar nicht in ihre entrückte Stimmung passen wollte, ließ sie die Augen aufreißen.

„Was war das?"

Grant ließ sie los und blickte hinab. „Ich glaube, ich bin auf irgendetwas getreten."

Als er einen Schritt zurückmachte, bebte ihr Magen und ihre Wangen brannten.

Mit zitternden Fingern ging sie neben Grant in die Hocke, der nach etwas griff, das unter der Kante des Steins hervorlugte.

„Was ist es?"

„Eine Tüte."

„Achso."

„Sie ist voll."

„Achso?"

Grant faltete die aufgeweichte Papiertüte auf und zog eine Flasche heraus, deren grünlicher Inhalt Megan dazu brachte, angewidert das Gesicht zu verziehen.

„Ist wohl schon schlecht", erklärte sie mit gerümpfter Nase, doch Grant schüttelte den Kopf, während er die Flasche in seinen Fingern hin und her drehte.

„Nein, nein. – Das ist ein Algenshake."

„Ein *was*?"

„Ein Algenshake. Wirkt entschlackend und bekämpft freie Radikale."

Megan zog die Stirn kraus. „Was ist bei dir denn kaputt?"

„Das ist Belanas Lieblingsgetränk."

„Das allein ist schon ein Scheidungsgrund!"

Grant deutete lächelnd ein Kopfschütteln an, während er den restlichen Inhalt der Papiertüte in Augenschein nahm.

„Weißbrot", sagte er. „Das gehört sicher nicht Belana."

„Also stimmt es also?"

„Was?"

„Na, dass Models sich nur Wattebäusche mit etwas Saft tränken und daran nuckeln? – Damit sie nicht verhungern und trotzdem spindeldürr bleiben?"

Nun lachte er lauthals auf, bevor er sich wieder fing und Megan einen verschmitzten Blick zuwarf. „Das ist vielleicht ein wenig übertrieben", sagte er dabei, „aber mit einer Einladung zum Abendessen konnte man ihr keine Freude machen."

„Mir übrigens schon“, gab Megan zurück, woraufhin er eine Braue in die Stirn zog.

„Du bist ja auch ein Dessous-Model. Die dürfen nicht an den falschen Stellen dünn werden, hab‘ ich gehört.“

„Na, bravo.“

„Rick ist übrigens ein großartiger Fotograf. Du solltest die Gelegenheit nicht ungenutzt verstreichen lassen.“

„Danke, ich habe keinen Bedarf an einer Karriere zur professionellen Fleischbeschau.“

„Man kann derlei Bilder auch anders einsetzen. Aber lass uns darüber später reden, vorerst würde mich interessieren, wie der offenbar unverzehrte Einkauf meiner Exfrau unter den Opferstein des Callanish geraten konnte.“

„Sie ist vielleicht Hals über Kopf aufgebrochen.“

„Oder aufgebrochen worden“, gab er zurück und fuhr auf, als Othello plötzlich wie verrückt anfing zu bellen und den Boden aufzuscharren.

Megan und Grant sprangen gleichermaßen in die Höhe und liefen zu ihm.

„Aus, Othello!“, rief sie und zog ihn am Halsband zurück, damit Grant den aufgewühlten Boden in Augenschein nehmen konnte. „Guter Junge! Ja, das hast du gut gemacht! – Was hat er gefunden?“

Grant strich mit den Fingern über den Boden und besah sie genau. Sogar in der einsetzenden Dämmerung bemerkte Megan, dass er blass wurde.

„Blut“, sagte er nur.

Megans Herz setzte einen Schlag aus. Dann sprang Grant in die Höhe und fuhr sich mit beiden Händen aufgebracht durchs Haar, ging ein paar ziellose Schritte hin und her, um sich zu beruhigen; was ihm jedoch augenscheinlich nicht gelang.

Megan überlegte fieberhaft, was das alles bedeuten könnte; was genau hier geschehen sein konnte. Dann fiel es ihr plötzlich ein.

„Ich habe eine Idee!“, rief sie aus und sprang Grant regelrecht in den Weg, packte ihn am Arm und zog ihn zurück zu der aufgeweichten und eingerissenen Einkaufstüte.

„Was denn für eine Idee, verflucht nochmal? Belana ist vielleicht tot und -“

„Reiß dich zusammen!“, fuhr sie ihn an. Sogar für ihr eigenes Empfinden war ihr Ton ungewohnt scharf. Als Grant stockte, hob sie die Tüte auf und legte sie auf den Opferstein. „Siehst du das?“

„Was?“

„Da ist das Logo des Einkaufsmarktes drauf.“

„Na, und?“

„Wenn du nicht mitdenkst, bist du keine große Hilfe! - Also … zweite Chance: Da ist das Logo des Einkaufsmarktes drauf.“

Grant schloss kurz die Augen und atmete tief ein, um sich zu sammeln. Als er sie wieder öffnete, war die Schärfe darin zurückgekehrt.

„Unser ominöser Johnny wohnt auf der Insel“, sagte er und nickte. „Wenn wir den Markt finden und sein Foto vorzeigen, ist es nicht unwahrscheinlich, dass ihn jemand erkennt.“

„Genau. Und mit etwas Glück bekommen wir einen Namen.“

„Oder eine Adresse.“

Grant nickte nicht ohne ein gewisses Maß an Scham in seinem Blick.

„Gut, dass wenigstens einer von uns beiden geistig auf der Höhe ist."

„Wem sagst du das! – Also los!"

*

„Wenn wir Pech haben, hat der Laden schon zu", bemerkte Megan, indem sie Grants Arm so verdrehte, dass sie auf seine Uhr sehen konnte.

Anstelle einer Antwort, drückte er das Gaspedal noch ein Stückchen mehr durch; eigentlich zu viel, wenn man die unübersehbare Kurvenführung der schmalen Straße bedachte.

„Dir ist klar, dass uns jemand entgegenkommen könnte?", fragte sie.

„Du bist doch angeschnallt!"

„Ja, aber Othello nicht!" Der arme Kerl tat auf der Rückbank sein Bestes, um das Gleichgewicht zu halten.

Grant atmete tief ein und drosselte dann die Geschwindigkeit. „Es ist zehn vor Sechs und laut Navi sind es noch acht Minuten Fahrt, also …"

„Also haben wir genug Zeit, um in den Laden zu kommen."

Und das hatten sie tatsächlich, denn als sie vor dem kleinen Geschäft vorfuhren, brannte noch Licht und Obstkörbe standen neben der Eingangstür.

Während sie ausstiegen, kam ein älterer Mann durch die Ladentür und fing an, die Körbe einzusammeln. Offenbar war er gerade dabei, zu schließen.

„Entschuldigung?", rief ihm Grant entgegen und zog seinen Ausweis, während der Mann innehielt.

„Ja?"

„Wir sind von Scotland Yard. Finley Grant und Megan Fairchild.“

Der alte Mann blickte kurz zwischen den beiden hin und her und nickte dann. „Kann ich Ihnen … irgendwie helfen?“

„In der Tat. Wir sind auf der Suche nach diesem Mann.“ Er faltete das Foto auseinander und hielt es ins spärliche Licht der Dämmerung. „Kennen Sie ihn?“

„Ja, ich …“ Er nickte und hielt das Foto unter eine der Laternen, die seine Tür flankierten. „Das ist Johnny Parker. Er kommt oft her, um einzukaufen. Viel Fertigkram und Tiefgefrorenes.“ Mit einem missbilligenden Blick gab er Grant das Foto zurück. „Ich glaube, er ist arbeitslos. Kommt auch unter der Woche oft her.“

„Wissen Sie, wo er wohnt?“, fragte Megan.

„Nicht genau. Irgendwo in der Ester Street hinten. – Wenn Sie Mrs. Collins in Hausnummer 11 fragen, kann sie es Ihnen genau sagen. Sie weiß alles über die Nachbarschaft.“

Megan nickte. „Wir versuchen unser Glück. Vielen Dank.“

Die beiden wandten sich zum Gehen und stiegen in den Wagen.

„Die alte Frau ziehen wir besser nicht mit rein“, sagte Grant, als sie in die entsprechende Straße einbogen. „Wenn da irgendetwas im Busch ist, dann gerät sie womöglich ins Fadenkreuz. Das passiert neugierigen Leuten allzu oft.“

„Und wie sollen wir dann rausfinden, wo der Kerl wohnt?“

„Wir gehen die Häuser ab.“

Megan blinzelte ungerührt. „Mit *wir* meinst du mich, oder?“

„Es sieht immer komisch aus, wenn Männer ums Haus schleichen.“

Sie schnaufte. „Und mit welcher Seite soll ich anfangen?“

„Mit dieser.“ Er zeigte auf die linke Häuserreihe.

„Und warum?“

„So ein Gefühl.“

Er hielt den Wagen vor einem unbeleuchteten Vorgarten, offenbar der ultimative Wink mit dem Zaunpfahl für Megan auszusteigen.

Mit einem demonstrativen Seufzen schob sie die Tür auf und stieg aus.

Sie kam sich vor wie eine Diebin, mindestens aber wie eine Spannerin, als sie auf das erste der Häuser zu schlich. Drinnen brannte kein Licht und als der Bewegungsmelder ansprang und sie im grellen Licht eines Scheinwerfers ertappt zusammenfuhr, hätte sie Grant für diese Idee am liebsten erschlagen!

Aber es half ja nichts. Wo sie schon so weit gekommen war, konnte sie auch gerade noch aufs Klingelschild schauen.

Leider war *Familie McNellis* nicht das, was sie suchten, also schlug sie sich durch eine kniehohe Buchsbaumhecke aufs Nachbargrundstück.

Diesmal sprang kein Scheinwerfer an, trotzdem war *Geilis Gilmore* nicht diejenige, die sie suchten.

Während sie noch überlegte, ob der Name eine Art Künstlername sein konnte, weil er so gleichförmig und harmonisch klang, brachten sie die Lichter, die im nächsten Vorgarten ansprangen, fast zum Erblinden.

Schnell duckte sie sich hinter einen Lorbeerbusch und wartete blinzelnd, bis ihr Sehvermögen zurückkehrte. Dann hob sie den Kopf.

Hinter einem großen Fenster hüpften ein Junge und ein Mädchen im Kleinkindalter auf der Couch herum. Auch ohne aufs Klingelschild geschaut zu haben, schloss Megan dieses Haus aus.

Glücklicherweise war die Straße nicht allzu lang, so dass sie beim Betreten des nächsten Grundstücks bereits beim vorletzten Haus angelangt war.

Sie warf einen schnellen Blick zur Straße, wo Grant im Schritttempo am Bordstein entlangfuhr.

„Das ist gar nicht auffällig“, murmelte sie grimmig und ging die groben Waschbetonplatten zum Eingang des kleinen Wohnhauses hinauf.

Der Blick auf das Klingelschild erübrigte sich, denn auf der Tür stand in goldenen, wenn auch angerosteten Lettern: *J. Parker*.

Schnell wirbelte Megan herum und winkte aufgeregt zur Straße, wo Grant sofort den Motor abstellte.

Im Haus war es still und dunkel. Grant stieg aus und bedeutete Othello zu warten, bis sie ihn holten; das wollten sie davon abhängig machen, wen oder was sie im Haus vorfanden; falls sie überhaupt irgendetwas vorfanden, denn je länger Megan vor der Tür stand, desto verlassener kam ihr das Haus vor.

Als Grant neben sie trat, drückte er sie an der Schulter hinab und ging mit ihr in die Hocke. Erst jetzt bemerkte sie die Waffe in seiner Hand. Als sie den Blick hob, waren seine Lippen fest aufeinandergepresst.

„Egal, was passiert, du bleibst hinter mir!“

Sie schluckte trocken. Sie hatte ihn schon in dieser

Stimmung erlebt, und dabei war es am Ende immer um Leben und Tod gegangen.

„Sollen wir nicht vielleicht erst einmal klopfen?“

Er gab ein Geräusch von sich, das mit viel Fantasie ein Lachen war, dann zog er zwei nadelartige Metallstäbe hervor und kniete sich vor das Türschloss.

„Knackst du das Schloss?“, flüsterte Megan aufgeregt. Plötzlich hatte Regen eingesetzt und wehte in unangenehmen Böen bis zu ihnen.

„Ich könnte die Tür auch eintreten“, war die wenig kooperative Antwort. Im nächsten Moment gab es ein leises Klicken, und der Türknauf ließ sich willig drehen, so dass die Tür geräuschlos aufschwang.

Grant schob Megan zur Seite und hob die Waffe.

„Mr. Parker?“, rief er in den gähnend leeren Flur. „Ihre Tür stand offen. Sind Sie hier?“

Nur Schweigen und der muffige Geruch eines Hauses, dass viel zu lange nicht durchgelüftet worden war.

„Hätten wir das nicht vor der Tür fragen können?“

„Dann hätten wir aber nicht schnell genug reagieren können?“

„Worauf?“

„Auf etwas, das offenbar nicht passiert.“

Das Haus selbst war schnell durchsucht, denn es war wirklich winzig. Die Räume waren klein und kahl, es gab kaum Möbel, ganz zu schweigen von Dingen, die die Räumlichkeiten in irgendeiner Form gemütlich hätten erscheinen lassen.

Grant war die Enttäuschung förmlich anzusehen, als er die Waffe wegsteckte und sagte: „Niemand da.“

Megan sah das zwar genauso, wollte aber auf Nummer Sicher gehen.

„Ich hole Othello“, erklärte sie knapp, ging zum Wagen und hielt ihm Belanas Top unter die Nase, das sie in eine Plastiktüte verpackt, um den Geruch zu erhalten, für genau solche Zwecke von Grant bekommen hatte.

„Such!“, feuerte sie Othello an. „Wo ist sie? Such sie, Othello! Such!“

Er sprang mit solcher Wucht in die Leine, dass er Megan schier von den Füßen riss.

Mit viel Mühe schaffte sie es, auf den Beinen zu bleiben, und ließ sich zum Haus zerren, dann hinein und schließlich um eine Kurve in die muffige Speisekammer.

Grant folgte den beiden verwundert und als Othello plötzlich aufgeregt kläffte und anfing an den Bodendielen zu scharren, wechselten die zwei einen Blick.

„Falltür!“, rief Megan über das laute Bellen hinweg und zog Othello zurück, damit Grant den Boden absuchen konnte.

„Feiner Junge!“, rief sie, und versuchte seine Aufmerksamkeit zu gewinnen, was schwer war, so fixiert wie er auf sein Ziel blieb. Sogar das Leckerli verschmähte er und zerrte Megan zurück in die Mitte des kleinen Raumes.

„Ich hab's!“ Grant schob die Finger in eine Aussparung zwischen den Dielen und stemmte eine Falltür empor. Othello kläffte wild auf und Megan erstarrte.

Keine 80 Zentimeter unter dem Boden lag eine Frau; geknebelt, an Händen, Füßen und Kniekehlen gefesselt.

„Großer Gott, Bella!“ Grant sprang hinein und überprüfte ihren Puls. „Sie lebt! – Komm, hilf mir!“

Als Othello durch die Luke springen wollte, brachte er ihn mit einem scharfen „Aus!“ zur Raison.

Megan zog ihr kleines Taschenmesser und durchtrennte das Faserband, das Knie und Knöchel gefesselt hatte.

Grant zog das Klebeband von den Lippen und schnitt ihre Hände frei.

„Belana? Kannst du mich hören?"

Seine Exfrau schlug schwach die Augen auf. Sie wirkte ausgemergelt und völlig erschöpft. Auf den zweiten Blick erkannte Megan einige blaue Flecken in ihrem Gesicht, die gerade die Farbe wechselten und sich ins Gelbliche verfärbten.

„Finley?" Ihre Stimme war kratzig wie die einer Person, die viel zu lange nichts getrunken hatte. Sie hob den Blick, während er ihr seine Jacke um die Schultern legte. „Bist du's wirklich?"

Und dann brach sie in Tränen aus und schluchzte hemmungslos wie ein Mensch, der unverhofft der Hölle entkommen war; und wenn Megan sie sich so ansah, war genau das der Fall.

Sie betrachtete Grant, der Belanas Kopf mit einer Hand gegen seine Brust gedrückt hielt und die Wange auf ihren Scheitel legte, um sie zu trösten. Es war eine innige, vertraute Berührung zweier Menschen, die durch Vieles verbunden waren. Und auch wenn Megan wusste, dass das meiste davon nichts Gutes war, traf sie der Stachel der Eifersucht mit unerwarteter Wucht.

Sie erhob sich und schob Othello zurück.

„Wir sollten die hiesige Polizei verständigen", sagte sie, nachdem sich Belana ein bisschen beruhigt hatte.

Doch sofort schreckte diese auf und blickte Megan mit weit aufgerissenen Augen an. „Nein!", brachte sie aufgebracht, regelrecht panisch hervor. „Keine Polizei. Keine … - Finley!"

Sie wandte sich ihm zu und er presste die Lippen zusammen, zögerte kurz und nickte dann. „Wir schaffen dich erst einmal hier raus. Kannst du gehen?“

„Ja.“ Sie ließ sich von ihm auf die Beine helfen. Als sie sich umdrehte, um aus der Luke zu treten, sah Megan, dass das Haar an ihrem Hinterkopf blutverkrustet war.

Grant bemerkte offenbar das Gleiche, denn er sog hart die Luft an, sagte aber nichts.

Als Belana die Füße wegknickten, hob er sie kurzerhand auf seine Hände. Megan versuchte, seinen Gesichtsausdruck zu lesen, doch es gelang ihr nicht; vielleicht weil sie selbst viel zu viel empfand, das sie nicht einzuordnen vermochte.

Sie versuchte, ihre Befindlichkeiten für einen Moment zurückzudrängen, und öffnete für Belana die Beifahrertür.

Ihr Kopf rollte an Grants Schulter kraftlos hin und her, es kostete sie offenbar maximale Anstrengung, nicht sofort wieder das Bewusstsein zu verlieren.

„Hier ist Wasser“, sagte Megan und schraubte die Flasche auf, aus der sie eigentlich Othellos mobilen Napf befüllte.

Belana streckte die zitternde Hand aus. „Danke.“ Sie hob den Blick und fixierte Megan mit ihren braunen Augen.

„Sie sind Miss Fairchild, nicht?“

Megan stockte und blickte Grant fragend an, der sich gerade anschnallte und konzentriert auf die obere Hälfte des Lenkrads starrte.

„Woher … wissen Sie das?“

„Wir müssen los“, drängte Grant und hielt Belana damit von der Antwort ab, die für Megan wirklich sehr interessant gewesen wäre.

Sie stieg zu Othello auf den Rücksitz und schwieg, während Grant den Wagen startete.

Belana stöhnte, als er um eine Kurve fuhr, als wäre eine ihrer Rippen gebrochen.

„Sie müssen ins Krankenhaus“, versuchte es Megan noch einmal, doch wieder schreckte Belana zusammen, als hätte man ihr Prügel angedroht.

„Nein, ich … bin okay. Mir geht es gut.“

„Belana“, versuchte es Grant, doch sie schüttelte den Kopf.

„Bitte. Bring mich einfach … in ein Hotel. Ich muss nur schlafen und … etwas essen.“

Megan und Grant wechselten über den Rückspiegel einen Blick.

„War das dieser Johnny?“, fragte er nach einer Weile und warf Belana einen schnellen Blick zu, bevor er wieder auf die Straße sah. „Der dich verprügelt hat, meine ich.“

Sie atmete tief ein, als müsste sie sich zwingen, an das zu denken, was geschehen war.

„Nein“, sagte sie dann und wischte sich mit dem Handrücken über den blutverkrusteten Mundwinkel. „Es war ein anderer. Ich … ich kenne ihn nicht.“

„Und Johnny?“

„Er kannte ihn.“ Sie klappte die Sonnenblende herunter und sah in den Spiegel. Beim Anblick ihres Gesichts stöhnte sie. „Nach dem Shooting am Steinkreis wollte mich Johnny abholen. Aber dann kam dieser Kerl und hat Johnny verprügelt. Er … er hat uns mit einer Waffe bedroht und beide mitgenommen. Und dann hat er uns an Stühle gefesselt und …“ Sie brach ab, riss sich dann jedoch zusammen und sprach weiter. „Er hat uns gefragt, wo die Halskette wäre.“

„Welche Halskette?“

„Die ich während des Shootings trug. Er hat mich wieder und wieder … geschlagen. Er hat gesagt, er tötet mich, wenn ich es ihm nicht sage. Johnny hat er gestern irgendwohin gebracht. Vielleicht auch vorgestern.“ Sie befühlte ihre Stirn, wie jemand, der so unbändige Kopfschmerzen hatte, dass er kaum klar denken konnte. „Ich habe ihm immer wieder gesagt, dass ich nicht weiß, wo die Halskette ist; dass die Requisiteurin sie mitgenommen haben muss. Aber er hat mir nicht geglaubt.“

„Ist die Halskette so wertvoll?“, fragte Megan.

„Nein, überhaupt nicht.“ Belana sah zu Grant hinüber. „Ein paar dämliche, hässliche Steine. Keine Edelsteine. Kein Gold. Nichts.“

„Und hast du eine Ahnung, wo sie geblieben sein könnte?“, fragte er.

„Ja.“

„Ja?“ Er blickte zu ihr hinüber. „Aber hast du nicht gesagt -“

„Dieser Kerl, der hätte mich doch sofort umgebracht, wenn er die Information gehabt hätte, die er wollte.“ Sie deutete ein Kopfschütteln an. Ganz augenscheinlich fing sie an, sich zu beruhigen.

„Gut gemacht“, sagte Grant, woraufhin sie ein wenig lächelte.

„Ich war immerhin die Frau eines Polizisten. Da weiß man sowas.“

Die beiden tauschten einen Blick aus, bei dem sich Megan spontan in ein anderes Sonnensystem wünschte; und wenn das schon nicht ging, dann wenigstens an einen Ort, an dem sie sich nicht wie das sprichwörtliche fünfte Rad am Wagen fühlte.

Othello schmiegte sich an sie und legte die großen

Pfoten auf ihre Oberschenkel und darauf seinen Kopf.

Er müffelte ein wenig abgestanden, wie das Haus, aus dem sie gekommen waren, womit er sich unmittelbar für ein Bad in ihrem verschwenderischen Hotelzimmer empfahl.

Megan lehnte sich ein wenig zurück und schloss die Augen. Sie durfte gar nicht daran denken, dass dieser Tag damit angefangen hatte, dass sie ihre fröhlichen Schulkinder entlassen und Grant sein Geburtstagsgeschenk gebracht hatte.

Diesen Tag hatte sie sich nun wirklich ganz anders vorgestellt; und für den Abend galt das selbe.

Denn eigentlich hatte sie Grant von ihrem großen Vorhaben erzählen und ihm sein zweites Geschenk überreichen wollen; vorzugsweise bei einem schönen Abendessen.

Und nun saß sie auf der Rückbank eines Mietwagens, nachdem sie seine grün und blau geprügelte Exfrau gerettet hatten, und sah sich mit nicht Weniger konfrontiert, als einem mysteriösen Kerl, der für eine fragwürdige Kette offenbar zu allem bereit war.

Sie wollte gar nicht wissen, wo sie da wieder hineingeschlittert waren.

IV

„Wir sind da“, verkündete Grat einige Zeit später, woraufhin Megan die Augen öffnete.

Belana richtete sich im Sitz ein wenig auf. „So kann ich doch nicht durch die Lobby gehen.“

„Ich gebe Ihnen meine Jacke“, erklärte Megan kurzerhand und zog den Reißverschluss auf. „Sie hat eine Kapuze, die ziehen sie sich tief ins Gesicht und verdecken die blutigen Haare.“

Belana Grant nickte und stieg aus, ließ sich von Megan in deren Fleecejacke helfen und zog den Reißverschluss zu. Mit einiger Genugtuung, die in Anbetracht der Situation vielleicht gar nicht angebracht war, registrierte sie, dass das Model durchaus nicht in ihrer Jacke verschwand; allein um die Brust herum war Megans Kleidungsstück etwas luftig.

„Wir nehmen dich in die Mitte“, sagte Grant. „Da können wir dich ein wenig stützen und es schauen dich nicht alle an.“

„Außerdem ist Othello da“, fügte Megan hinzu, während sie auf den Eingang des Hotels zusteuerten. „Der wird sowieso immer angeglotzt.“

„Er hat mich gefunden, nicht wahr?“, fragte Belana an Megan gewandt, die zur Antwort nickte.

„Dann verdanke ich ihm wohl mein Leben.“

Megan wollte es nicht, aber Grants Exfrau sammelte einen dicken Pluspunkt, als sie die Arbeit ihres Hundes so ehrlich würdigte.

„Kommen Sie“, sagte sie, um sich das nicht zu deutlich anmerken zu lassen. „Einmal durch die Lobby, Zähne zusammenbeißen, und dann können sie sich im Lift wieder auf uns stützten."

Das ließ sich das Model offenbar nicht zweimal sagen. Als die Glastür aufging, richtete sie sich auf. Die Kapuze der Jacke tief ins Gesicht gezogen, durchschritt sie die mit Marmor geflieste Lobby mit der Routine einer Frau, die es gewohnt war bei jeder Laune und Befindlichkeit gut auszusehen. Und sie biss die Zähne zusammen, denn sofort, als sich die Lifttüren hinter ihnen schlossen, sackte sie in Grants und Megans Griff so zusammen, dass die beiden einen überraschten Blick wechselten.

Ohne den neugierigen Blicken irgendwelcher Hotelgäste begegnen zu müssen, schafften sie es zu ihren sich gegenüberliegenden Hotelzimmern.

Grant zog die Schlüsselkarte heraus und schob die Tür seines Zimmers auf, um Belana hineinzuhelfen. Megan und Othello folgten den beiden.

Während das ehemalige Ehepaar zur Sitzecke ging, holte Megan in der kleinen Küche ein Glas Wasser und etwas Knabberzeug aus der Mini-Bar.

„Soll ich Ihnen etwas zu Essen hochkommen lassen?", fragte sie und reichte Belana das Glas, während Grant ihr half, die Schuhe auszuziehen.

„Nein, vielen Dank", sagte sie. „Ich habe nur schrecklichen Durst."

Megan glaubte ihr. Sie wirkte wie ein Mensch, der ohne Probleme zwei bis drei Tage ohne feste Nahrung auskam. Trotzdem biss sie in den Schokoriegel, den Megan ihr hinhielt.

„Wo ist die Kette?", fragte Grant, dem deutlich anzusehen war, dass er den Kerl finden wollte, der für Belanas Zustand verantwortlich war.

„Am Callanish. – Ich habe sie vor einem der hohen Steine ins Gras geworfen, als dieser Kerl kam und uns zwang, mitzukommen. Johnny und er kannten sich. Sie waren beide hinter der Kette her, doch der andere war offenbar dazu bereit, weiter zu gehen."

„Kennst du seinen Namen?"

„Nein. Er war mittelgroß und hellblond, hatte einen stechenden Blick, himmelblaue Augen. Untrainiert, schlank."

„Sonst noch etwas?"

„Ja, er … war Ire. Wie Johnny auch."

Megan und Grant wechselten einen Blick. „Halten Sie es für möglich, dass sich Ihr Freund …, nun dass er das von Langerhand geplant hatte?"

„Mich flachzulegen, um diese hässliche Kette zu bekommen?"

Megan schluckte, nickte aber.

„Ja, schon möglich. Vieles ist möglich. Ich habe lange darüber nachgedacht, während ich gefesselt und geknebelt in der Dunkelheit lag. Johnny ist Archäologe. Vielleicht hängt das ebenfalls mit dieser Kette zusammen."

„Wo hatten Sie sie überhaupt her?"

„Das Heimatmuseum hatte es dem Team für die Fotos zur Verfügung gestellt." Belana seufzte und hob den Blick. „Ich würde gerne duschen."

„Klar." Grant zeigte auf eine der Türen. „Dort ist das Badezimmer."

„Soll ich Ihnen helfen?", fragte Megan, die gerne Grant zuvorkommen wollte, der wirkte, als wollte er seiner Ex-frau den selben Vorschlag machen.

„Nein, das geht schon. Ich hätte nur gerne frische Kleider."

„Ich kann Ihnen etwas borgen“, sagte Megan. „Vielleicht ein Kleid? Da fällt die … fehlende Länge nicht so auf.“ Sie lächelte, obwohl ihr der Sinn eigentlich gar nicht danach stand.

Belana nickte. „Das wäre sehr nett von Ihnen.“ Sie trank einen Schluck und stemmte sich dann auf die Beine, um auf das Badezimmer zuzusteuern. „Wenn ich in einer Stunde nicht zurück bin …“

Grant nickte lächelnd, während es Megan gar nicht passte, dass er Belanas Bemerkung offenbar witzig fand.

Unmittelbar meldete sich ihr schlechtes Gewissen. Eigentlich müsste sie sehr erleichtert sein, dass sie Maireads Mutter lebend gefunden hatten; und eigentlich war sie das auch, aber …

„Gleich morgen früh fahren wir nochmal hoch zum Callanish und suchen diese Kette“, unterbrach Grant ihre Gedanken und trat näher zu ihr.

Sie lächelte. „Eine Entführung. Ein verschwundener Mann. Eine mysteriöse Halskette. – Ein neuer Fall?“

Er hob die Hände, konnte jedoch nicht verbergen, dass sie den Nagel auf den Kopf getroffen hatte. „Wir sehen einfach mal nach, würde ich sagen. Kann ja nicht schaden.“

„Sehe ich auch so.“ Sie machte einen Schritt zurück, während im Badezimmer die Dusche ansprang. „Ich hole Belana einige Kleider. Bin gleich zurück.“

„Alles klar.“

Megan ging hinüber in ihr eigenes Hotelzimmer und wühlte unter Othellos Aufsicht nach einem Kleidungsstück, in dem Belana McHugh möglichst unförmig aussehen sollte. Leider war das bei einem Model vermutlich ziemlich schwer. Diese Frau würde auch in einem Rupfensack noch gut aussehen, also griff sie nach einem Sommerkleid, das ihr bis zu den Waden, Belana aber wohl nur bis zu den Knien reichte und brachte es Grant.

Als sie ins Zimmer kam, saß Belana auf der Couch, in einen flauschigen Bademantel gewickelt, das Haar unter einem Handtuchturban versteckt.

„Hier ist etwas zum Anziehen“, sagte Megan.

Belana hob den Blick. Obwohl eine ihrer Gesichtshälften gelb-lila schimmerte, sah sie einfach umwerfend aus.

„Vielen Dank“, nickte sie und nahm das Kleid entgegen.

Megan fühlte sich reichlich fehl am Platz, schob unschlüssig die Hände in die Hosentaschen und lächelte Grant an.

„Also dann“, sagte sie dabei, „ihr kommt zurecht?“

Er nickte. „Danke, Megan.“ Er streichelte Othellos Kopf. „Euch beiden.“

Sie schob sich eine Locke hinters Ohr und machte einen Schritt zurück.

„Du sagst es ja: Einmal Cop, immer Cop.“

Mit einem Nicken zu Belana wandte sie sich zum Gehen.

Als sie hinter sich und Othello die Tür schloss und den Flur zu ihrem eigenen Hotelzimmer überquerte, beschlich sie ein ganz mieses Gefühl.

*

Um sich von allen verwirrenden Gedanken und der Tatsache, dass Grant und seine geschiedene Supermodel-Ehefrau die Nacht in derselben Hotelsuite verbrachten, abzulenken, stieg sie tatsächlich noch in den Whirlpool.

Dieser schaffte es dann, sie so todmüde zu machen, dass sie sich notdürftig abfrottierte und einfach nur noch ins Bett fiel.

Und genau da lag sie auch noch, als am nächsten Morgen heftig gegen ihre Tür geklopft wurde.

Sie nahm eines der Kissen und presste es sich auf den Kopf, um das Geräusch auszublenden, doch der pflichtbewusste Othello stand wenige Sekunden später neben ihrem Bett und winselte.

„Wir schlafen noch, Othello", nuschelte sie in ihr Bettzeug, doch das Klopfen wurde lauter.

„Megan?"

Das war Grant.

„Megan, bist du da?"

Er klang nicht, als würde er schnell wieder von ihrer Tür verschwinden.

„Nein", rief sie dennoch zurück.

„Komm, steh auf! Wir wollen zum Callanish!"

„Ich schlafe noch!"

„Ich habe Kaffee dabei!"

Sie hob ein Augenlid. Eine unwillkürliche Reaktion, wenn das Wort *Kaffee* ausgesprochen wurde.

Ihr Blick fiel auf Othello, der den Gast augenscheinlich gerne hereingelassen hätte.

„Also schön", sagte sie, „lass ihn rein!"

Sofort wirbelte Othello herum, lief zur Tür und sprang auf die Klinke.

Ein sichtlich überraschter Grant mit zwei Kaffeebechern stand davor und blickte auf Othello hinab.

„Das ist neu", sagte er, trat ein und machte die Tür wieder zu.

Megan drehte sich widerwillig im Bett herum und erstarrte. Dank der Tatsache, dass sie gestern direkt vom Whirlpool ins Bett gefallen war, war sie unter ihrem dünnen Laken nackt.

Schlagartig war sie hellwach, setzte sich auf und zog sich das Bettzeug bis zum Kinn.

Grant stand vor dem Bett und blickte auf sie hinab.

„Warum stehst du nicht auf?“

„Weil ich unter dem Laken nichts anhabe!“, erklärte sie und rollte demonstrativ mit den Augen.

„Ich drehe mich um.“

Während er mit seinen beiden Kaffeebechern eine halbe Pirouette vollführte, schielte Megan nach ihrem Shirt, das auf dem Stuhl neben dem Bett lag. Sie streckte sich danach und warf es schnell über. Für Unterwäsche jedoch musste sie an ihren Koffer.

„Ich müsste mal an mein Gepäck“, sagte sie zu Grants Kehrseite, der ein Achselzucken von sich gab.

„Soll ich rausgehen?“

„Nein, schon okay. Sie rutschte an die Bettkante, zog sich das Shirt über den Hintern und holte etwas umständlich einen Slip aus ihrem Koffer, den sie sich schnell überzog.

„Alles okay, ich bin -“ Sie stockte, während er sich herumdrehte. „Was hast du da?“, fragte sie.

„Was habe ich wo?“

„Am Nacken. Hast du dich verletzt?“

Blitzschnell glitt seine Hand an seinen Hals. „Ach das …“ Er schüttelte den Kopf. „Das ist nichts.“

Megan legte den Kopf schräg und machte einen Schritt auf ihn zu.

„Wo ist Belana?“

„Abgereist."

„Jetzt schon?"

Er schluckte. „Heute Morgen ganz früh."

Megan hatte im vergangenen Jahr einiges über auffälliges Verhalten gelernt. Sie machte noch einen Schritt auf ihn zu.

Sein Atem ging schnell, aber er versuchte ihn flach zu halten, damit es nicht auffiel. Seine Haut war gerötet, seine Schlagader hüpfte aufgeregt an seinem Hals und die trockenen Lippen befeuchtete er sich wieder und wieder mit der Zunge.

Allmählich schwante es ihr. Doch, um völlig sicher zu gehen …

„Zieh das Hemd aus!"

„Was?" Er riss die Augen auf.

„Nur über die Schultern und dann dreh mir den Rücken zu!"

„Ich wüsste wirklich nicht, warum -"

„Tu es!"

Als er mit einem widerwilligen Schnauben, seine obersten beiden Hemdknöpfe öffnete, zitterten seine Finger kaum merklich. Er schob sich das Hemd über die wohlgeformten Schultern und hob den Blick.

„Zufrieden?"

„Umdrehen!"

Er zögerte kurz, dann gehorchte er.

Megan entglitt ein ohnmächtiges Geräusch beim Anblick des Netzes von Kratzspuren auf seiner Haut.

„Ich fasse es nicht!", rief sie aus. „Du hast mit ihr geschlafen! Mit deiner Exfrau! Ausgerechnet mit *ihr*!"

Grimmig zog er sein Hemd wieder über und knöpfte es zu. „Du brauchst mir keine Standpauke zu halten! Es war ein Fehler! Sofort heute Morgen haben wir uns wieder gestritten und -“ Er stockte. „Was machst du da?“

Megan warf die Kleider in ihren Koffer. „Wonach sieht’s denn aus?“

„Als würdest du packen!“

„Ja, genau. Ganz genau! Ich packe! Ich *packe*!“ Sie schlug den Kofferdeckel zu und ließ geräuschvoll die Schlösser einrasten.

Grant stellte den Kaffee weg und blickte sie mit einem verständnislosen Kopfschütteln an. „Bist du sauer?“

Sie fuhr herum und dabei versetzte es der Wucht ihres Zorns keinen Dämpfer, dass sie praktisch nackt war.

„Ob ich sauer bin?“, rief sie. „Oh, ja! Ich bin sauer! *Stinksauer* sogar! Und jetzt geh mir aus dem Weg!“

„Jetzt warte doch mal!“ Als er sie bei den Schultern nahm und ihr den Weg zur Tür versperrte, ging die Wut mit ihr durch. Sie verpasste ihm eine schallende Ohrfeige und musste aufpassen, dass sie vor lauter Enttäuschung nicht losheulte. Sogar sie selbst war überrascht von der Intensität ihres Gefühls.

„Was soll denn das?“, rief Grant aus. Als er einen Schritt auf Megan zumachen wollte, brachte ihn ein kehliges Knurren von Othello zur Raison. Der konflikterfahrene Hund stellte sich vor sein Rudelmitglied und fixierte Grant mit einem starren Blick.

Dieser schnaufte. „Es ist ja nicht so, dass wir eine Beziehung hätten!“

„Natürlich haben wir eine Beziehung!“ Megan warf die Arme in die Luft.

„Was?“

Sie versuchte, ihn zu umrunden, doch er machte einen Schritt zur Seite, um ihr neuerlich den Weg abzuschneiden.

„Könntest du mir das mal erklären?"

Sie hob den Blick und starrte ihn voller Zorn an.

„Ich dachte, das, was zwischen uns ist, bedarf keiner rituellen und gesellschaftlich vorgegebenen Paarung, um als Beziehung zu gelten! Ich dachte, die Dinge zwischen uns würden passieren, wie und wann sie sich ergeben; wenn es natürlich und gut und leidenschaftlich ist." Sie schüttelte den Kopf. „Ich dachte, die Verbundenheit, die ich dir gegenüber empfinde, würde auf Gegenseitigkeit beruhen, aber offenbar habe ich mich geirrt."

„Das hast du natürlich nicht!", hielt er dagegen. „Ich wusste nur nicht, …; ich habe gedacht …"

„Was würdest du denn tun, wenn ich mit meinem Exfreund ins Bett gehen würde?"

„Den Kerl abknallen!"

„Na, bitteschön!", rief sie mit ausgestreckten Händen, und versuchte sich dann zu beruhigen. Sie musste ihre Hose finden. Als sie sie vor der Badezimmertür entdeckte, stieg sie schnell hinein und schlüpfte in ihre Schuhe.

Grant stand noch immer vor der Tür und blickte sie schuldbewusst, verwirrt und gleichzeitig wütend an.

„Ich habe natürlich kein Recht, von dir irgendetwas zu erwarten; schon gar nicht Treue, für die du augenscheinlich keinen Grund siehst", erklärte sie schon deutlich ruhiger. „Aber du hast im Gegenzug ebenfalls kein Recht dazu, von mir zu erwarten, dass ich hierbleibe, um … was auch immer. Also …" Sie warf einen demonstrativen Blick auf die Tür.

Grant deutete ein hilfloses Kopfschütteln an und machte einen Schritt auf sie zu. „Megan …"

Othello hielt ihn mit einem Knurren auf Abstand. Megan straffte die Schultern und sagte mit einem Nicken auf ihren Hund: „Er spricht für uns beide. Also lass uns jetzt bitte raus.“

Er zögerte noch einige Augenblicke, dann trat er mit gesenktem Kopf zur Seite und bewegte sich nicht mehr, bis Megan und Othello den Raum verlassen hatten.

*

Megan saß vor dem kleinen Kaffee auf dem Flugplatz und wartete darauf, dass die Maschine landete, die sie schließlich aufs Festland zurückbringen sollte.

Mehrere Male hätte sie am liebsten geweint, aber dann war sie wieder so wütend gewesen, dass die Hitze ihres Zorns die Tränen verdampft hatte.

Und dabei wusste sie gar nicht, auf wen genau sie wütend war; vermutlich auf alle. Auf Grant, den Judas Belana und sich selbst, weil sie ihre Gefühle auf so jämmerliche Weise und im unpassendsten aller Momente nicht nur verraten, sondern auch noch hysterisch hinausposaunt hatte.

Wieder klingelte ihr Handy. Das war nun der 22. Anruf in Abwesenheit und es würde nicht der letzte sein, denn Grant war ein schottischer, sturer Holzkopf und sie würde ganz sicher nicht abnehmen. Sie wusste auch gar nicht, was sie sagen sollte, denn sie war so verdammt enttäuscht. Und traurig. Und fühlte sich von einem Mann hintergangen, der eigentlich nur ihr bester Freund war.

Eigentlich. Denn es fühlte sich ganz anders an. Schmerzhaft und intensiv.

Ihr Handy setzte zu einem neuerlichen Klingeln an, so dass sie ein entnervtes Schnauben von sich gab und den Blick hob, ob irgendwo endlich ihr Flugzeug eintrudelte.

Leider war das nicht der Fall.

Sie streichelte über Othellos Kopf und fragte sich, ob ein Hund wirklich der einzige *Mensch* war, dem man vertrauen konnte.

Als ihr plötzlich jemand auf die Schulter tippte, fuhr sie zusammen.

„Oh, ich wollte Sie nicht erschrecken“, sagte die Dame, die ihr den Kaffee gebracht hatte. „Da ist ein Telefonat für Sie.“

Megan kniff die Lippen zusammen. „Sagen Sie ihm, ich bin nicht interessiert.“

„Aber der Mann ist von der Polizei.“

„Ich weiß. Trotzdem.“

Die Frau machte einen reichlich zerknirschten Eindruck. „Er sagt, es wäre sehr wichtig. Ginge um Leben und Tod. – Sie sollten besser rangehen, aye?“

Bei dem Begriff *Leben und Tod* wurde Megan hellhörig. Sie konnte sich nicht vorstellen, dass Grant ihn missbrauchte, nur um sie ans Telefon zu kriegen.

Sie erhob sich von ihren Koffern. „Bleib“, sagte sie zu Othello, der neben dem Gepäck Platz nahm und ging dann hinein.

Das Telefon des Flugplatzes hatte eine Wählscheibe und eine reichlich kurze Schnur, so dass Megan sich über den Tresen beugen musste, um dran zu kommen.

„Es geht also um Leben und Tod?“, fragte sie.

„Allerdings.“ Am anderen Ende der Leitung eine kurze Pause. *„Ich weiß jetzt, was das für eine Kette ist und wo sich dieser Johnny wohl versteckt. Oder versteckt hat, muss es wohl heißen.“*

Megan zog die Stirn kraus. „Warum muss es das heißen?“

„Weil hier Blut ist, Megan. Und zwar eine verdammt ungesunde Menge davon.“ Ein lautes Seufzen am anderen Ende der Leitung. *„Ich kann mir vorstellen, dass dir momentan nicht unbedingt der Sinn nach einer Ermittlung steht; insbesondere nicht mit mir. Aber bevor hier die Kollegen auftauchen, möchte ich mir einmal den Tatort ansehen, um herauszufinden, was dahintersteckt. Sie ist immerhin die Mutter meines Kindes, Megan. Und ich muss sicher sein können, dass sie außer Gefahr ist. Denn nur dann ist auch Mairead in absoluter Sicherheit, wenn sie wiederkommt. Also bitte ich dich darum, hier mit Othello und mir einmal das Haus abzugehen und dann noch einmal hoch zum Callanish zu fahren und die Kette zu suchen.“* Eine Pause. *„Bitte!“*, setzte er dann noch einmal nach.

Sie sah hinaus zu Othello, der brav neben dem Gepäck wartete. Sie wollte zwar Grant am liebsten jede Wimper einzeln ausreißen, doch die Aussicht auf ein Rätsel, das es zu lösen galt, summte hinter ihren Schläfen und lockte sie mit seiner einzigartigen Magie.

Vermutlich war es kein Problem, wenn sie etwas später abreiste, dachte sie und sagte: „Gib mir die Adresse.“

V

Als Megans Taxi vor dem Haus hielt, fiel ihr wieder ein, warum ihr die Adresse so bekannt vorgekommen war. Es war Johnny Parkers Haus.

Von Grant jedoch war weit und breit nichts zu sehen.

Sie bezahlte den Fahrer, ließ Othello herausspringen und blickte an der schäbigen Fassade des einsamen Hauses empor, während das Taxi wegfuhr.

Den Koffer hatte sie ins Hotel bringen lassen.

„Ich bin hier!“

Grants Stimme ließ sie herumwirbeln. Als sie ihn neben dem Haus stehen sah, machte ihr Magen einen Satz. Die Wut und Enttäuschung, die sie empfand, wollten so gar nicht zu der Freude passen, die sie ebenfalls nicht leugnen konnte. Als sie auf ihn zuging, sah sie, dass ihre Ohrfeige einen ovalen roten Fleck auf seiner Wange hinterlassen hatte.

Als sie vor ihm stand und zu ihm aufblickte, wurden ihr die Knie weich. Eine lächerliche Emotion, wenn man bedachte, warum sie hier waren und was sich so in den letzten Stunden zugetragen hatte.

„Ich … ähm …“ Grant rieb sich etwas unschlüssig den Nacken. Den *zerkratzten* Nacken!

Megan hob die Hand. „Reden wir nicht davon!“

„Trotzdem.“ Er zog die Stirn kraus. „Ich will nur sagen, … ich habe nicht nachgedacht.“

„Oh, du hast nachgedacht! – Nur leider mit dem falschen Körperteil!“ Sie zeigte zwischen seine Beine.

„Ja, ich weiß. Ich … ich tue Buße. Ich mach es wieder gut. Zumindest versuche ich es.“ Er schüttelte den Kopf und nahm ihre Hand, die sie ihm wieder entzog. „Ich bin schwach geworden gestern Abend. Bin in alte Gewohnheiten verfallen und habe einen großen Fehler gemacht. Das war immer das Problem mit Belana. Einer von uns beiden wurde schwach. Aber wenn wir beide uns versuchten, auf Augenhöhe zu begegnen, kam es immer zum Streit. Ich … - es gibt nur einen Menschen, dem ich mich auf Augenhöhe verbunden fühle, Megan, und das bist du. Und wenn ich das mit diesem … Zwischenfall kaputtgemacht habe, dann habe ich neben der Beziehung zu Mairead die wertvollste zerstört, die ich überhaupt habe.“

Megans Nase brannte und plötzlich musste sie aufpassen, dass ihre Augen nicht überliefen.

„Du weißt genau, dass ich schlecht vertrauen kann“, sagte sie mit viel zu schwacher Stimme. „Du weißt genau, dass ich einen ganz miesen Start hatte und eine Familie, die keine war; ohne Liebe; ohne Rückhalt. – Ich dachte einfach, ich … - keine Ahnung, was ich dachte. Dass etwas Besonderes zwischen uns ist, vielleicht.“

„Das ist es auch. Das hat sogar Belana gesehen!“

Megan zog die Stirn kraus. „Wie meinst du das?“

„Das war der Auslöser unseres Streits heute Morgen.“

Sie verschränkte die Arme vor der Brust. „Ich höre.“

„Na ja, Belana hat beachtliches manipulatives Geschick. Und nach dem, was … vorgefallen war, nutzte sie die Nähe, um mich zu überreden, wieder nach Edinburgh zurückzugehen. In diesem Fall bot sie an, den Sorgerechtsstreit zu vergessen und es beim gemeinsamen Sorgerecht zu belassen.“

Megan schluckte und sah zu ihm empor. „Und du hast … nicht eingewilligt?“

„Natürlich nicht. – Und deswegen wurde sie richtig sauer. Sie hat mich und dich mit einigen recht unfreundlichen Adjektiven bedacht und mir vorgeworfen, dass ich …“

„Dass du was?“

„Ihr Worte waren: So wie du die Engländerin beim Autofahren ansiehst, siehst du mich nicht mal beim Vögeln an!“

Megan zog die Stirn kraus, konnte aber nicht verhindern, dass sich ihr Ego durchaus gestreichelt fühlte.

„Und was hast du darauf gesagt?“

„Ich habe ihr gesagt, dass sie dich aus dem Spiel lassen soll. Und dass ich in Fort Augustus bleiben will, … na ja.“ Er lehnte sich gegen die Mauer des Hauses. „Es stimmt ja auch. Ich will nicht weg von dir.“

Als Megan die Augen aufriss, wich er ihrem Blick aus. „Es ist schon so, wie du sagst. Wir haben eine Beziehung. Eine ungewöhnliche. Eine, die anders ist und vielleicht gerade deswegen so gut und wertvoll. – Zumindest war sie das, bis ich es versaut habe.“

Beinah hätte sie gesagt: Das hast du nicht! – Aber sie wusste selbst nicht genau, was nun eigentlich war.

„Ich hasse dich nicht“, erklärte sie deswegen. „Soweit kann ich dir entgegenkommen.“

„Ein Anfang.“ Grant nickte langsam. „Nicht der vielversprechendste. Aber ein Anfang.“

„Und jetzt will ich von dieser Gefühsduselei nichts mehr hören! – Wo ist das Blut?“ Sie brachte ein Lächeln zustande, das Grant mit einiger Erleichterung erwiderte.

„Da hinten! – Othello weiß es schon.“ Er zeigte auf den

Hund, der die Nase in die Höhe gestreckt seine Leine auf Spannung hielt."

„Soll ich ihn loslassen?"

„Besser nicht. Da ist viel Blut, viele potentielle Spuren. Lass uns erst einmal alles in Ruhe abgehen."

„Okay." Sie folgte Grant zur Rückseite des Hauses. „Wieso bist du überhaupt nochmal hierhergekommen?"

„Na, wir waren ja nur bis zur Speisekammer vorgedrungen. Da dachte ich mir, ich sehe nochmal nach. Ich habe ihn auch beim Einwohnermeldeamt abgefragt. – Wie es aussieht, ist unser Johnny tatsächlich Archäologe oder vielmehr …"

Er blieb stehen und Megan tat mit offenstehendem Mund das Gleiche. „… war er es", komplettierte sie Grants Satz und blickte auf die großflächig verteilten Blutpfützen, die die trostlose, ehemals graue Steinterrasse besudelten.

Othello bellte und sie beruhigte und lobte ihn.

„Er könnte schlimm verletzt geflohen sein", mutmaßte Grant, „aber bei der Art und Weise, wie das Blut verteilt ist …"

„Er wurde übel zusammengeschlagen", erklärte Megan und wagte kaum hinzusehen, bei dem, was sich vor ihrem inneren Auge abspielte. „Und nach der Menge des Blutes zu urteilen und wie es verteilt ist, nicht nur mit der Hand."

„So sehe ich es auch." Megan suchte mit Othello den ungemäten Rasen ab. „Es führt keine Blutspur von dort weg. Er konnte also nicht mehr fliehen."

Grant nickte.

„Er wurde gefoltert. Ich würde ziemlich viel Geld verwetten, dass irgendjemand versucht hat, herauszufinden, wo die Kette war. Und nachdem er bei Belana zuerst nicht weiterkam, hat er es mit Johnny Parker nochmal in einer Einzelsession versucht."

„Aber ohne Erfolg. Denn wie wir wissen liegt die Kette …"

„Am Callanish." Er nickte. „Lass Othello die Leiche suchen und dann fahren wir."

„Das ist nicht nötig. Wenn es hier eine Leiche gäbe, könnte ich ihn nur noch schwer halten. Alles was hier ist, ist Blut."

„Sicher?"

Sie lächelte. „Ich kenne meinen Hund."

„Das wette ich. Dann lass uns fahren."

Als er sich zum Gehen wandte, hielt sie ihn am Arm fest. „Mir Othello zu schenken, war das Schönste, was überhaupt jemals ein Mensch für mich getan hat", erklärte sie, ohne seinen Arm loszulassen.

„Also habe ich doch nicht alles falsch gemacht?"

„Nein." Sie schüttelte den Kopf. „Nicht alles."

*

„Ich fliege heute Abend", erklärte sie im Gehen. „Nur, damit du es weißt!"

„Und wenn wir einen Fall haben?"

„*Wir* haben keinen Fall. Ich bin Lehrerin und keine Polizistin."

Sogar aus dem Augenwinkel sah sie, dass er die Stirn krauszog. „Das sind ja ganz neue Töne."

„Wie gesagt, ich fliege heute Abend nach Hause. Ich habe einiges zu erledigen."

„Du hast doch Ferien."

„Ich habe auch ein Leben außerhalb der Schule.“ Mit jedem Satz wurde ihre Stimme schnippischer, was zwar nicht geplant aber dennoch nicht unpassend war, wie sie fand.

„Und verrätst du da Details?“

„Das wollte ich eigentlich. Aber das war, bevor deine Exfrau deinen Nacken und weiter südlich gelegene Körperregionen bearbeitet hat.“

Mit einem grimmigen Schnauben parkte er den Wagen und stieg aus. „Wie lange muss ich mir das jetzt anhören?“

„Das hängt ganz von den Fortschritten ab, die die Medizin bei der Verlängerung des menschlichen Lebens macht. Aber mindestens ein- bis zweitausend Jahre!“

Sie ließ Othello heraus und machte sich auf den Weg zu dem Opferstein, der ihr noch bestens in Erinnerung war.

Dank des Nieselregens waren ihre Schuhe innerhalb von Sekunden nass, wenig später ereilte ihre Füße dasselbe Schicksal.

„Bekomme ich denn wenigstens einen Tipp?“, fragte er, indem er aufschloss.

„Nein.“ Sie trat vor den Stein und bückte sich. „Und wo soll diese Kette jetzt sein?“

„Belana sagte, sie wäre unter die Kante gerutscht. Wir müssen sie wohl auf Knien absuchen.“

Megan verschränkte die Arme vor der Brust und schwieg, woraufhin Grant nickte.

„Ich verstehe schon.“ Er ging auf die Knie und kroch unter den Stein, um die Hand unter die Kante zu schieben und nach der Kette zu tasten.

„Ich glaube, ich habe gerade eine Regenwurmfamilie angefasst. Außerdem einen Ameisenhaufen und ein Wespennest entdeckt.“

„Übertreib nicht!"

„Ich glaube, ich wurde gerade von einer Schlange gebissen."

„Könnte auch eine Brombeerranke gewesen sein."

„Wenn ich in einer Minute umkippe, wissen wir's. – Aha!" Er kam etwas mühevoll unter der Steinplatte hervorgekrochen und hielt die hässlichste Steinkette der Welt in Händen, als hätte er einen Oscar gewonnen. „Das muss sie sein."

„Ich gebe es nicht gerne zu, aber deine Exfrau hat recht. Das Ding ist unfassbar hässlich."

„Ja, aber davon mal abgesehen …" Er legte sie auf den Opferstein, der vom Nieselregen glänzte, besonders jetzt, wo die Sonne wieder herauskam. Die Kette bestand aus acht Walnussgroßen, grauen Steinen, die ungleichmäßig auf ein Lederband gefesselt waren. In der Mitte war ein Bronzetaler, auf dem eine Art Pferd abgebildet war. Vielleicht war es auch eine Kuh. Oder ein Hirsch.

„Wieso sollte jemand dafür entführen und foltern?", fragte er Megan.

„Das lassen Sie mal meine Sorge sein!"

Die beiden fuhren herum und starrten geradewegs in den Lauf einer Pistole. Der Mann, der sie in der Hand hielt, hatte grimmig die Augen zusammengekniffen und fixierte die Halskette.

„Geben Sie sie mir!"

„Wer sind Sie?", fragte Grant, erhielt aber nur ein abfälliges Lachen zur Antwort.

„Die Kette! Und zwar sofort!"

„Wo ist Johnny?", fragte Megan, doch das Gesicht ihres Gegenübers verzog sich nur kurz, bevor er sagte:

„Keine Ahnung, wovon Sie sprechen!"

„Das getrocknete Blut unter Ihren Fingernägeln sagt etwas Anderes!“

Megan blieb schier das Herz stehen, als er einen Schritt auf sie zumachte. Noch ehe sie es sich versah, stand Grant vor ihr.

„Hier“, sagte er. „Nehmen Sie die Kette!“

„Die Kleine hat ein ziemlich loses Mundwerk. Ich sollte es ihr stopfen.“ Er grinste schief und griff sich in den Schritt. „Vielleicht hiermit!“

Während Megan hinter Grant ein wenig zusammenschrumpfte, straffte er die Schultern. „Nehmen Sie die verdammte Kette und verschwinden Sie! Mir ist scheißegal, was Sie damit machen und wen Sie dafür umbringen. Ich wollte nur meine Frau wiederhaben.“

„Die Brünette?“

Grant nickte. „Sie ist schon auf dem Festland und wir fliegen ihr heute nach. Sie sehen uns nie wieder!“

„Tut mir leid! Das Risiko kann ich leider nicht eingehen!“

Er hob die Waffe und Megan brüllte aus vollem Hals: „Othello!“

Der Mann, der nicht gemerkt hatte, wie sich der Schäferhund von hinten angeschlichen hatte, konnte sich nicht schnell genug herumdrehen und wurde von Othello zu Boden gerissen.

Er war zwar kein ausgebildeter Schutzhund, aber sein Beschützerinstinkt rettete Megan und Grant das Leben.

Letzterer sprang nach vorn, drehte den Angreifer auf den Rücken und schlug ihn mit einem Fausthieb K.O.

Dann nahm er ihm die Kette aus der Hand, streichelte Othello und drehte sich etwas atemlos zu Megan herum.

„Weißt du, was das bedeutet?“

Noch immer reichlich geschockt, aber nach wie vor, eine Frau, die den Fehdehandschuh aufhob, der ihr vor die Füße geworfen wurde, nickte sie und sagte: „Wir haben einen Fall!“

*

Der noch immer benommene Angreifer wurde behelfsmäßig mit einem Abschleppseil gefesselt und dann auf die Rückbank neben Othello gesetzt, unter dessen strenger Aufsicht er auch bei aufklarendem Bewusstsein keine Regung wagte.

„Ich muss vermutlich draußen warten, bis ihr mit der Befragung fertig seid“, beschwerte sich Megan.

„Falls ich bei der Befragung überhaupt dabei sein darf. Das ist ja schließlich nicht meine Angelegenheit, was hier auf der Isle of Lewis passiert.“

„Aber du versuchst es doch wenigstens, oder?“

„Entführung, Folter, ein verschwundenes Opfer, eine prähistorische Kette an einem mystischen Steinkreis: Natürlich versuche ich es! Ich will dir ja die Ferien nicht verderben.“

Mit einem Lächeln stieg er aus, zog den Kerl unsanft von der Rückbank und steuerte auf das Revier zu. Megan überlegte einen Moment lang, ob er die Kette vergessen hatte, die sie noch immer in der Hand hielt. Doch dann kam ihr eine Idee.

Sie rutschte rüber auf den Fahrersitz des Mietwagens, schnallte sich an und startete den Wagen.

Das Heimatmuseum war erfreulicherweise nur einen Katzensprung vom Polizeirevier entfernt.

Megan schoss ein Foto von der Kette – da sie befürchtete, dass man ihr das Schmuckstück sofort abnehmen würde, wenn sie damit das Museum betrat – und stieg aus. Othello ließ sie im Wagen, da das „Wir bleiben draußen"-Schild mit dem Abbild eines Hundes, schon von weitem neongelb leuchtete.

Sie erklomm die drei Treppenstufen zu dem für ein Museum sehr kleinen Gebäude und sah sich um. Hinter einem kleinen Tischchen saß eine Dame, die offenbar Eintritt kassierte.

Das Buch, in das sie vertieft war, zusammen mit der gähnenden Leere im Museum ließ jedoch darauf schließen, dass sie nicht allzu viel zu tun hatte.

Sie hob mit einem Lächeln den Kopf. „Guten Morgen", sagte sie mit breitestem Hochlandakzent und richtete sich auf. „Eine Person?"

„Ja, das heißt … nein …" Megan lächelte. „Ich bin eigentlich hier, um Sie nach einem Ausstellungsstück zu fragen."

„Einem Ausstellungsstück?", fragte die Dame, die ihrem Namensschild nach „S. Sanders" hieß. Sie war schätzungsweise Mitte Dreißig und hatte naturblondes Haar, das ihr kerzengerade bis auf die Schultern fiel. Ihr Gesicht war schmal und freundlich.

„Ja." Megan hielt ihr das Handy hin. „Es geht um diese Kette."

Das Gesicht von Miss Sanders leuchtete auf. „Oh! Haben Sie sie gefunden?"

„Wir wissen, dass sie für ein Fotoshooting verliehen und dann verschwunden war", wich sie der Frage aus. „Können Sie sich vorstellen, warum jemand an diesem Stück so interessiert sein könnte, dass er es stiehlt?"

„Offen gestanden nicht.“ Miss Sanders stand auf und winkte Megan hinter sich her. Sie folgte ihr an Informationstafeln und Bildern vorbei den Korridor hinab. Fast alles davon drehte sich um den Callanish.

„Die Kette ist eines unserer neueren Ausstellungsstücke“, sagte Miss Sanders im Gehen. „Wir sind nur ein kleines Museum und finanzieren uns mehr oder weniger durch unseren Enthusiasmus und die Spenden einiger heimatverbundener Anwohner.“

„Seit wann haben Sie die Kette?“

„Seit etwa einem halben Jahr. Mister Riley hat sie auf einem Flohmarkt entdeckt.“ Sie lachte. „Unglaublich, was in den Kellern der Menschen schlummert, ohne dass sie ahnen, was es ist.“

„Wer ist Mister Riley?“

„Er leitet das Museum. Momentan ist er im Urlaub, sonst könnte er Ihnen noch mehr zu der Callanish-Kette sagen. Ich kann Ihnen aber versichern, dass sie schon allein deswegen außergewöhnlich ist, weil die geologische Untersuchung ergab, dass sie aus denselben Steinen gearbeitet ist, wie der Opferstein.“

Megan hob die Brauen. „Tatsächlich?“

„Ja. – Und seit das bekannt ist, hat Mister Riley viel Zeit oben am Steinkreis verbracht, um herauszufinden, welchen genauen Zweck und welche Verbindung zu den Steinen die Kette wirklich hatte. Wie Sie sehen, hat sie eine Bronzemünze in der Mitte. Die Radiokarbondatierung ergab, dass die Kette samt Münze über 3.000 Jahre alt ist.“

Megan schwieg, um ihre mangelnde Allgemeinbildung nicht hinauszuposaunen. „Das scheint offenbar etwas Ungewöhnliches zu sein“, stellte sie fest.

„Ja, wenn man bedenkt, dass diese Datierung uns mehr als 800 Jahre in die Vergangenheit führt, vor die Zeit, in der die Bronzezeit laut der weltweiten Meinung begann."

„Ist es dann nicht sehr riskant, ein solches Stück aus der Hand zu geben? Ich nehme an, Sie und Mister Riley wollten untersuchen, wie und wo das Stück gefertigt wurde, wenn es womöglich eine ganze Epoche fast 1000 Jahre in die Vergangenheit zurückverschiebt."

„Das ist richtig. Aber … wir sind wie gesagt nur ein kleines Museum. Mister Riley hat Forschungsgelder beantragt, aber bis die genehmigt werden, kann es Jahre dauern; falls sie überhaupt genehmigt werden. Er hatte die Hoffnung, dass die Callanish-Kette durch die Abbildung in der *Science of Today* Menschen auf sich aufmerksam macht."

„Menschen, die die Forschung mit ihren Geldern unterstützen, meinen Sie?"

Miss Sanders nickte. „Genau." Sie war mittlerweile vor einem leeren Glaskasten angekommen. „Dass die Kette dabei verschwindet, war natürlich das Allerletzte, das passieren sollte."

„Glaube ich sofort", bemerkte Megan und betrachtete den Glaskasten und die darunterliegende Informationstafel.

„Was genau versucht Mister Riley mithilfe der Kette herauszufinden? Ist sie nicht schon allein durch die Datierung Beweis genug, dass bereits deutlich früher Bronze gegossen wurde, als angenommen?"

„Jein." Miss Sanders wackelte mit dem Kopf. „Die Datierung ist natürlich so gesehen ein Beweis. Aber ohne eine weitere Münze oder am besten noch die Spuren der Gießerei, wo sie hergestellt wurde, wird sich das Wissen niemals durchsetzen."

„Falls er all dies jedoch finden würde“, schlussfolgerte Megan. „Wäre es …“

„Eine wissenschaftliche Sensation. Genau.“ Miss Sanders lächelte. „Die Wissenschaftsmagazine würden sich um ihn reißen. Gastvorträge an Universitäten und Tagungen, Forschungsgelder …, Sie wissen schon.“

Megan nickte. „Können Sie mir Mister Rileys Adresse geben?“, fragte sie. „Wir würden gerne mit ihm sprechen.“

„Wir?“

„Ich bin Beraterin der Polizei. Wie es aussieht, gab es im Zusammenhang mit der Kette auch eine Entführung. Mehr als eine Person scheint sich dafür zu interessieren.“

„Eine Entführung?“ Die Museumsangestellte legte die Hand an die Kehle. „Großer Gott. Geht es dem Opfer gut?“

Megan erinnerte sich an die Menge Blut auf Johnnys Veranda. „Schwer zu sagen“, gab sie vage zurück. „Aber vielleicht hat Mister Riley noch weitere Informationen, die uns vielleicht voran- und ihn wieder in den Besitz der Kette bringen.“

„Ja, natürlich.“ Sie zeigte hinter sich zu ihrem kleinen Tischchen. „Ich schreibe Ihnen die Adresse auf, ist das in Ordnung?“

„Bestens. Vielen Dank.“

*

Gerade als sie den Wagen vor dem Polizeirevier vorfuhr, kam Grant aus dem Gebäude.

„Perfektes Timing“, erklärte sie lächelnd und drückte ihm einen der beiden Kaffeebecher in die Hand, die sie unterwegs besorgt hatte.

Ein wenig verblüfft nahm er ihn entgegen.

„Danke."

„Warum so überrascht?"

„Nach dem, was heute Morgen geschehen ist …"

Sie hob die Hand, um den Satz abzuwürgen. „Es ist nur Kaffee", erklärte sie dann. „Keine Niere."

Grant verbrannte sich prompt die Unterlippe. Nach einigen Flüchen hob er den Blick.

„Der Kerl war eine Sackgasse", berichtete er. „Ganz besonders für den armen Johnny."

„Inwiefern?", fragte Megan, ahnte die Antwort aber schon.

„Weil er tot ist. Totgeprügelt, jeden Finger einzeln gebrochen, Verbrennungen … Das ganze Folterprogramm."

„Oh, Gott. – Hat er das gestanden?"

„Ja. - Der Kerl war nach dem, was am Callanish passiert war, und aufgrund der Tatsache, dass er ein meterlanges Vorstrafenregister hat, außerordentlich kooperativ. Er erzählte, dass er eine Überweisung bekommen hatte von 20.000 Pfund. Am Tag danach klingelte sein Telefon. Ein Mann am anderen Ende der Leitung versprach ihm weitere 20.000, wenn er die Kette in seine Hände bekäme."

„40.000 Pfund?"

Grant nickte. „Eine verdammte Menge Geld für ein so hässliches Ding."

„Kann man ihm glauben?"

„Leider ja, schätze ich. Denn er wollte sogar einen Lügendetektortest machen. Das machen Verdächtige eigentlich nur, wenn sie die Wahrheit sagen; zumal er nicht wie jemand wirkt, der den Polygrafen austricksen kann. Und das Geld kam auch wirklich an." Er seufzte.

„Bedauerlicherweise bedeutet das auch, dass wir keinerlei Hinweis darauf haben, wer ihn beauftragt hat. Das Telefon, mit dem er angerufen wurde, war ein Wegwerfhandy. Und die Kontonummer kommt von den Cayman Inseln. Wir stehen immer noch am Anfang."

Megan schüttelte den Kopf. „40.000 Pfund, Entführung und Mord? Ein Konto auf den Caymans? Das passt doch nicht zu einer hässlichen Steinkette, die am Ende der Welt in einem minimalistischen Heimatmuseum liegt!"

„Woher weißt du, dass das Museum minimalistisch ist?"

„Weil ich dort war."

Er hob die Brauen in die Stirn. „Tatsächlich?"

„Allerdings. – Und vielleicht stehen wir gar nicht so ganz am Anfang, wie wir denken." Sie nippte an ihrem Kaffee, bevor sie fortfuhr. „Ich habe mit einer Miss Sanders vom Museum gesprochen und sie nach der Kette gefragt."

„Du hast ihr doch nicht gesagt, dass wir sie haben?"

„Natürlich nicht!"

„Gut. – Ich hab es der Polizei nämlich auch nicht gesagt."

„Na, jedenfalls meinte Miss Sanders, dass der Leiter des Museums, ein Mr. Riley, dessen Adresse ich mir geben ließ, die Kette durch Zufall auf einem Flohmarkt entdeckte und dann hat untersuchen lassen. Es ist wohl so, dass die Bronzemünze mehr als 800 Jahre vor der Zeit gefertigt wurde, zu der die Bronzezeit begonnen haben soll. Außerdem sind die Steine aus demselben Urstein gefertigt, wie der Opferstein am Callanish."

„Das ist interessant."

„Ja, zumal es eine Sensation wäre, wenn Riley das Alter der Münze durch den Fund von weiteren oder gar einer Gießerei bestätigen könnte."

„Aber ist es eine Sensation, die 40.000 und einen Mord wert wäre?“

Megan ließ den Wagen an und sagte: „Das fragen wir Mister Riley am besten selbst.“

*

Der Leiter des Heimatmuseums wohnte in Stornoway, dem kleinen Küstenstädtchen mit den pittoresken weißen Häusern, die sich an die steinige Küste drängten.

„Es muss das neben der Kirche sein“, stellte Grant fest und bog neben der ebenfalls weißen, beinah quadratischen und kleinen Kirche in eine Seitenstraße ein.

Megan blickte auf ihren Zettel. Die Sauklaue der lieben Miss Sanders war leider kaum zu entziffern.

„Nummer 4, … schätze ich“, riet sie mit zusammengekniffenen Augen und hob den Blick, als Grant den Wagen an der Straße abstellte.

„Da steht ein großes R auf der Tür“, meinte er. Offenbar war sein Sehvermögen deutlich besser als ihres. Da sie sich das nicht anmerken lassen wollte, nickte sie.

„Ich lasse Othello erstmal im Wagen.“ Sie zauberte ein getrocknetes Schweineohr aus ihrer Tasche und sorgte für euphorisches Aufleuchten in den braunen Augen ihres Schäferhundes.

„Wir sind gleich wieder da“, sagte sie und übergab ihm das Schweineohr, das er ihr vorsichtig aus der Hand nahm und dann so herzhaft hineinbiss, dass es krachte.

Megan ließ die Scheibe einen Spaltbreit herunter und schloss die Fahrertür, dann ging sie mit Grant zum Haus.

„Was genau erzählen wir diesem Riley denn?“, fragte Megan leise.

„Ich würde vorschlagen die Wahrheit. Bis auf die Tatsache, dass wir die Kette haben."

Megan nickte. „Guter Plan." Sie hob die Faust und klopfte gegen die schmale Eingangstür, erstarrte jedoch, als diese durch das Klopfen einfach aufschwang.

Sie hob den Blick zu Grant, der eine Waffe zog, die ihr bisher gar nicht aufgefallen war.

„Darfst du das?", flüsterte sie.

„Die hiesige Polizei hat mir die Möglichkeit der Mitarbeit gewährt. Ich schätze mal, das passt in diese Umschreibung. – Mr. Riley?"

Aus dem Haus drang kein Laut. „Vielleicht ist er hinten im Garten", mutmaßte Megan.

„Ja, vielleicht." Er trat in den Flur, wo an einer Garderobe ordentlich Schuhe aufgereiht und Jacken aufgehängt waren.

„Mr. Riley? Sind Sie da?" Grant schob Megan hinter sich und ging mit erhobener Waffe bis zum Ende der Wand. „Wir sind von Scotland Yard."

Das war Megan zwar nicht, hatte aber rein gar nichts gegen die Vorstellung. Ihr stieg ein angenehm blumiger Geruch in die Nase. War das Lavendel?

Grant schnellte nach vorne und wirbelte mit der Waffe von links nach rechts. Dann tippte er Megan an und zeigte durch die gläserne Verandatür. „Nicht im Garten", formte er lautlos mit den Lippen und ging weiter in den Raum hinein. Die Küchenzeile war aufgeräumt und ziemlich leer, wie man es bei einem männlichen Single wohl erwarten musste.

Dem Badezimmer erging es ähnlich.

Der letzte Raum im Erdgeschoss, das Büro, war das größte Zimmer und bis unter die Decke mit Regalen und

Schränken vollgestopft, die wiederum ebenfalls so mit Büchern und Unterlagen überladen waren, dass sich die Böden bogen.

Der Schreibtisch, eine aus Eiche gefertigte Bastion der Bildung, die größer als so manches Doppelbett war, war ebenfalls so von Unterlagen bedeckt, dass die Tischplatte nicht mehr zu erkennen war.

Grant umrundete ihn und bückte sich unter den Tisch, tauchte mit einem USB-Kabel wieder auf. „Ich vermute, dass es hier mal einen Computer gab."

„Den hat er vielleicht mit in die Ferien genommen. Wie gesagt, Miss Sanders meinte, dass er auch in den Urlaub gefahren sein könnte."

„Dann lässt man doch aber seine Haustüre nicht offenstehen."

Megan zog die Stirn kraus. „Eher nicht", räumte sie ein. Zumal dieser Mister Riley offenbar sehr ordentlich war.

„Ich sehe im Obergeschoss nach, ob ich irgendetwas Verdächtiges finde. – Sieh du dich doch hier ein wenig um. Vielleicht gibt es Aufzeichnungen oder Unterlagen zur Kette."

Megan nickte und drehte sich zum Schreibtisch, während Grant aus dem Raum und kurz darauf nach oben ging.

Sie seufzte. Dieser Dschungel aus Unterlagen, Büchern und Heftern war für sie weder zu durchschauen noch zu verstehen. Es gab viele lose Blätter, auf denen Jahreszahlen und Koordinaten standen. Einige Notizblätter waren in Latein bekritzelt, was die Sache auch nicht unbedingt leichter machte.

Sie holte ihr Handy hervor und fotografierte wahllos einige Unterlagen, dann drehte sie sich zum Regal dahinter und tat dasselbe wieder. So ging sie im Raum herum und lud dann alle ihre Bilder in die Cloud hoch, bevor sie das Telefon wieder wegsteckte.

Mit erhobener Nase schnupperte sie und verzog dann das Gesicht. Dieser Lavendelduft war wirklich stark; fast schon penetrant. Dabei sah sie weder einen Lavendelstrauch, noch einen dieser ätzenden Raumerfrischer. Megan versuchte, den Ursprung des Geruchs auszumachen, doch er schien irgendwie aus allen Richtungen zu kommen, als würde er durch die weiß gestrichenen Wände sickern.

Sie konzentrierte sich.

Nein, er kam von rechts. Sie öffnete die Augen und starrte auf den dunklen Eichenschrank, dessen Türen verschlossen waren und hinter dem sich sicherlich noch weitere Aktenberge auftürmten.

Altmodische Quasten hingen an den silbernen Schlüsseln, mit denen der Schrank verschlossen war.

Während Megan sie in Augenschein nahm, hörte sie über sich Grants Schritte, die in der Decke knarrten.

Sie griff nach den Schlüsseln und zog die Tür auf. Schlagartig explodierte der Lavendelgeruch. Tausendende Murmeln rollten aus dem Schrank, verteilten sich als unzählige Stolperfahlen über den Holzfußboden, kugelten unter den Tisch, die Regale, hüpften über die Teppiche.

Oder nein, das waren keine Murmeln. Das waren Mottenkugeln!

Warum sollte irgendjemand so viele Mottenkugeln in seinen Schrank stopfen, fragte sie sich und hob den Blick.

„Verdammte Scheiße“, entfuhr es ihr.

Sie taumelte zurück und blieb nur dank der rettenden Tischplatte, die sie beim Balancieren über die Kugeln rechtzeitig zu fassen bekam, auf den Beinen.

In dem Schrank war eine Leiche, zusammengesunken, als hätte der Puppenspieler eine Marionette in einen Kasten gelegt. Die Haut war verfärbt und fleckig, die weit aufgerissenen Augen trüb. Der Anblick ballte sich als heftiger Brechreiz in Megans Magen zusammen, so dass sie kurz die Augen schloss.

„Grant!", rief sie dabei. „Das musst du dir ansehen!"

Dann schloss ein stechender Schmerz in ihren Nacken und alles war schwarz.

*

Als sie erwachte, war der dumpfe Schmerz in ihrem Hinterkopf und das Brummen hinter ihren Schläfen nicht das einzige Problem. Es waren vielmehr ihre Zähne: sie schlugen wild aufeinander, als wäre sie in einem winterlichen Schneesturm in Alaska. Oder direkt am Nordpol. Gerade als sie die Augen öffnen wollte, schwappte ein Schwall Wasser in ihren Mund, der sie schnell in die Höhe schnellen ließ.

Mit einem Ruck wurde sie wieder nach unten gerissen und landete schmerzhaft auf dem Hintern.

„Was zum Teufel …?" Sie versuchte, sich zu erinnern, was geschehen war. Da ihr das aber nur mäßig gelang, versuchte sie es damit, die Augen zu öffnen.

Das Herz setzte ihr aus. Sie saß auf einem mit Wasser überspülten Felsen. Offenbar hatte man ihr die Schuhe ausgezogen. Die Hose auch und …

„Oh, mein Gott!"

„Was ist denn los?"

Grants Stimme ließ sie regelrecht aufschreien. Der Kopfschmerz wollte es nicht zulassen, doch plötzlich waren die Geschehnisse wieder genauso glasklar in ihrem Kopf, wie die Situation.

Die verdammte Situation war nämlich, dass sie und Grant mit einem groben Tau aneinandergefesselt waren. Und das … nackt, wenn man von völlig durchweichter Unterwäsche einmal absah.

„Grant!"

„Was?", nuschelte er, immer noch nicht ganz bei sich.

„Grant!"

„Was denn?" Er hob blinzelnd ein Augenlid. Megan entging nicht, dass sein erster Blick auf ihre mit Gänsehaut überzogene Brust fiel. Hinter dem dünnen Spitzen-BH zeichneten sich zweifellos ihre Brustwarzen ab.

„Megan?", fragte er orientierungslos und sah sich um, durchlief offenbar genau den Erkennungsprozess, der sie auch einige Minuten gekostet hatte.

„Irgendjemand hat uns K.O. geschlagen, hierhergeschafft, ausgezogen und aneinandergefesselt." Sie blickte auf ihre Handgelenke, die mit Grants überkreuz so verschnürt waren, dass sie sich nur gegenübersitzen oder –stehen konnten.

Er hob den Blick und sah an der Felswand empor, die sich drei Meter über sie erhob. Es war, als säßen sie in einem Topf, denn Ausgang gab es keinen.

„Oh, oh!", befand er und drehte den Kopf über die Schulter zurück.

Megan zog die Luft zwischen die Zähne. „Von allen Dingen, die man sagen könnte, wenn wir nackt aneinandergefesselt in einem Felspott sitzen, ist *oh, oh* wirklich das allerletzte, was ich hören will!"

„Das ist aber verdammt nochmal zutreffend. Denn wir sitzen offenbar irgendwo an der Küste in einer von der Strömung ausgewaschenen Höhle, ohne Ausgang. Und wie es aussieht …“ Er zeigte auf das kleine Rinnsal, das sich unter den Felsen hindurchdrängte. „… steigt der Meeresspiegel gerade.“

Sie brauchte eine Sekunde, bis sie begriff, was das bedeutete. „Die Flut kommt?“, fragte sie etwas schrill.

Er nickte. „Und offenbar können wir hier nicht weg.“

„Aber wir können uns doch mit dem Wasser hinauftreiben lassen“, sagte sie schnell. „Wenn wir uns einfach auf den Rücken legen -“

„Daran hat unser Wohltäter offenbar gedacht.“ Grant sah hinab auf sein Bein.

Erst jetzt sah Megan, dass sein Knöchel mit einem dünnen Hanfstrick mehrfach umwickelt und dann so um einen großen Stein gebunden worden war, dass er sie wie ein Anker an Ort und Stelle halten würde.

Sie wurde blass. Verdammt blass.

Und zu allem Überfluss reichte ihr das Wasser schon bis zur Wade.

„Wie schnell steigt das Wasser?“, fragte sie tonlos.

„Schwer zu sagen, aber ich denke, in spätestens 30 Minuten wird es für uns kritisch.“

Sie riss den Kopf in die Höhe, ignorierte den pochenden Schmerz hinter ihren Schläfen und brüllte aus vollem Halse: „Hilfe! – Hilfe!“ Dann sah sie Grant an. „Vielleicht könntest du mal mitmachen!“

„Ich würde lieber versuchen, uns loszuknoten.“ Er setzte sich auf den felsigen Untergrund, und Megan musste es ihm dank der Fesseln gleichtun. Sie nickte. „Also gut.“

Er kniff angestrengt die Lippen zusammen, verdrehte sein angebundenes Bein und auch Megans Hände, als er versuchte, die Stricke zu erreichen. Sie biss die Zähne zusammen, denn das war verflucht schmerzhaft.

„Der sitzt aber verdammt fest!“ Seine Hände zitterten, genau wie sein Oberkörper, der trotz deutlich mehr Muskelmasse, als Megan sie besaß, bereits stark unterkühlt war.

„Verdammt, ich hätte Othello nicht im Wagen lassen dürfen“, sagte sie leise. „Er hätte den Kerl gewittert und angeschlagen, bevor er uns bewusstlos hätte schlagen können. – Hilfe! Hilfe!“

„Warum schlägt uns jemand K.O.?“, fragte Grant, auch seine Zähne schlugen hart aufeinander und seine kräftigen Arme waren beinah bläulich vor Kälte. „Wir wären doch sowieso gleich wieder abgezogen, schließlich haben wir nichts gefunden!“

„Du vielleicht nicht!“

„Du schon?“

Sie nickte und brüllte ein weiteres Mal aus vollem Halse um Hilfe.

„Und was?“

„Eine ziemlich tote Leiche.“

Grant unterbrach seine Bemühungen an den Fesseln und sah sie erstaunt an. „Ernsthaft?“

„Erinnerst du dich an den billigen Lavendelgeruch? – Irgendjemand hat die Leiche offenbar in den Schrank gestopft und dann mit einer ganzen Armee von Mottenkugeln dafür gesorgt, dass der Verwesungsgeruch überdeckt wurde.“

„Mr. Riley?“

„Schwer zu sagen, ich kenne den guten Mann ja gar nicht! Aber wer sonst sollte in seinem Büroschrank versteckt werden?“

„Der hat sich seine Ferien sicher anders vorgestellt!“

„Ich mir übrigens auch!“ Sie holte gerade Luft, um ihre missliche Lage noch weiter auszuführen, da zog sie Grant mit einem Ruck ins Wasser. Für einen Moment tauchte sie in die eisigen Fluten, die ihr auch nach dem Auftauchen noch kurz den Atem raubten.

„Was soll denn das?“, rief sie und strich sich das Haar aus dem Gesicht, wobei Grants Zeigefinger ihr ins Auge stach.

„Tut mir leid“, erklärte er zähneklappernd, seine Brust verfärbte sich ebenfalls langsam blau, genau wie ihre Beine und Arme. „Wir sind ja aneinandergefesselt, da machen wir zwangsläufig jede Bewegung gemeinsam.“

„Ich will jetzt nichts von gemeinsamen Bewegungen hören“, erklärte sie grimmig und spürte bereits, wie ihr die Stimmbänder den Dienst quittieren wollten. Sie schrie einfach nicht oft genug.

„Das Wasser steigt verflucht schnell“, befand Grant nicht ohne eine gehörige Portion Unruhe.

„Ich weiß.“

„Ich weiß, dass du es weißt! – Ich wollte nur darauf hinweisen, dass ich in etwa 10 Minuten tauchen muss, wenn ich an die Fessel an meinem Fuß kommen will.“

Sie starrte ihn entgeistert an. Mit diesem Satz war ihre halbe Stunde Galgenfrist gerade bedenklich zusammengeschrumpft.

Nach einem durchaus panischen Blick, hoben beide den Kopf in die Höhe und brüllten um Hilfe.

Natürlich kam niemand. Wo auch immer dieses

verdammte Loch war, es war offenbar weit und breit kein Mensch anzutreffen. Nicht zuletzt, weil sich der Sonnenschein gerade wieder von Nieselregen verdrängen ließ.

„So habe ich mir meine Ferien nicht vorgestellt", erklärte sie bibbernd und streckte sich umständlich mit Grant hinab, der an den Fesseln werkelte. „Entführung, Mord, eiskaltes Wasser."

„Eigentlich freust du dich doch über eine Leiche."

„Ja, aber nicht, wenn *ich* es bin!"

Er wackelte zustimmend mit dem Kopf. „War vielleicht ein bisschen missverständlich ausgedrückt."

„Allerdings."

„Nun, ich meinte jedenfalls die Ermittlung."

Megan gab ein freudloses Lachen von sich, während ihre Finger mit Grants Hand nach dem Knoten tasteten. Das Wasser stand ihr dabei bis zum Kinn.

„Wenn die Ermittlungen hier abrupt enden, hält sich meine Freude in Grenzen."

Grant rutschte zum gefühlt tausendsten Mal an dem Seil ab, das sie gefangen hielt und seufzte. „Ja, meine auch", murmelte er.

„Wenn es hier wenigstens einen scharfkantigen Stein gäbe." Megan drehte sich so gut es ging, aber der Boden war unter dem rasch steigenden Wasserspiegel kaum noch zu sehen. „Aber alle Steine sind rund gewaschen und wir haben ja nichts mehr bei uns, das uns weiterhelfen könnte."

Grants Blick flog unwillkürlich über Megans Körper, als er ihr ins Gesicht sah, lag ein Ausdruck in seinen Augen, der sie regelrecht panisch machte: Resignation.

„Megan …"

„Untersteh dich!“

„Wie bitte?“

„Ich will nichts hören von: *Es sieht schlecht aus!* Und *vermutlich war es das jetzt!*“

„Ja, aber es *sieht* schlecht aus, verdammt nochmal!“, rief er mit blauen Lippen. „Und dass es das jetzt war, ist auch nicht gerade unwahrscheinlich!“

„Welchen Teil von ‚*Ich will es nicht hören*‘ hast du nicht verstanden?“, brüllte sie völlig außer sich. Der Gedanke, dass das wirklich das Ende sein konnte, machte ihr eine Scheißangst.

„Es tut mir leid.“

Sie seufzte. „Schon okay. Ich bin auch durch den Wind.“

„Nein, ich meine …, das mit Belana.“ Er wollte sich durchs Haar fahren, merkte aber dann, dass Megans Hände an den seinen Hingen und hielt in der Bewegung inne. Dass sie nicht sofort antwortete, verstand er offenbar als Aufforderung weiterzureden. „Ich wollte es nicht verbocken, ehrlich. Ich war nur so … aufgewühlt. Und erleichtert. Und … plötzlich sind die schönen Erinnerungen wieder auf mich eingeströmt, die ich an sie habe. Und sie war so schwach, sie brauchte meine Hilfe … und … keine Ahnung. Es gibt vermutlich gar keine Entschuldigung, aber ich wollte dich wissen lassen, dass – obwohl ich so ein dämliches Arschloch bin – ich dir gegenüber genauso empfinde, wie du es mir beschrieben hast.“

Megan seufzte. Für jemanden, dessen Gehirn in fünf Grad kaltem Wasser gerade schockgefrostet wurde und der dank blauer Lippen und vermutlich gefühlloser Zunge kaum noch sprechen konnte, hatte er das wirklich schön gesagt.

„Ich brauche jetzt übrigens auch deine Hilfe", sagte sie, um einzulenken und doch nicht auf die verhasste Belana-Thematik einzugehen. Wenn sie nämlich wirklich nur noch eine halbe Stunde zu leben hatte, dann sollte das bei Gott nicht das letzte Gesprächsthema ihres Lebens sein.

Grant nickte verbissen. Der Zug der Resignation war aus seinen Augen verschwunden, dennoch hatte sich dich Lage nicht gebessert; im Gegenteil!

„Wir sind völlig ausgekühlt. Und ich spüre auch schon, dass meine Beine aufhören zu zittern."

Megan sah ihn groß an. „Ist das ein schlechtes Zeichen?"

„Nur, wenn man nicht vorhat, zu erfrieren."

„Verstehe."

„Ich würde sagen, wir verlegen uns aufs Schreien! Wir brüllen zusammen! Bis die Stimmbänder reißen!"

Sie nickte und räusperte sich unnötigerweise. Und dann schrie sie zusammen mit Grant um ihr Leben.

VI

„Das ist doch … hoffnungslos“, schluchzte Megan. Sie konnte ihre Glieder kaum noch spüren und eine bleierne Müdigkeit hatte von ihr Besitz ergriffen, der sie versucht war, nachzugeben.

„Man geht erst vom Spielfeld, wenn abgepfiffen wurde.“

Sie hatte mittlerweile Mühe seine Worte zu verstehen, dennoch deutete sie ein Kopfschütteln an, während sie mit zusammengekrampften Beinen gegen das Wasser an schwomm, das ihr immer wieder in den Mund schwappte.

„Das ist vielleicht die letzte Minute meines Lebens“, hauchte sie. „Und du kommst mir mit einer Sportmetapher? Echt?“

Es entging ihr nicht, dass er sie mit verbissenem Gesicht beide über Wasser hielt und Megan so gut es ging versuchte, nach oben zu drücken.

Sein festgebundener Fuß ließ ihnen keinen Millimeter Spielraum mehr nach oben und doch stieg das Wasser unaufhörlich.

Es war aussichtslos. Vorbei. Das Ende.

„Küss mich!“

„Was?“

Sein Blick war fest und doch glühte darin etwas, das sie für einen Moment vergessen ließ, was ihnen bevorstand. Allerdings war dieser Moment ziemlich kurz.

„Wenn das die letzte Gelegenheit ist, dann …“ Er atmete tief ein. „Tu es einfach! Sonst tue ich es!“

Als er seinen Arm um sie legte und sie an sich zog, drückte er dabei ihr Handgelenk gegen ihren eigenen Rücken.

Es tat kaum noch weh, so taub war ihr ganzer Körper geworden, und doch klopfte ihr Herz.

Als sie ihre Lippen auf die seinen legte, schwappte das salzige Wasser über ihr Kinn.

Man musste kein Prophet sein, um zu wissen, dass ihnen nur Minuten blieben.

Sie öffnete die zitternden Lippen und saugte an seinen, presste sich an ihn und seufzte, als er ihren Kuss erwiderte.

„Wir sind solche Idioten“, entfuhr es ihr.

„Warum?“

„Weil uns das erst jetzt einfällt. In buchstäblich letzter Minute.“

Anstatt sie wieder zu küssen, blickte er sie fest an. „Du hast noch mehr Zeit. Nur ich bin an den Felsen gekettet. Du kannst dich noch länger an der Oberfläche halten, das weißt du?“

Plötzlich brannten ihr Tränen in den Augen. Seine Worte verrieten ihr vor allem eines: Es war wirklich wahr. Der Tod packte nach ihnen und der blecherne Geschmack von Angst und Wut lag ihr auf der Zunge. Sie schüttelte den Kopf.

„Denkst du, ich versuche, mich noch ein paar Minuten am Leben zu erhalten. Mit dir als totem Senkblei an meinem Arm?“

Demonstrativ küsste sie ihn wieder, das Wasser schwappte in ihre Münder und Ohren, die eisige Kälte lullte sie mehr und mehr ein, mit ihrer verhängnisvollen Schwermütigkeit, während sie sich innig, fast verbissen, nicht mehr losließen.

Megan reckte den Kopf in die Höhe, als das Wasser zu hoch stieg. Die Möglichkeit hatte Grant leider nicht.

„Ich halte dich höher", keuchte er, selbst um Atem ringend und immer wieder Wasser ausspuckend.

„Nein, ich will nicht." Sie spürte, wie er sie anhob, dabei mit dem freien Bein strampelte, um selbst nicht unterzugehen.

Sie spürte, wie ein Aufschluchzen ihre Brust zerriss. „Ich will dich nicht sterben sehen", hauchte sie. „Grant, ich -"

„Warte!"

Die Art, wie er plötzlich aufgeregt war, ließ sie innehalten. „Was ist?"

„Durch das Wasser hat der Stein, an dem ich festgebunden bin, ein bisschen Auftrieb. Falls man das bei einem Stein so sagen kann. Jedenfalls -"

„Er bewegt sich?"

„Genau."

„Sehr?"

„Nein, aber vielleicht genug, dass das Tau abrutscht, wenn wir …" Eine Welle schwappte über sein Gesicht und ließ ihn kurz husten und prusten. „Uns bewegen."

Ein Hoffnungsschimmer.

Megan nickte schnell. „Was soll ich machen?"

„Du schwimmst hin und her. Ich tauche mit. Wir versuchen ihn so lang hin- und herzurollen, bis …" Er wartete eine Welle ab, die ihn für einen Augenblick völlig verschlang. „… irgendetwas passiert."

Sie löste sich ein Stück von ihm. „Von rechts nach links, okay?"

„Okay?"

Sie versuchte, die letzten Kraftreserven in ihren Beinen zu mobilisieren und das Brennen in ihren Muskeln zu ignorieren und dann warf sie sich nach rechts. Grant passte sich ihrer Bewegung unter Wasser an, dann riss er an ihren Fesseln und tauchte nach links, zerrte an seiner Fessel und tauchte auf. Das Wasser stand so hoch, dass er den Kopf weit in den Nacken legen musste.

„Tut sich was?“, fragte Megan hoffnungslos.

„Nochmal“, war Grants knappe Antwort, dann tauchte er wieder unter und sie vollführten dasselbe Manöver noch einmal.

Während sie sich nach links stemmten, fuhr ein Ruck durch ihren Körper und als Grant auftauchte, reichte ihm das Wasser nur noch bis zum Hals.

„Bist du frei?“, fragte sie euphorisch.

„Nein.“ Er hielt den Kopf unter Wasser und tauchte dann wieder auf. „Aber eine der Schlaufen hat sich gelöst. – Lass es uns nochmal versuchen.“

Wieder kämpften sie sich so gut es ging in eine Richtung und dann schnell in die andere. Grants Gesicht war schmerzverzerrt. Vermutlich schnitt das Seil tief in sein Fußgelenk und das salzige Wasser trug seinen Teil zu den Schmerzen bei.

Diesmal tat sich nichts. Megan keuchte kraftlos. Bunte Punkte tanzten vor ihren Augen, ihr Sichtfeld schwankte.

„Nochmal“, verlangte Grant.

„Ich kann … bald nicht mehr.“

„Megan, wenn wir das jetzt nicht versuchen, bis es verdammt nochmal klappt, dann können wir bald *nichts* mehr. Okay?“

Die Erschöpfung zerrte an ihrem Bewusstsein und drohte es ihr jeden Augenblick zu entreißen. Dennoch nickte sie und auf Grants Kommando hin scheuchte sie all ihre noch arbeitenden Muskeln zusammen und jagte sie nach rechts.

Als sie sich nach links herumwerfen wollte, hatte sie plötzlich Auftrieb. Ihr war schwindelig und alles verschwamm vor ihren Augen, trotzdem versuchte sie, wach zu bleiben.

„Was …?"

„Megan? – Megan!"

Sie dämmerte allmählich weg.

„Megan!"

Ein stechender Schmerz schoss in ihre Wange. Fast nur aus Empörung schlug sie die Augen auf. Grant sah sie an. Etwas in seinem Blick war fiebrig. Sie versuchte, zu begreifen, warum, aber bekam den Gedanken einfach nicht mehr richtig zu fassen.

„Hör zu! Hör zu!"

„Okay." Selbst für sich klang sie weit weg.

„Ich hebe dich hoch und du packst du Kante, ja? Verstehst du mich?"

„ … so … müde."

„Verdammt nochmal, Fairchild! Reiß dich zusammen! Denn wenn du es jetzt nicht tust, dann sind wir beide mausetot! Und das würde ich dir *verdammt* übelnehmen!"

Sie begriff nicht mehr ganz genau, wovon er sprach, aber die Worte *mausetot* und *übelnehmen* waren offenbar Motivation genug für ihre Arme, um sich in die Höhe zu strecken, und die raue Felskante zu umfassen, die den Rand ihres tödlichen Aufenthaltsortes darstellte.

„Ich schiebe dich hoch. Auf drei. Eins, zwei …" Und dann wurde sie mit viel Schwung regelrecht in die Höhe katapultiert und landete auf scharfkantigem Kies, der ihr schmerzhaft in den Rücken stach, ihr aber gleichzeitig herrlich warm vorkam.

Etwas zog an ihren Armen.

Ach ja, Grant …

„Geht es?“, nuschelte sie und versuchte, ihre Augen zu öffnen, was ihr nicht gelang.

„Schlaf bloß nicht ein!“

„Müde …“

Wieder dieser Schmerz in ihrer Wange. Sie hob blinzelnd ein Lid. Grant war über ihr und zog ihre Hand zu sich.

Ihre Arme wurden hin und hergeschoben, etwas schmerzte an ihrem Handgelenk. Sie konnte nicht sagen, wie lange es dauerte, doch dann war sie plötzlich frei. Zumindest ihre Hände waren es.

Ein markerschütterndes Schlottern befiel ihren Körper, während Grant sie aufrichtete und an ihrem BH nestelte.

„Was machst du denn?“

„Wir wärmen uns. Das nasse Zeug muss runter.“

Sie bemerkte gar nicht mehr, dass er sie auszog. Nur dass sie herumgerollt wurde und plötzlich auf etwas Weichem lag. Als sie begriff, dass es Grants Körper war, legte sie seufzend den Kopf gegen seine Kehle und schloss die Augen.

Dabei rieb er ihren Rücken und ihre Arme. „Du zitterst wieder“, brachte er mühevoll zwischen klappernden Zähnen hervor. „Ein gutes Zeichen.“

„Du auch“, erklärte sie schläfrig und konzentrierte sich auf die Stelle an ihrer Stirn, wo sein Atem ihre Haut wärmte. Es war herrlich. Paradiesisch.

Dann schlief sie ein.

*

Megan vergrub ihr Gesicht in der wärmenden Decke, während sie langsam aufwachte. Ihr Geist war noch zu umnebelt, um zu begreifen, wo sie war und was geschehen war. Aber sie verstand, dass sie am Leben war. Und irgendeine Stimme in ihrem Hinterkopf verriet ihr, dass es sich dabei um keine Selbstverständlichkeit handelte.

Arme schlossen sich um sie und pressten sie gegen einen warmen Körper, der einen vertrauten Geruch verströmte. Jemand atmete in ihr Haar und seufzte leise, als würde er selbst gerade aufwachen.

So öffnete blinzelnd die Augen und erkannte eine weiße Wand, an der kleine Bilderrahmen hingen, darin Fotografien von Leuten, die sie nicht kannte, die aber durchaus fröhlich wirkten.

Ihre Gedanken waren noch zäh und widerwillig, als wollten sie ihr nicht verraten, an was sie sich zu erinnern versuchte. Und ihr Denkvermögen nahm sich sowieso eine Auszeit, als sie plötzlich Lippen an ihrem Ohr spürte, die sich ihren Weg zu ihrem Kiefer und dann auf ihre Kehle bahnten.

Sie wurde herumgedreht und blickte in Grants Lächeln. Der Anblick lockerte ihre Erinnerung wieder ein wenig auf. Jedenfalls weit genug, um zu begreifen, dass sie verdammt froh sein konnte, dass sie beide noch lebten.

„Was … ist denn passiert?“, fragte sie leise. Ihre Stimme war rau, als hätte sie viel zu viel geschrien.

„Gedächtnislücken, meine liebe Miss Fairchild?“, fragte er lächelnd und drehte sie auf dem Rücken.

Da plötzlich gingen ihr mehrere Dinge auf.

Die erste Sache: Sie waren nackt, wie sie zusammen unter der immer noch fremden Decke steckten. Und zwar splitterfasernackt.

Trotzdem sprach sie aus, was ihr sonst noch auffiel: „Duzen wir uns nicht?“

Grant lächelte. Ihr Blick heftete sich auf seinen breiten, wohlgeformten Brustkorb. Mit aller Selbstbeherrschung hielt sie sich davon ab, weiter gen Süden zu blicken.

„Dann arbeiten die grauen Zellen also doch noch."

Bevor sie noch etwas sagen konnte, verschloss er ihren Mund mit seinen Lippen und drückte ihre Beine mit einem Knie auseinander. Sie war so völlig perplex, dass sie ihrem Körper das unwillkürliche Aufkeuchen gestattete. Ihre Muskeln wurden weich und ohne, dass sie es wirklich befahl, schlangen sich ihre Arme um seinen Nacken. Sie erwiderte seinen Kuss, und zwar mit der Innigkeit eines Menschen, der wusste, dass es beinah nie dazu gekommen wäre; dass es beinah nie wieder zu überhaupt irgendetwas gekommen wäre, weil sie verdammt nochmal beinah draufgegangen wären. Und das ganz und gar nicht ungewollt.

„Oh, Sie sind wach!"

Regelrecht blitzartig, fuhr Grant herum und saß aufrecht im Bett. In seiner aufwallenden Alarmbereitschaft riss er Megan wenig galant die Decke vom Oberkörper.

Da kam es ihr durchaus gelegen, dass eine ältere Frau in der Tür stand. Sie trug eine geblümte Schürze über einem knielangen Rock und hielt einen Strauß Zwiebel in der Hand, den sie im Garten offenbar gerade geerntet hat.

Sie hob die Hand. „Keine Angst. Ich tue Ihnen sicher nichts. – Ihrer Frau wird eventuell kalt."

Grant runzelte die Stirn und sah neben sich, wo Megan die Arme vor der Brust verschränkte. „Oh, tut mir leid", sagte er schnell und sah wieder die fremde Gastgeberin an.

„Wie lange … liegen wir schon hier?"

„Seit etwa zwei Stunden. Sie waren ziemlich unterkühlt. Aber da Sie auf Anfrage ansprechbar waren, habe ich Sie hier erst einmal ins Bett gesteckt."

Megan zog die Stirn kraus. Beim besten Willen erinnerte sie sich nicht, dass sie irgendjemand angesprochen hatte.

„Haben Sie uns hierhergebracht?"

„Meine Jungs." Sie lächelte und stopfte die Zwiebeln in die überdimensional große Tasche an ihrer Schürze. „Also meine Enkel. Ich hab' Ihnen Bescheid gesagt und sie haben Sie dann in den Wagen geladen." Mit einem nachdenklichen Gesicht und einem angedeuteten Kopfschütteln kam die Dame näher. „Sie müssen wissen, dass es immer eine Lösung gibt", sagte sie plötzlich sehr einfühlsam. „Eine bessere. Egal, wie groß die Probleme auch sind."

Megan und Grant wechselten einen verständnislosen Blick, dann plötzlich ging es ihr auf.

„Oh, wir … wollten uns nichts antun!"

Die Frau, deren Namen sie noch immer nicht kannten, lächelte milde. „Natürlich nicht."

„Nein, wirklich." Grant schlug das untere Drittel der Decke zurück. „Sehen Sie? Man hatte uns in dieses Loch gefesselt und an einen Stein gebunden, während die Flut kam."

Die Dame wurde blass. „Nicht möglich", hauchte sie, während sich auch der Rest der unliebsamen Erinnerung bei Megan zurückmeldete.

Sie hob die Handgelenke über die Decke, um das Gesagte mit den Schürfmalen, die die Fesseln hinterlassen hatten, zu verdeutlichen.

„Wir konnten uns im letzten Moment befreien. Aber nachdem wir am Ufer zusammengebrochen waren, war es reines Glück, dass Sie uns gefunden haben."

„Oh, eigentlich war es gar nicht ich, die Sie gefunden hat. – Das war vielmehr er."

Sie schob die Tür ganz auf und da kam Othello zum Vorschein, der sich beim Anblick von Megan erhob, an der alten Frau vorbeischoss und mit einem langen Satz aufs Bett sprang.

Als Megan die warme Hundezunge in ihrem Gesicht spürte, lachte sie vor Glück und musste gleichzeitig gegen die Tränen kämpfen.

Als sie die Augen wieder öffnete, war die alte Dame ans Bett getreten.

„Ich dachte mir schon, dass er Sie kennt. Ohne das hysterische Kläffen wären wir gar nicht so weit rausgefahren. Aber einer meiner Jungs hat ihn beim Umweiden der Schafe gehört und musste dann einfach nachsehen."

„Wie ist er nur aus dem Wagen gekommen?", fragte Grant kopfschüttelnd und streichelte dem Schäferhund über den Kopf, der ihm und Megan wohl das Leben gerettet hat.

„Und wie hat er uns gefunden?", fragte diese.

„Ich bringe Ihnen am besten einen Tee." Die Dame ging ein paar Schritte zurück und zeigte auf einen Stuhl. „Ich habe Ihnen hier ein paar Kleider hingelegt. Etwas zusammengesucht, aber besser als nichts." Sie lächelte und Megan lächelte dankbar zurück.

„Wir wissen gar nicht, wie wir Ihnen danken können."

„Ich habe hinten fünf Schafe, die noch geschoren werden müssen. Wenn Sie nachher einmal mitanfassen könnten, wäre das eine große Hilfe." Sie sah Grant an, der nur einen Augenblick lang verwirrt wirkte, dann nickte er. „Sehr gern."

„Sehr gut. Ich bin übrigens Mae Farlington."

„Megan Fairchild und Finley Grant", stellte Megan sie beide vor, woraufhin Mrs. Farlington nickte und aus dem Zimmer verschwand.

Othello schob seinen Kopf in Megans Armbeuge und sie drückte ihr Gesicht in sein weiches Fell. Sie wollte irgendetwas sagen, doch die Situation überforderte sie; gelinde gesagt.

Immerhin hatten sie nur versucht, Grants verschwundene Ehefrau zu finden, waren bei der Gelegenheit aber auf eine Leiche gestoßen und selbst beinah ertränkt worden, um dann von Othello gerettet und im Bett ihrer Finderin und Wohltäterin Mae Farlington aufzuwachen; nackt.

„Das hätte nicht passieren dürfen."

Es lag so viel Bitterkeit in Grants Worten, dass Megan aufsah. Seine Lippen waren aufeinandergepresst, die Muskeln in seinem Kiefer zuckten.

„Wenn ich dich heute Morgen hätte fliegen lassen, wärst du nie in Gefahr geraten. Du hättest sterben können, verdammt nochmal!"

Erst jetzt begriff sie, dass es Sorge und Schuldgefühle waren, die ihm die Stirn zerfurchten.

„Du doch auch", antwortete sie leise, während sich Othello mehrmals im Kreis drehte und schließlich zwischen den beiden auf die Bettdecke fallen ließ.

„Ja, aber es ist ja auch mein Job!"

„Du bist Dorfpolizist in Fort Augustus! Es ist sicher nicht dein Job, dich umbringen zu lassen!"

„Du weißt verdammt genau, was ich meine", fuhr er auf. „Jedes Mal, wenn wir uns in so eine Sache vertiefen, gerätst du in Lebensgefahr. Und bei all den Dingen, die ich gerne mit dir tun würde: dich beerdigen gehört definitiv nicht dazu!“

Megan sah ihn ruhig an. Bei Gott, sie hatte bestimmt keine Lust zu sterben, aber …

„Ich habe auch keine Lust zu sterben!“, hielt sie dagegen. „Aber du weißt genauso gut wie ich, dass ich einfach nicht anders kann, als einem Rätsel nachzuspüren, wenn es mir vor die Füße fällt. Insbesondere wenn es eine in Mottenkugeln versteckte Leiche ist. Einen konventionelleren Menschen würde das vielleicht abschrecken, und womöglich schreckt es mich sogar ab. Sicher sogar! Aber nicht genug; bei *weitem* nicht genug, um diese Herausforderung nicht in Angriff zu nehmen. Im Speziellen, wenn der Mörder mich versucht hat im kühlen, schottischen Nass zu ersäufen wie ein … ein …“ In Ermangelung eines passenden Vergleichs schüttelte sie den Kopf. „Ich verspreche dir, aufzupassen. Ich verspreche dir zur Not, einen Selbstverteidigungskurs zu machen oder eine kugelsichere Weste zu tragen. Wenn du willst, richte ich auch meine Wohnung nach Feng-Shui Richtlinien ein und zünde ein Räucherstäbchen an. - Aber sobald ich wieder etwas anhabe, werde ich aufstehen und mich wieder auf die Spur des Arschlochs machen, das uns in diesem Loch ertränken wollte. Und es gibt absolut *nichts*, das mich davon abhalten kann!“

Sie holte tief Luft, weil sie während ihres Redeschwalls nicht zum Atmen gekommen war. Dennoch ließ sie Grants dunklen Blick nicht los, der ihr von Herzen widersprechen wollte, sich nach einigen Sekunden des Kräftemessens mit Blicken auf ein grimmiges Schnauben verlegte.

„Wenn ich nicht immer noch so geschwächt wäre, würde ich dich erwürgen für deine Sturheit!"

Er streckte sich nach dem Stuhl und zog ein Männer-Shirt vom Stapel, das ihm überraschend gut passte. Mrs. Farlingtons Enkel mussten große Kerle sein. „Ich muss auf dem Revier anrufen und den Mord melden, außerdem den Überfall. Und vor allem muss ich Bescheid geben, dass meine Dienstwaffe gestohlen wurde. Das ist alles in allem … eine ganz fantastische Kombination", erklärte er mit einem ironischen Augenrollen und warf prüfend einen Blick auf die Jeans, die schon mit bloßem Auge etwas kurz zu sein schien.

„Darf ich denn mit aufs Revier?"

„Klar, du wurdest ja schließlich schier umgebracht."

„Gut. Dann kann ich dort die Fotos ausdrucken, die ich im Büro des verblichenen Mr. Riley geschossen habe."

Grant gab ihr ein Unterhemd, das sie sich rasch überzog. „Falls es dir noch nicht aufgefallen ist, dein Handy ist auch futsch. Und damit deine Bilder."

„Keineswegs."

Verblüfft hob er den Blick. „Warum nicht?"

„Weil ich sie sofort in die Cloud verschoben habe. Sie warten im World Wide Web auf ihre Abholung."

Er lächelte. „Schlaues Mädchen."

„Na, ich hab ja auch studiert", erklärte sie achselzuckend, woraufhin er mit den Augen rollte und ein sehr schottisches Geräusch von sich gab.

Nachdem Mrs. Farlington den beiden noch einen Tee gebracht hatte, den Megan so gierig trank, dass danach ihr ganzer Rachen wie Feuer brannte, stiegen sie in die geborgten Kleider und sahen aus dem Fenster.

Dahinter erstreckten sich schier endlose Felder, Schafe waren überall zu sehen und das Meer ließ sich in einiger Entfernung erahnen.

„Wo sind wir?“

Grant zuckte die Achseln und sah hinab auf die Hose, die ihm nur bis zur Wade reichte. „Keine Ahnung. – Wir rufen uns am besten ein Taxi.“

„Und der Mietwagen?“

„Den sollen die Kollegen sichern, wenn sie Rileys Haus durchsuchen.“ Er nickte auf Othello hinab. „Wer weiß, wie der jetzt aussieht, nachdem sich unser Lebensretter daraus befreit hat. Als von der Polizei beschlagnahmt, kommen wir vorerst noch um ein kritisches Gespräch mit der Autovermietung herum.“

Sie lächelte zu ihm auf. „Sehr clever.“

„Und dabei habe ich gar nicht studiert!“ Als er seinen Arm um ihre Schulter legte und sie an sich drückte, schloss sie für einen Moment die Augen und seufzte. Ihre Handgelenke brannten und ihr entging durchaus nicht, dass Grand das Bein entlastete, an dem er an den Stein gebunden worden war. Dann beugte er sich vor und drückte Megan das Paar Schuhe in die Hand, das Mrs. Farlington ihr gegeben hatte. Es war altbacken und rundherum im ocker- bis durchfallfarbigen Bereich angesiedelt, aber passte wie angegossen.

„Mrs. Farlington“, fragte Grant in den Korridor, nachdem er die Zimmertür in dem ihm fremden Haus geöffnet hatte.

„Ja?“ Sie kam aus einem Raum, der dem Geruch nach die Küche war.

„Wir haben uns ein Taxi gerufen. Es müsste bald hier sein."

Sie nickte. „Fühlen Sie sich gut?"

„Dank Ihnen."

„Und dank ihm." Sie streichelte über Othellos Kopf, der sich das gern gefallen ließ. Offenbar war ihm die ältere Dame sympathisch.

„Wir bringen Ihnen die Kleider zurück, sobald wir im Hotel waren", sagte Megan und streckte der alten Dame die Hand entgegen. „Vielen, vielen Dank."

„Gern geschehen." Sie lachte. „Sowas wie Sie beide findet man ja nicht alle Tage. – Kommen Sie, ich bringe Sie raus."

Sie traten aus einem ganz traditionellen, weiß gekalkten Bauernhaus und sahen sich um.

Überall waren Schafe, wodurch auch geklärt sein dürfte, was auf der Farm gehalten wurde.

„*Hey!*"

Megan und Grant fuhren herum. Ein junger Mann mit schulterlangem, rotem Haar und ebenfalls rotem wildwucherndem Vollbart, der gut und gern zwei Drittel seines Gesichts versteckte, kam auf sie zu.

„Sie sind ja wach!" Er streckte Megan die Hand entgegen. Sie ergriff sie und hatte das Gefühl, ihr würden die Finger gebrochen. Im letzten Moment unterdrückte sie einen Schmerzensschrei.

„Haben Sie uns gefunden?", fragte Grant und schüttelte dem jungen Mann ebenfalls die Hand.

„Ja, hinten am Teufelsloch."

Megan nickte. „Sehr passender Name."

Der junge Mann verzog den Mund zu einem schiefen Lächeln. „Hauptsache, es ist alles gut gegangen, was? –

Der Kerl hat einen riesen Aufstand gemacht!“ Er zeigte auf Othello und nickte. „Toller Hund.“

Sie konnte nicht anders, als breit zu grinsen. „Der beste“, erklärte sie nickend.

„Wir werden dann da vorne auf das Taxi warten.“ Grant zeigte zum Ende des Weges, doch der junge Mann schüttelte den Kopf.

„Und was ist mit den Schafen?“, fragte er.

Megan und Grant wechselten einen Blick. „Den … Schafen?“, hakte Letzterer nach.

„Ja. Hat Nana Ihnen nicht gesagt, dass ich Ihre Hilfe gut gebrauchen könnte?“

Während Grant versuchte, ein gefasstes Gesicht zu machen, musste sich Megan ihr Lachen verkneifen.

„Ich fürchte, ich habe überhaupt keine Ahnung von Schafen.“

„Das ist auch nicht notwendig.“ Er tippte Grant gegen die Schulter. „Sie sind ein starker Kerl. Ich hatte ja Gelegenheit …“ Als er Megan ansah und lachte, fingen ihre Wangen Feuer. Der Kerl hatte sie ja praktisch nackt gefunden. Grant sog die Luft ein.

„Sie haben gleich Gelegenheit ein paar Zähne auszuspucken, Sportsfreund!“, knurrte er.

Mrs. Farlingtons Enkel hob die Hand. „Nichts für ungut. – Ich wollte Sie nicht beleidigen. Ich wollte nur sagen, dass … - naja, Sie haben locker die Kraft mir die widerspenstigen Schafe festzuhalten und täten mir einen riesen Gefallen damit.“

Grant blickte Megan an, die zustimmend nickte. Immerhin hatte ihnen der Kerl das Leben gerettet. Und wenn man bedachte, wie einsam dieses Haus lag und wie wenig Sozialkontakt er vielleicht hatte, verwunderte es nicht, dass ihm hie und da eine schlüpfrige Bemerkung entkam.

„Also schön." Grant sah sich um. „Wo sind die Patienten?"

„Da hinten. Kommen Sie, ich bring Sie hin. – Wollen Sie zusehen, Miss?"

Megan grinste. „Die Show lasse ich mir nicht entgehen!"

VII

Im Taxi sitzend, wusste Megan nicht, welcher Impuls aus ihr mehr herausbrechen wollte: der, würgend das Fenster herunterzulassen und nach Frischluft zu schnappen, oder der, sich über Grants Gestank und den dazu passenden Gesichtsausdruck totzulachen.

Kurz bevor sie am Hotel ankamen, konnte sie beides nicht mehr unterdrücken.

„Witzig“, knurrte er. „Sehr witzig! – Mal sehen, ob der Rezeptionist das auch so lustig findet, wenn ich mit dem Bouquet eines Güllefasses durch die Lobby gehe.“

Jetzt musste sie tatsächlich noch mehr lachen.

Der Einzige, dem all das nichts auszumachen schien, war Othello. Aber er war ja auch ein Hund und die wälzten sich bekanntermaßen gerne in Aas, also …

Das Taxi hielt vor dem Hotel. Grant vertröstete den trotz Geruchsbelästigung tapferen Fahrer auf ein paar Minuten und lief ins Hotel, um Bargeld zu holen, während Megan als Pfand zurückblieb.

Sie sah in den Rückspiegel und lächelte etwas verlegen. „Schafe“, sagte sie dann nickend, als würde das alles erklären, woraufhin der Fahrer aber nicht wirklich reagierte.

„Hier!“ Grant war zurück, trug ein sauberes Hemd und streckte dem Fahrer ein paar Geldscheine entgegen. „Der Rest ist für Sie“, sagte er dabei. „Als Entschädigung.“

„Ich hoffe, ich muss die Karre nicht reinigen lassen“, gab er murmelnd zurück und nahm das Geld.

„Ist ja nur ein bisschen natürliches Aroma, nicht wahr?“, nickte Grant mit einem etwas gezwungenen Lächeln, riss die Hintertür auf und zog Megan heraus, Othello folgte ihr.

Das Taxi brauste davon und Megan atmete durch, während Grant die Augen verdrehte.

„Jetzt muss ich da nochmal durchlaufen.“

„Dank des frischen Hemdes ist der Gestank schon viel dezenter.“

„Oh, fantastisch“, bemerkte er ironisch und schob sie die Stufen hinauf, um mit ihr und Othello zügig den Empfangsbereich zu durchqueren und in den Lift zu flüchten, wo sich der Geruch aufgrund der Enge nochmals deutlich intensivierte.

Als die Türen sich endlich wieder öffneten, waren sie alle erleichtert; diesmal sogar Othello, der laut hechelte und offenbar nach einem Napf Wasser verlangte und gegen eine Dose Hundefutter sicher auch nichts einzuwenden hatte.

„Ich dusche grade und rufe dann nochmal auf dem Revier an, ob sie schon in Rileys Haus waren und irgendetwas gefunden haben.“

„Wie seine Leiche, zum Beispiel?“

„Wenn er sie schon in Mottenkugeln eingelegt im Schrank versteckt hat, sollte sie offenbar nicht gefunden werden. Also wird er sie nun jetzt fortgeschafft haben.“

„Vielleicht ist *er* ja eine *sie* und war zu schwach, den hochgewachsenen und leicht adipösen Mr. Riley auch nur einen Millimeter von der Stelle zu bewegen.“

„Unwahrscheinlich, wenn man die Wucht bedenkt, mit der wir niedergeschlagen wurden und wie danach mit uns verfahren wurde.“

Megan zog die Stirn kraus. Da war allerdings einiges dran!

„Ich muss duschen!“, unterbrach Grant ihre Gedanken. „Und zwar rapido!“

Sie nickte. „Komm dann einfach rüber, wenn du fertig bist!“

Mit einem Nicken verschwand er in sein Zimmer.

Megan zog die Zweitschlüsselkarte durch das Türschloss und wartete auf das grüne Lichtchen, dann drückte sie die Tür auf und ließ Othello voran.

Als sie ihm folgen wollte, lief sie regelrecht auf ihn auf, weil er plötzlich stehenblieb. Das kehlige Knurren in seiner Kehle ließ sie erstarren.

Sie wollte ihn gerade am Halsband packen und rückwärts aus der Tür ziehen, da sah sie aus dem Augenwinkel, dass er keineswegs eine Person anknurrte. Vielmehr knurrte er die komplette Suite an, denn sie war verwüstet; vollständig und absolut zerstörerisch. Kissen und Scherben lagen überall zerstreut, Kleidungsstücke waren aus dem Koffer geschüttet und durchwühlt worden; ja sogar die Ecken des Teppichs hatte jemand aufgerissen, zweifellos um zu sehen, ob darunter etwas versteckt worden war.

Megan betrat die Suite nicht, sie wirbelte herum zu Grants Tür und trommelte mit beiden Fäusten dagegen.

„Grant!“, rief sie dabei. „Mach auf!“

Als keine Antwort kam, überfiel sie Panik. Wenn wer auch immer ihr Zimmer durchwühlt hatte, wenn er ihn unvorbereitet erwischt und …

„Grant! – Grant, verdammt nochmal, mach die Tür auf!“

Als plötzlich Schritte zu hören waren, trat sie zurück und überlegte für einen Sekundenbruchteil, ob es jetzt besonders dämlich war, dass sie so auf sich aufmerksam gemacht hatte.

Doch dann ging die Tür auf und Grant stand darin. Mit nichts weiter bekleidet, als einem Handtuch um die Hüfte und einem mehr als verwirrten Gesichtsausdruck.

Megans Schultern sackten herab. „Oh, Gott sei Dank!“

„Was ist denn passiert?“

Sie schielte an seinen wohlgerundeten Schultern vorbei in die offenbar perfekt aufgeräumte Suite. Dann zeigte sie mit dem Daumen über die Schulter.

„Der Zimmerservice hat bei mir ganz schön um dekoriert.“

Mit gerunzelter Stirn trat er auf den Korridor und ging zu ihrer Suite. Als er durch die Tür trat, pfiff er durch die Zähne.

„Sehr gründlich.“

Sie folgte ihm zögerlich.

„Was meine Haftpflichtversicherung wohl dazu sagt?“

Grant betrat das Zimmer und sah sich um. Es war wirklich ein Bild der Verwüstung. Kein einziger Gegenstand schien verschont geblieben zu sein.

„Sie müssen deine Schlüsselkarte genommen haben.“

„Aber warum?“ Megan schüttelte verständnislos den Kopf und legte ein aufgestochenes Kissen zurück aufs Sofa, was den Anblick auch nicht wirklich verbesserte. „Ich meine, wer auch immer uns in Rileys Haus K.O. geschlagen hat, hatte doch schon die Kette. Es gab doch keinen Grund auch noch … das hier zu tun!“ Sie machte eine Handbewegung, die den Zustand des Raumes erfassen sollte.

Grant nickte nachdenklich. Dass er dabei nur ein Handtuch um die Hüfte hatte, das von einem mehr als schwindsüchtigen Knoten gehalten wurde, störte ihn nicht.

„Vielleicht gibt es außer der Kette noch etwas, das unser Mörder sucht. Und vielleicht dachte er, dass wir es ebenfalls haben."

Megan schüttelte den Kopf. „Aber dann hätte er uns doch nicht versucht zu ertränken. Dann hätte er uns an Stühle gefesselt und die Information aus uns herausgefoltert."

„Du alte Romantikerin!"

„Ich sage doch nur, dass das total dämlich wäre!"

„Es soll schon dämliche Mörder gegeben haben."

„Die klauen aber eher Handtaschen und keine prähistorischen Schmuckstücke."

Grant streichelte Othello über den Kopf, der sich nach seinem kurzen Nicken anfing, im Raum umzusehen.

„Was wäre denn deine Theorie?", fragte er.

„Vielleicht gibt es zwei Parteien", erklärte sie achselzuckend.

„Zwei Parteien?"

„Die nach der Kette suchen."

„Das ist doch sehr unwahrscheinlich."

„Ach ja? – Hast du mal überlegt, wie Othello aus dem Wagen gekommen ist?"

Das machte ihn allerdings auch nachdenklich.

„Ich meine", fuhr Megan fort, „dass mein Hund einige Fähigkeiten hat, ist, klar. Aber die Scheibe einzuschlagen gehört vermutlich nicht dazu. – Und je länger ich darüber nachdenke, desto mehr Sinn ergibt es: Die eine Partei hat Riley getötet, vielleicht sogar gefoltert, um an die Kette zu kommen. Vielleicht der gleiche Mann, der auch Johnny vermutlich zu Tode geprügelt hat. – Die andere Partei ist ebenfalls auf der Suche nach der Kette. Sie hat keine Ahnung davon, dass wir in Rileys Haus gerade niedergeschlagen wurden. Sie weiß nur, dass wir mit der Kette irgendwie Kontakt hatten, ist uns gefolgt und hat die Chance genutzt, um in den Wagen einzubrechen und dort die Schlüsselkarte geklaut, um mein Zimmer zu durchsuchen."

Grant kniff die Augen zusammen.

„Hattest du deine Karte im Wagen gelassen?"

„Im Handschuhfach, ja."

Er nickte. „Klingt recht plausibel."

„Ich schlage vor, wir sehen uns die Bilder an, die ich gemacht habe und hören, was die Polizei in Rileys Haus gefunden … - was tust du da?"

„Ich packe deine Sachen zusammen. Zu ziehst in mein Zimmer, bis das hier vorbei ist."

„Ja, aber du bist fast nackt! Wenn du dich bückst, sehe ich – Großer Gott!" Sie wendete sich ab und konzentrierte sich kurz auf Othello, um sich zu sammeln. „Ich mache das selbst, Grant. Okay? Ich packe meine Klamotten zusammen und komme dann rüber. Und du duschst!"

Er richtete sich wieder auf und nickte. „Also schön. – Aber fass nichts unnötig an. Vielleicht gibt es Fingerabdrücke."

„Alles klar."

Während Grant zur Tür ging, warf sie einen Blick auf ihren Koffer.

„Hoffentlich hat er das Hunde-futter nicht mitgehen lassen."

*

Ohne weitere Zwischenfälle schaffte Megan es, sich durch das Chaos in ihrer Suite zu wühlen, heiß zu duschen, um ihre noch teilweise eisigen Körperregionen wiederzubeleben, und anschließend ihre Habseligkeiten abzuzählen.

Tatsächlich fehlte nichts, was ihre Theorie von einer zweiten Partei, die hinter der Kette her war, stützte.

Als es an ihre Tür klopfte, wirbelte Othello wachsam herum.

„Ich bin's", drang Grants Stimme gedämpft durch die Tür, woraufhin sich der Hund sofort entspannte und fragend zu Megan sah.

Sie ging zur Tür und öffnete.

Grant hatte sich das dunkle Haar zurückgekämmt, so dass sein markantes Gesicht unverschämt gut zur Geltung kam. Seine braunen Augen leuchteten und als er feststellte, dass Megan ganz kurz sprachlos war, schlich sich ein Lächeln in seine Züge.

„Ich weiß", stellte er nickend fest. „Der Kerl ist verdammt heiß!"

Megan kniff die Augen zusammen. „Mal davon abgesehen, dass nur Idioten und römische Kaiser von sich in der dritten Person sprechen, ist Bescheidenheit ja bekanntlich eine Zier."

„Ich wünscht', ich hätte mehr von ihr", vervollständigte er die allseits bekannte Redensart und trat ein. „Ich habe in Stornoway auf dem Revier angerufen und gesagt, dass wir schnellstmöglich kommen."

„Haben sie denn etwas gefunden?"

„Wenn du mit *etwas* die Leiche des bedauernswerten Mr. Riley meinst: nein."

„Leider nicht allzu überraschend."

Sie blickte auf die Füllung der Sofakissen, die sich als weiße Wattebäusche über den Teppich verteilt hatten.

„Sonst irgendwas? Unser Wagen?“

„Ist noch da. Othello hat innen ordentlich umgestaltet.“

„Hat er etwas kaputtgemacht?“

„Ich würde sagen, die Kaution ist dahin. – Vermutlich hat er gesehen, wie wir weggeschafft wurden.“ Grant blickte auf den Schäferhund hinab, der gerade die Futterreste aus dem Napf leckte.

„Ja, das kann gut sein.“

„Wer auch immer ihn herausgelassen hat, denn danach sieht es momentan aus, wollte wohl den Wagen durchsuchen und hatte wohl keine Schwierigkeiten damit. Denn Othello muss sofort unserer Spur gefolgt sein.“

„Wie er das gemacht hat? Wer auch immer das war, muss uns ja mit dem Auto weggebracht haben.“

Grant gab ein Achselzucken von sich. „Keine Ahnung. – Ach und noch eins.“

„Was denn?“

„Das Büro von Riley, war das leer, das du drin warst?“

„Leer?“, fragte Megan erstaunt und erinnerte sich an die Berge von Akten, Büchern und Unterlagen. „Nein, es war voll. Proppenvoll. Bis unter die Decke.“

Grant nickte. „Das dachte ich mir. – Die Polizei sagt, es ist leergeräumt. Zumindest zur Hälfte.“

„Ich habe die Fotos. Ich kann sofort sagen, was er oder sie mitgenommen hat, wenn ich an einen PC komme.“

„Das hab ich dem Inspektor vor Ort auch gesagt.“ Er legte seine Hand in ihren Rücken und schob sie zur Tür. „Er kann es kaum erwarten, dich kennenzulernen.“

*

„Sie müssen Miss Fairchild sein!“ Der Mann, der ihr beim Betreten des Polizeireviers mit einem freundlichen Lächeln die Hand entgegenstreckte, war schätzungsweise Mitte Fünfzig, hatte graubraunes, an den Seiten dünner werdendes Haar und warme hellblaue Augen.

Megan ergriff seine Hand. „Ja, Megan Fairchild, guten Tag.“

„Harold Morgan“, stellte er sich vor und zeigte auf eine gläserne Tür. „Bitte kommen Sie doch in mein Büro. – Kaffee?“

„Sehr gern“, nickte Megan, während Grant den Kopf schüttelte.

Inspektor Morgan ging zu einer Kaffeemaschine, aus der sich offenbar das mit knapp einem halben Dutzend Polizisten besetzte Revier versorgte, und goss ihr einen Becher ein.

Dankend nahm sie ihn entgegen und folgte den beiden in das kleine Büro.

Darin wartete schon ein jüngerer Polizist. Er hatte leuchtend rotes Haar, Sommersprossen und wirkte – wenn man von seiner extrem durchtrainierten Gestalt absah – sehr jugendlich.

Als er Megan erblickte, trat ein Strahlen auf sein Gesicht. „Von den Toten auferstanden“, erklärte er lächelnd und streckte ihr die Hand zum Gruß entgegen. „Sie müssen Miss Fairchild sein.“

Megan erwiderte den freundlichen Gruß und nickte. „Und Sie sind?“

„Bailey Flynn. Ich habe nach Ihrem Anruf heute Nachmittag das Haus durchsucht.“

Megan schielte kurz auf die Uhr, die an der Wand hing.

Dank der Vorkommnisse hatte sie jegliches Zeitgefühl verloren.

„Setzen Sie sich doch." Mit einem Grinsen, das kaum breiter sein könnte, stand er schnell auf und deutete für Megan auf seinen Stuhl. Grant beachtete er gar nicht, was in ihr den Verdacht keimen ließ, dass sie ein wenig Eindruck auf den Mann machte, der schätzungsweise in ihrem Alter war.

Den Eindruck hatte offenbar auch Grant, der in einer Geste, die nichts anderem diente, als sein Revier zu markieren, seine Hand auf ihre Schulter legte und ihr den Kaffeebecher aus der Hand nahm, um einen Schluck zu trinken, als hätte er das schon tausende Male gemacht.

Megan kniff grimmig die Augen zusammen, was er geflissentlich ignorierte. Doch sie hatte den Vorfall am Morgen noch lange nicht vergessen.

„Besorg dir doch eine eigene Tasse, Grant", erklärte sie mit einem kühlen Lächeln, um sich dann dem jungen Polizisten zuzuwenden.

„Mr. Flynn, ich -"

„Nennen Sie mich Bailey. Bitte."

Er lächelte, und sie lächelte zurück. Auf eine sehr schottische, sehr junge und sehr unschuldige Art war er durchaus ansehnlich. „Gerne. Bailey. – Ich habe Fotos von Mr. Rileys Büro gemacht. Mit dem Handy. Das Handy ist zwar mit allen anderen Dingen gestohlen. Aber ich habe sie sofort in die Cloud hochgeladen."

„Heißt das, wir können darauf zugreifen?", fragte der ältere Inspektor Morgan.

Megan nickte. „Ich muss mich nur einloggen. Dann sehen wir, was der oder die Täter mitgenommen haben."

„Laut Megan gab es keine freie Stelle in den Regalen“, schaltete sich Grant ein, der sich vermutlich eher den Arm hätte brechen lassen, als das Büro zu verlassen, um sich einen Kaffee zu besorgen. Und es war auch durchaus nicht zu übersehen, wie nah er neben ihr stand. Sie hatte gute Lust ihm einen Faustschlag zu versetzen, unterdrückte den Impuls jedoch, indem sie die Finger verschränkte.

Morgan zog seinen Schreibtischstuhl zurück.

„Wenn Sie sich von hier aus einloggen könnten, Miss Fairchild, dann könnten wir die Bilder herunterladen, ausdrucken und auswerten.“

„Klar.“

Sie umrundete den Tisch, nahm im durchgesessenen Lederstuhl des Inspektors Platz und loggte sich in ihre Cloud ein, wo sie alle Bilder – immerhin acht an der Zahl – abhakte und herunterlud.

„Ich habe sie in diesen Ordner gelegt“, sagte sie und hob den Blick, da stand schon Bailey hinter ihrem Schreibtisch, und hob ein Kabel in die Höhe. „Ich schließe den Drucker an.“

Mit diesen Worten verschwand er unter dem Schreibtisch, was Megan dazu brachte, die Luft anzuhalten; vor allem, da er mehr als einmal mit seinem breiten Oberkörper ihre Knie streifte und –

Als ihr Stuhl grob zurückgerissen wurde, musste sie einen Schrei unterdrücken. Grimmig sah sie auf und blickte in Grants angespanntes Gesicht.

„Willst du den Inspektor sich nicht wieder setzen lassen?“, fragte er.

„Kommt darauf an“, gab sie nicht weniger grimmig zurück. „Sind Sie fertig da unten, Bailey?“

Als er unter dem Schreibtisch wieder auftauchte, lag ein Lächeln auf seinem Gesicht, das ihr offenbar so einiges in Aussicht stellen sollte.

„Liegt ganz bei Ihnen, Miss“, stellte er passend dazu fest, woraufhin sie unweigerlich ein wenig beschämt lachen musste.

Schüchtern war der Junge offenbar nicht.

Plötzlich war Grants Hand an ihrem Oberarm, zog sie wenig sanft auf die Beine und auf die andere Seite des Tisches. Sie wollte keine Szene machen, aber innerlich kochte sie vor Wut. Desto breiter war ihr Lächeln, als der Drucker ansprang.

„Ich hoffe, es hilft weiter.“

„Können Sie uns sonst noch beschreiben, was Sie gesehen haben? Besonders, was die Leiche angeht.“

Megan erinnerte sich nur widerwillig an den bläulich verfärbten Körper, nickte aber.

„Schon beim Betreten des Hauses war mir der Lavendelgeruch aufgefallen. Und nachdem ich mich im Büro umgesehen hatte, bemerkte ich, dass er dort am stärksten war. Einer der Büroschränke war verschlossen. Und als ich ihn öffnete, entdeckte ich Mister Riley, eingebettet in eine Armee von Mottenkugeln.“ Sie gab ein Achselzucken von sich. „Zumindest vermute ich, dass es Mister Riley war.“

Morgan zog ein großformatiges Bild aus einem Pappordner. „War das der Mann?“

Megan betrachtete das Gesicht eines Mannes um die Fünfzig, der offenbar deutliches Übergewicht hatte. „Ich denke, ja. Er war schon etwas … verfärbt.“

Sie schluckte die Übelkeit hinunter, die gerade ihre Speiseröhre heraufkletterte.

„Vermutlich haben ihn die Mottenkugeln ein wenig konserviert“, erklärte Morgan nachdenklich.

Bailey nickte. „Die Spurensicherung hat an einigen Gewebe gefunden. So können wir die Identität zweifelsfrei feststellen. Und sollte noch andere DNA zu finden sein, umso besser.“

„Was ist mit dem Kerl, den Sie in Haft haben?“, fragte Megan. „Der uns am Callanish überfallen hat?“

„Er schwört Stein und Bein, dass er damit nichts zu tun hat.“ Bailey gab ein Achselzucken von sich. „Er wirkte, als hätte er von seinem Auftraggeber weit größere Angst als vor einer lebenslangen Strafe.“

„Könnte es sein, dass genau dieser Auftraggeber die Sache jetzt selbst in die Hand genommen hat?“, fragte Grant, woraufhin Morgan und Bailey nickten.

„Das ist wahrscheinlich. Und nach Sichtung der Bilder und wenn wir erst einmal wissen, was fehlt, kommen wir dem Kerl vielleicht einen Schritt näher.“

„Da ist noch etwas.“ Megan sah Bailey an, der sofort ganz Ohr war. „Als wir zurückkamen, war mein Zimmer völlig durchwühlt? Jemand muss es mit meiner Schlüsselkarte geöffnet und durchsucht haben.“

„Ihr Zimmer?“, fragte Bailey und sah zu Grant hinüber. „Sie schlafen nicht im selben Zimmer?“

Während Megan beinah einen Krampf im Kiefer bekam, beim Versuch nicht loszulachen, hatten Grants Gesichtskrämpfe ganz andere Gründe.

„So ist es“, gab er möglichst unterkühlt zurück und atmete tief durch die Nase ein, woraufhin Megan von Bailey ein strahlendes Lächeln geschenkt bekam. Dann wurde er wieder ernst, scheinbar fiel ihm ein, was sie gesagt hatte.

„Durchwühlt?“, zitierte er sie. „Fehlt etwas?“

„Nein. Und es ist auch so, dass meine Schlüsselkarte im Wagen war. Bei Othello.“

Alle Anwesenden sahen auf den Schäferhund hinab, der bei der Erwähnung seines Namens den Kopf hob.

„Ich gehe nicht davon aus, dass ein Polizeihund zulässt, dass der Wagen seines Frauchens durchwühlt wird“, stellte Bailey fest. Er hatte wirklich verdammt lange Wimpern.

Megan schüttelte den Kopf. „Nein, niemals. Wir haben die Vermutung, dass er gesehen hatte, wie wir weggebracht wurden und dann im Wagen getobt hat. Wer auch immer den Wagen aufgemacht hat, war nur deswegen vor ihm sicher, weil Othello sofort unserer Spur gefolgt ist. Und so konnte er an die Karte für mein Hotelzimmer gelangen.“

Morgan hob die Hand. „Verstehe ich das richtig?“, fragte er nicht ohne Skepsis. „Sie glauben, dass es zwei … Täter gibt?“

„Parteien“, gab Megan nickend zurück. „Ja.“

„Könnte es nicht ein Komplize gewesen sein, der Othellos Ablenkung genutzt und den Wagen geöffnet hat?“

„Das würde unserer Meinung nach keinen Sinn ergeben“, sagte Grant. „Denn die Kette hatte ich in der Tasche. Sie war schon in der Hand desjenigen, der uns niedergeschlagen hatte. Für diesen Mann hätte es keinen Grund gegeben, das Hotelzimmer zu durchsuchen.“

Morgen runzelte die Stirn. „Sie hätten uns die Kette übergeben sollen“, erklärte er grimmig.

Grant nickte. „Das hätte ich. Es war ein Fehler.“

Der ältere Inspektor nickte und wollte es offenbar dabei belassen.

„Wir sehen uns die Bilder an. Vielleicht bringt uns das auf eine Spur."

„Nach unserer unfreiwilligen Schwimmeinlage würden wir gerne eine Kleinigkeit essen", erklärte Grant zu Megans ehrlicher Überraschung. „Würde es Ihnen etwas ausmachen, uns für eine Stunde zu entbehren?"

„Sie haben hier keine Pflicht, Inspektor Grant. Ruhen Sie sich aus, wir halten Sie auf dem Laufenden."

Als Grant neben sie trat und einen Arm um ihre Schulter legte, fiel Megan endgültig vom Glauben ab. Ihrer hervorragenden Selbstkontrolle war es zu verdanken, dass sie ihm nicht vors Schienbein trat, während er sie aus dem Büro und schließlich aus dem Polizeirevier führte. Erst als sie die Treppe hinabgegangen waren, nutzte sie die Gelegenheit und versetzte ihm mit der Faust einen ordentlichen Schlag in die Niere.

„Verdammt nochmal, was soll denn das?", fuhr sie ihn an, während er sich vor Schmerz krümmte. „Kaum lächelt mich mal ein netter Kerl an, führst du dich auf, wie ein brunftiger Silberrücken!"

Während er sich wieder in eine aufrechte Position kämpfte, stemmte sie die Fäuste in die Hüften.

„Ich höre!", erklärte sie grimmig, während er versuchte zu Atem zu kommen.

„Es war ja wohl offensichtlich, was dieser Grünschnabel im Schilde führt!"

„Na, und?"

„Na und?", echote er. „Ich dachte, wir hätten eine Beziehung!"

„Wer sich erst heute Morgen noch bis an die Ohrspitzen in seiner Exfrau vergraben hat, darf da wohl den Ball flach halten!"

„Oh!“ Er verschränkte die Arme vor der Brust. „Das ist es also!“

„Was ist es also?“

„Rache!“

„Was?, fragte sie ungläubig und stieß ein spitzes Lachen aus. „Das ist ja lächerlich!“

„Ach ja?“

„Allerdings!“

„Sicher?“

„Und wie!“

„Und warum geschieht es dann ausgerechnet heute, dass du einem Kerl schöne Augen machst?“

„Schöne …?“ Mit weit aufgerissenen Augen verschluckte sie sich beinah an ihrem eigenen Atem. „Schnappst du jetzt völlig über?“

„Lenk nicht vom Thema ab!“

Dass sie offenbar etwas laut geworden waren, bemerkten sie, als mehrere Leute am Bürgersteig stehengeblieben waren, um die Show mitzuverfolgen.

Megan atmete tief ein. Als zwei ihrer Zuschauer anfingen, sich kichernd abzuwenden, kühlte sie das deutlich ab.

„Das … ist ziemlich peinlich“, erklärte sie und blinzelte gegen die Sonne zu Grant empor.

Dieser nickte langsam. „Ziemlich sogar.“

Sie wurden tatsächlich immer noch beobachtet.

„Vielleicht sollten wir unauffällig weitergehen.“ Megan tat, als sähe sie auf die Uhr, dabei trug sie gar keine.

„Am besten schweigend …“

„Schweigend“, bestätigte Megan.

Als sie am Wagen ankamen, wechselten die beiden einen kurzen Blick.

„Essen?", fragte Grant.

Megan kniff die Augen zusammen. „Gerne", zischte sie und stieg in den Wagen.

*

Gerade als sie nach einem durchaus schmackhaften italienischen Essen vom Tisch aufstanden, um zum Wagen zurückzugehen, klingelte Grants neues Handy.

„Das ist Morgan", stellte er mit einem Blick auf das Display fest und hob ab. „Inspektor?"

Während sie dem Ausgang des Restaurants entgegenstrebten, lauschte Grant wortlos und nickte, als sie im Freien waren. „Gut, wir kommen vorbei. – Nein, das ist kein Problem, wir sind ganz in der Nähe. – Bis gleich."

„Und?", fragte Megan.

„Sie haben noch nicht alles auflisten können, was im Büro fehlt. Aber was wohl ins Auge stach, waren Unterlagen von einer Firma namens *Estate Dreams Incorporated.*"

Megan zog die Stirn kraus. „Immobilien Träume?", übersetzte sie kopfschüttelnd. „Was hat denn ein Historiker mit einer Immobilienfirma zu tun?"

Grant öffnete Othello die Tür und nickte, während der Hund auf die Rückbank sprang.

„Genau das ist die interessante Frage."

Als sie auf dem Revier ankamen, war es bereits fast dunkel. Othello ging neben Megan die Treppe hinauf, währen Grant vorausging, um ihnen die Tür aufzuhalten.

„My Lady", erklärte er dabei mit einer Verbeugung.

„Übertreib es nicht", war Megans knappe Antwort, dann trat sie ein.

Schon von weitem erkannte sie den jungen Polizisten Bailey. Nicht zuletzt weil er in der Sekunde, als sie ins Revier kam, in die Höhe schnellte und den Arm emporriss, um ihr zu Winken.

„Jetzt hätte er sich um ein Haar, die Schulter ausgekugelt“, murmelte Grant ironisch und schob Megan vorwärts Richtung Morgans Büro.

Als sie anklopften, winkte der ältere Inspektor sie herein.

„Bitte setzen Sie sich“, sagte er und nickte Bailey zu, der ebenfalls hereinkam. Er hielt einige Fotos in der Hand und einen Hefter.

„Sie haben also neue Informationen?“, fragte Megan.

Bailey zog sich einen Stuhl heran, setzte sich neben sie und legte ihr die Bilder in den Schoß. Unwillkürlich verspannte sich Grant neben ihr, behielt aber diesmal die Kontrolle, über seine Revierinstinkte.

Megan besah die Unterlagen. Es waren große Ordner, die mit dem Namen der Immobilienfirma beschriftet waren. Mindestens ein halbes Dutzend davon.

„Was könnte in solchen Ordnern zu finden sein?“

„Schwer zu sagen.“ Bailey gab ein Achselzucken von sich. „Es könnten Lohn- und Gehaltslisten, Baupläne, Mitarbeiter-Daten, Finanzdaten …“ Er schüttelte den Kopf. „Es könnte einfach alles sein.“

„Haben Sie von der Firma bereits jemanden befragt?“

„Noch nicht. Es ist ja schon fast sieben Uhr. Aber gleich morgen früh.“

Grant nickte. „Würde es Ihnen etwas ausmachen, wenn wir Sie begleiten?“, fragte er an Morgan gewandt.

„Leider muss ich mich um eine Diebstahlserie kümmern, Bailey fährt hin.“ Er sah den jungen Polizisten an. „Was meinst du?“

„Klar. Sie können gerne mitkommen. Sechs Augen sehen mehr als zwei, nicht wahr?“

Megan nickte. „Auf jeden Fall.“

„Ich habe hier noch die Bilder für Sie kopiert und die Unterlagen zu Estate Dreams Inc.“ Er reichte Megan den ganzen Ordner. „Damit Sie vorbereitet sind für morgen früh.“

„Vielen Dank.“

Als sich Grant erhob, tat sie es ihm automatisch gleich.

„Wann wollen Sie los, Bailey?“, fragte sie.

„Wäre Ihnen halb Neun recht?“

„Perfekt.“

Er lächelte. „Gute Nacht, Megan. - Mr. Grant.“

„Gute Nacht, Bailey.“

„Ja, gute Nacht“, murrte Grant hinterher und schob sie aus dem Büro.

Das wurde überhaupt langsam eine lästige Angewohnheit, dass sie hin und her geschoben wurde. Aber da er sich sonst beherrscht hatte, wollte sie deswegen keine Diskussion anfangen.

Als sie ins Freie kamen, schlang sie die Arme um sich selbst.

„Ist dir kalt?“, fragte Grant.

„Naja, wir wurden heute beinah im eiskalten Meer ertränkt.“

„Ja, ich erinnere mich.“

„Die Kälte sitzt mir wohl noch ein wenig in den Knochen.“

„Da hilft nur eines“, erklärte er.

„Sag jetzt nicht Sex! Ich kann mich nämlich kaum noch - “

„Alkohol.“

Sie sah zu ihm empor. „Achso. – Gute Idee."

*

„Und Plopp!" Megan machte eine etwas ausufernde Geste und hatte für einen kurzen Moment Schwierigkeiten, sich auf dem viel zu hohen Barhocker auszubalancieren. „Fielen all die klitzeklitzeklitzekleinen Mottenkugeln aus dem Schrank und dahinter war diese unglaublich *hässliche*, blauverfärbte Leiche."

Grant legte ihr eine Hand auf den Unterarm. Mit der anderen Hand schob er das halbvolle Whiskeyglas aus ihrer Reichweite und schüttelte auf den fragenden Blick des Barkeepers hin den Kopf.

„Wir sollten vielleicht schlafen gehen", stellte er in besonders diplomatischem Tonfall fest. „Es ist schon fast Mitternacht."

„Aber wir wurden heute beinah ertrunken."

„Ertränkt."

„Na, sag ich doch." Irgendwie fühlte sich ihre Zunge pelzig an. Und die Bar verschwamm ein wenig vor ihren Augen. Das lag bestimmt an dieser grellen LED-Beleuchtung, die hatte sie noch nie leiden können.

„Wir sollten trotzdem schlafen gehen", setzte Grant nochmals nach.

„Und du!" Sie tippte ihm grobmotorisch gegen die Brust. „Hast mit deiner Exfrau geschlafen!"

„Megan!"

„Mit deiner *Supermodel*-Exfrau!" Für all seine beschwörenden Augenbewegungen war sie blind. „Ich wette, ihr habt -"

„Jetzt reicht's!" Mit einer kraftvollen Bewegung hatte er sie vom Barhocker gezerrt.

Da ihre Beine sich wie Gummi anfühlten, kippte sie hilflos gegen ihn.

„Du bist wirklich sturzbetrunken", beschwerte er sich und hob sie auf seine Arme.

„Bist du nicht!"

„Nicht ich, du!"

„Sag ich doch. – Mein Hund! Wo ist mein Hund?" Irgendwie war ihr sein Name gerade entfallen.

„Folgt uns." Ohne auf die fragenden Blicke in der Lobby zu achten, ging Grant mit ihr zum Lift und fuhr ins dritte Stockwerk.

„Ich stelle dich jetzt kurz ab, um die Tür aufzumachen", sagte er und stellte sie probeweise auf ihre eigenen Beine.

„Kein Prob." Das letzte Wort kam ihr irgendwie zu kurz vor. Aber das kümmerte sie nicht weiter. Sie glitt mit einem leisen Seufzen an der Wand hinab, bis ihr Hintern etwas holprig auf dem kuscheligen Teppichboden aufkam. Als sie den Blick hob, war sie mit Othello auf Augenhöhe.

„Bisu gewachsen?", fragte sie ihren Hund, der unhöflicherweise keine Antwort gab.

„Megan, was soll denn das?" Irgendjemand zog sie auf die Beine und hob sie in die Luft.

„Grant?", fragte sie mit zusammengekniffenen Augen. „Finley Grant? Sind Sie das?" Dann fing sie an zu kichern, wobei sie nicht genau wusste, warum.

„Angenehm", antwortete er nur knapp.

„Bisu sauer?"

„Nein."

Plötzlich fiel sie und kreischte laut auf, landete dann aber nur auf einem weichen Bett.

Als sie sich herumdrehte, trat sich Grant gerade die Schuhe ab, dann packte er nach Megans Füßen und zog auch ihre Schuhe ab, die Socken folgten.

„Willsu Sex?"

Er sah nicht auf, während er den Kopf schüttelte. „Heute nicht."

„Heute nicht *nochmal*, meinsu wohl!"

Mit einem grimmigen Schnaufen richtete er sich auf. „Mach mir bitte Vorwürfe, wenn du nüchtern bist!"

Megan saß auf dem Bett und starrte auf ihre nackten Zehen, plötzlich fühlte sie sich elend; hundeelend. Und als diesmal ihr Blick verschwamm, hatte es nichts mit Alkohol zu tun.

„Das war wirklich … gemein."

Sie war sich sicher, dass es ein passenderes Wort gab, für das, was sie empfand, aber es wollte ihr im Moment einfach nicht einfallen. Mit einiger Distanz zu sich selbst sah sie, dass etwas auf ihre Jeans tropfte. Eine Träne möglicherweise.

„Eigentlich", sagte sie so leise, dass sie selbst es kaum hören konnte, „dürft ich nie wieder ein Wort mit dir sprechen wollen. Oder müsste dich hassen. Oder so. – Aber irgendwie kann ich das nicht, und drum fühl ich mich noch viel elender."

Er schob sein Gesicht vor ihres und sah sie an, wischte etwas Nasses von ihrer Wange. „Es tut mir leid."

„Weisu, meine Mutter habe ich geliebt. Wirklich richtig echt geliebt. Aber sie mich nicht. Gar nicht." Sie schüttelte so sehr den Kopf, dass ihr Schwindel sich vertausendfachte. „Sie wollt mich gar nicht haben. Und ich wollte immer, dass sie mich haben will." Für einen Moment war ihr Blick klar, als sie zu ihm aufsah. „Das hat sich auch so angefühlt, wie ich mich jetzt fühle; … irgendwie."

Ihr Kinn zitterte und eine bleierne Traurigkeit drückte sie nieder. Als Grant sie tröstend am Arm berührte, machte er es damit noch schlimmer.

„Das tut mir so leid mit deiner Mutter, Megan. Schrecklich leid. Aber ich will dich haben. Hörst du? Ich will dich wirklich haben. Ich bin nicht wie sie!"

Sie hörte ihn sprechen, aber irgendwie hatte sie keinen Sinn für seine Worte; zu sehr war sie in ihrer eigenen Erinnerung gefangen.

„Meine Mutter war eine Hure."

„Megan, egal, was sie getan hat, so darfst du nicht von ihr -"

„Nein!", unterbrach sie ihn vielleicht eine Spur zu laut. „Du verstehst mich nicht. Sie war wirklich …; sie war eine Prostituierte."

Sogar in ihrem Zustand sah sie den Schock auf seinem Gesicht.

„Ich wollt's dir nicht erzählen", fuhr sie dennoch fort, „weil ich dachte, du siehst mich dann mit ganz anderen Augen. Schlechten Augen. Wie man ein Hurenkind eben anschaut."

„Das tu ich nicht, Megan." Er krabbelte zu ihr aufs Bett und zog ihren Kopf an seine Brust, umarmte sie fest. „Egal, was du mir erzählst, es könnte nie etwas daran ändern, was du für mich bist."

Nun schluchzte sie auf. „Das ist alles so schlimm", hauchte sie. „Tut mir leid, ich … tut mir leid."

„Nein. *Mir* tut es leid." Er küsste ihren Scheitel. „Mir tut es leid. Mir tut es so schrecklich leid."

Als seine Stimme versagte, hob sie den Blick.

„Weinst du jetzt auch?", schniefte sie.

„Männer weinen nicht." Er zog die Nase hoch. „Männer haben Sand im Auge!"

Auch wenn es das letzte war, was sie erwartet hatte, aber sie musste kurz lachen, woraufhin Grant sie noch fester an sich presste. Dann löste er sich ein wenig von ihr, um die Bettdecke zurückzuziehen, und legte sie vorsichtig zurück ins Kissen. Die Zimmerdecke drehte sich über ihr und das Bett hatte leicht Schlagseite nach links, so dass sie die Augen schloss.

Grant legte sich hinter sie, so dass sie den Kopf auf seinen Arm legen konnte. Und eine Bewegung irgendwo am Fußende verriet, dass Othello beschloss, ihnen Gesellschaft zu leisten.

„Ich hätte gerne einen Vater", sagte Megan, als sie eigentlich schon dachte, sie würde jeden Augenblick einschlafen. „Das muss großartig sein. Als Kind habe ich es mir immer vorgestellt; wie er mir das Radfahren beibringt oder mit mir Wandern geht oder … naja, du weißt schon."

„Wenn du willst, gehe ich mit dir wandern", flüsterte Grant. „Und das Radfahren kann ich dir auch beibringen, wenn du möchtest."

Sie lächelte kurz, dann wurde sie wieder ernst. „Grant?"

„Hm?"

„Ob er mich wohl geliebt hätte?"

„Auf jeden Fall hätte er das."

Trotz des schmerzhaften Pochens hinter ihren Schläfen zog sie die Stirn kraus. „Was macht dich da so sicher."

Er legte den Arm um sie und atmete in ihr Haar, bevor er sagte: „Weil man, wenn man dich wirklich kennt, gar nicht anders kann."

Sie wollte noch etwas darauf erwidern, doch der Schlaf überfiel sie so schlagartig, dass sie ihm nichts entgegenzusetzen hatte.

VIII

Als Megan am nächsten Morgen erwachte, fühlte sich alles diffus und verschwommen an. Das einzige, das sie wirklich mit aller Deutlichkeit traf, waren der Kopfschmerz und ein bedenklich flaues Gefühl im Magen. Außerdem hatte sie einen geradezu widerlichen Geschmack im Mund.

Sie streckte den Arm aus und fuhr mit den Fingern in weiches, warmes Fell.

„Na, mein Junge“, brachte sie mühevoll hervor.

Er verstand das offenbar als Aufforderung, kroch zu ihr und leckte ihr quer übers Gesicht. Man brauchte keine Spürnase zu haben, um sofort zu merken, dass er offenbar gerade sein Nassfutterfrühstück verspeist hatte.

Megan zog sich die Decke übers Gesicht, wischte es ab und öffnete blinzelnd die Augen. Grant musste ihn gefüttert haben.

Grant …

Nur verschwommen kehrten die Erinnerungen an den Abend zurück. Sie hatte ihm mehr von sich erzählt, als geplant. Soviel stand fest.

Irgendwo war Wasserplätschern zu hören. Er duschte also.

Mit aller Willenskraft richtete sie sich auf, lehnte sich gegen das Kopfteil des Bettes und atmete tief durch, während sich Othello neben ihr wieder zusammenrollte.

Die Sonne schien bereits und ließ die Wellen glitzern, die der Wind gegen die schroffe Küste peitschte.

Megan drehte den Kopf und entdeckte auf dem

Nachtkästchen eine Tasse Tee, die noch immer dampfte, daneben zwei Kopfschmerztabletten und ein zusammengefaltetes Stück Papier.

Unweigerlich musste sie lächeln und faltete es auseinander.

Megan,
falls du dich fragst, wie der Abend endete:
Wahrheiten sind kostbar und ein großes Geschenk, wenn sie geteilt werden.
Du bist ein wundervoller Mensch.
Und ich ein Idiot.

Gerade als sie den Zettel weglegte, ging die Badezimmertür auf. Grant kam heraus. Er war barfuß, trug ein frisches Hemd und eine Jeans und frottierte sich gerade die Haare.

„Guten Morgen?“, fragte er.

Sie lächelte etwas schwermütig. „So ungefähr“, gab sie zurück und hielt den Zettel in die Höhe. „Danke. Für eine sehr diplomatische und schonende Nachricht, in der die Hoffnung mitschwingt, dass ich nicht mehr so genau weiß, was ich dir gestern in meinem … Zustand alles erzählt habe.“

Er setzte sich ans Fußende des Bettes und sah sie mit gerunzelter Stirn an. „Aber du weißt es noch?“

„Ich glaube schon.“ Sie legte den Zettel auf das Nachtkästchen und nahm die Teetasse. Obwohl sie unter einer dicken Decke steckte, fröstelte es sie von innen heraus.

„Ich …“ Er brach ab und deutete ein unzufriedenes Kopfschütteln an, als würden ihm einfach die passenden Worte fehlen. „Was du mir gestern gesagt hast …, nicht das mit deiner Mutter, sondern … wie du dich gefühlt hast wegen Belana. Und dass ich damit überhaupt so etwas in dir ausgelöst und alles wieder an die Oberfläche gespült habe …“ Er atmete tief ein. „Durch die Arbeit und alles, was ich bereits … erlebt habe, dachte ich, ich hätte ein dickes Fell. Aber was du zu mir gesagt hast, das …“ Wieder ein Kopfschütteln. „Ich habe wirklich alles falsch gemacht. Ich wollte dich nie so verletzen! Ich wollte nie, dass du dich so fühlst.“

„Du konntest es ja nicht wissen“, gab sie schwach zurück.

„Nein, das mit deiner Mutter nicht. – Aber wie du mir gegenüber empfindest, hätte ich wissen müssen, weil ich ja genauso empfinde.“ Er gab ein Achselzucken von sich. „Ich hab mir gedacht, weil wir immer diese – nennen wir es – spielerische Distanz hatten, dass ich mir so etwas rausnehmen kann. Aber es war ein Fehler! Ein riesen Fehler, Megan. Und es tut mir einfach schrecklich leid.“

Megan krampfte die Finger ineinander und kaute auf ihrer Unterlippe, bis es schmerzte. Sie starrte auf die Bettdecke.

„Wenn du so weitermachst, heule ich gleich wieder los“, gab sie schwach zurück.

Als er nach ihrer Hand griff, sah sie zu ihm auf. Einige Wassertropfen hingen in seinem Haar und fielen auf die Decke. „Ich will so nicht weitermachen“, gab er zurück. „Ich will, dass wir uns beide eingestehen, was wir sind.“

Sie blinzelte ihn aus weit aufgerissenen Augen an. „Und was sind wir?“

„Zwei Menschen, die sich viel bedeuten, schätze ich.“

Megan nickte. „Schätze ich auch.“

Daraufhin lächelte er. „Dann sollten wir uns vielleicht

auch so verhalten."

„Ja, das … wäre nicht schlecht."

„Gut. Und jetzt, da wir das geklärt haben, gibt es einen Mörder, den wir fangen wollen."

Sie lächelte und Othello sprang vom Bett, als wollte er klarstellen, dass er startbereit war.

*

Megan schwieg auf der Fahrt zum Revier. Sie war sich nicht klar, ob sie sich schämen sollte, dass Grant dieses Detail über ihre Vergangenheit wusste, oder ob sie erleichtert sein sollte, dass er es so aufnahm, wie er es augenscheinlich tat.

„Das weiß sonst keiner von mir", sagte sie leise.

Als er den Blick hob, gab sie ein Achselzucken von sich. „Das mit meiner Mutter, meine ich. Was sie … war."

„Du kannst nichts für sie. Niemand kann etwas für seine Mutter; für seine ganze Familie."

„Trotzdem, ich … schäme mich so." Sie rutschte tiefer in den Sitz und schlang die Arme um sich. „Meistens schiebe ich es beiseite und versuche es zu vergessen. Seit meine Mutter gestorben ist, gelingt mir das eigentlich ganz gut. – Aber manchmal, so wie gestern, kommt alles wieder hoch und ich fühle mich …" Sie gab ein Achselzucken von sich. „Dreckig. Als würde mir dieser Makel anhaften und jeder könnte ihn sehen. – Und ich kann und kann ihn einfach nicht abwaschen! Ich werde ihn niemals los!"

Grant nahm ihre Hand und drückte sie.

„Dir haftet überhaupt nichts an, Megan. Du bist Lehrerin, du unterrichtest Kinder. Du begibst dich in Gefahr, um Verbrechen aufzuklären und Leben zu retten.

Du bist viel, aber sicher nicht makelhaft."

„Das zu sagen, ist nett. Aber … so leicht werde ich das Gefühl trotzdem nicht los." Sie lächelte schwach und deutete ein Kopfschütteln an. „Meine Mutter war eiskalt und berechnend. – Mein Vater, er … wollte Kontakt zu mir, als ich klein war."

Grant riss die Augen auf. „Tatsächlich? Aber -?"

„Sie hat es verboten. Naja, zuerst hat sie versucht, Geld von ihm zu bekommen. Mich zu verkaufen, sozusagen." Sie lachte freudlos. „Aber … er war wohl sehr jung. Und hatte kein Geld und … hat mich aufgegeben." Sie verzog das Gesicht zu etwas, das partout kein Lächeln werden wollte. „Es macht sich ja auch nicht gut, wenn der brave Familienvater später zu seiner adretten Frau sagen muss: Schatz, das ist übrigens das Kind, das ich mit einer Nutte gezeugt habe!"

Als sie wieder zu Grant hinüber, lag seine Stirn in grimmigen Falten.

„Mal davon abgesehen, dass ich es überhaupt nicht leiden kann, wenn du dich mit solchen Gedanken selbst runterputzt, hat deine Mutter wirklich verdammtes Glück, dass sie schon tot ist!"

Megan lächelte traurig. „Sie hatte Knochenkrebs. Zu weit fortgeschritten, um noch behandelt werden zu können. Die Schmerzen trieben sie in den Wahnsinn, also wurde sie mit Morphium vollgepumpt, bis sie kaum noch bei Bewusstsein war. – Und so erreichte mich eines Tages dieser Anruf. Erst dachte ich sie wäre betrunken, aber dann begannen die Worte einen Sinn zu ergeben und ich begriff, was los war."

„Sie wollte, dass du sie pflegst?", fragte Grant ungläubig.

„Sie wollte nicht in eine Todesfarbrik. So nannte sie

alles, was mit Krankenhäusern und Heimen zu tun hatte."

Grant warf ihr einen abschätzenden Blick zu. „Du hättest ablehnen können."

„Ja, das hätte ich. – Aber ich wollte es nicht. Ich wünschte, ich hätte es gewollt. Aber sie war meine Mutter und ich hatte die Hoffnung …" Sie gab ein Achselzucken von sich. „… auf ein versöhnliches Ende; dass sie mir doch noch sagen würde, dass ich ihr wichtig bin. Oder etwas in der Art."

„Aber das tat sie nicht?"

„Nein." Sie lachte freudlos. „Kein Happy End für Melissa und Megan Fairchild."

„Für Melissa vielleicht nicht", gab Grant zurück. „Aber für Megan Fairchild sieht es ziemlich gut aus, wenn du mich fragst."

Er lächelte aufmunternd und steckte sie unwillkürlich ein wenig damit an.

„Wenn du das sagst …"

„Eben!"

Erst als er den Wagen parkte, fiel ihr auf, dass sie schon am Revier angekommen waren.

Bailey saß auf den Treppen und stand auf, als er sie erblickte. Zum überschwänglichen Gruß riss er den Arm in die Luft und winkte.

„Er ist ein fröhliches Bürschchen", murmelte Grant, während er ausstieg. „So viel muss man ihm lassen."

„Megan!", rief Bailey derweil schon von weitem.

„Und sein Geschmack ist außerdem einwandfrei."

Jetzt musste Megan tatsächlich lachen. Damit es nicht wirkte, als hätte sie Bailey ausgelacht, riss sie ebenfalls etwas kindisch den Arm in die Luft und winkte ihm.

Er hatte mehrere Ordner in der Hand und gab einen davon Megan, nachdem er ihr überschwänglich und strahlend die Hand geschüttelt und sich nach ihrem Befinden erkundigt hatte.

„Was sehen wir uns hier an?", fragte Grant und schlug die Akte auf, überflog dabei dir oberste Seite.

„Das ist ein kleiner Abriss über die Firmenhistorie und die Fachgebiete, auf denen Estate Dreams Inc. tätig ist."

Megan schlug den Ordner ebenfalls raus. „Sie haben über 30.000 Mitarbeiter?"

Bailey nickte. „Nicht grade ein kleines Handwerksunternehmen. Sie bauen auf der ganzen Welt Einkaufszentren, Hotels, Urlaubsanlagen. Sogar in Dubai."

„Und warum könnte Mr. Riley in seiner Eigenschaft als Heimatmuseumsleiter so viele Unterlagen von Ihnen haben?", fragte sie mehr sich selbst, doch Grant antwortete trotzdem.

„Das finden wir jetzt heraus."

„Meinetwegen können wir gleich los", erklärte Bailey. „Die Maschine steht schon auf dem Rollfeld."

Megan riss den Kopf in die Höhe. „Maschine?"

Bailey grinste. „Denken Sie, so eine Firma hat ihren Sitz auf der Isle of Lewis?"

Sie runzelte die Stirn. „Wohin müssen wir?"

„Edinburgh."

„Natürlich."

Bailey zeigte auf Othello. „Macht der Hund das mit?"

„Problemlos", gab sie zurück. „Er ist schließlich ein Cop."

Grants Mundwinkel zuckten.

„Haben wir eine Verabredung bei unseren Leuten mit den Traumimmobilien?"

„Ja. Der Geschäftsführer. Ein Mr. …“ Er schielte in Megans Akte. „Jason Monroe. – Wollen wir?“

„Unseretwegen kann’s losgehen.“

*

Als sie auf den kleinen Flugplatz kamen, den Megan bereits bestens kannte, nahm Grant sie am Arm.

Bailey drehte sich nicht zu ihnen um, als er auf das Rollfeld ging und schließlich auf eine Cessna zeigte.

„Bitte einsteigen“, sagte er dabei.

Megan zögerte. „Wo ist denn der Pilot?“

„Steht vor Ihnen“, antwortete er mit einem stolzen Grinsen.

„Oh …“ Sie zwang sich zu einem Lächeln und rechnete im Geiste durch, wie lange der Junge wohl schon fliegen konnte. „Das …“

„Na, keine Angst! – Ich fliege schon länger, als ich fahren kann.“

Ob das jetzt wirklich beruhigend war, ließ sich nicht abschließend klären, denn sie wurde bereits zum Flugzeug geschoben.

Grant hob Othello auf seine Arme, der sich das willig gefallen ließ und schließlich zu Megan auf die schmale Rückbank kletterte. Grant setzte sich vorne neben Bailey.

Als er sich umdrehte, sollte sein Lächeln wohl aufmunternd wirken. In Wahrheit war es aber ebenfalls etwas angespannt. Nicht zuletzt, weil Bailey plötzlich murmelnd etwas zu suchen schien.

„Ah!“, erklärte er schließlich und lächelte die beiden an, hielt dabei einen Kopfhörer in die Luft. „Da ist er ja.“

Während Megan die Augen rollte, funkte er den Tower an und schließlich setzte sich die Maschine in Bewegung.

Eine gehässige Stimme in ihrem Hinterkopf murmelte: „Runter kommen sie alle“.

Daraufhin schloss sie nur noch die Augen und hoffte das Beste.

*

Tatsächlich verlief der Flug komplikationslos. Dasselbe galt für die Landung und die Fahrt im Taxi zum Firmengebäude der angeblichen Traumhaus-Fabrikanten.

„Protzige Gegend für eine Firma“, urteilte Bailey, während er am Gebäude emporsah, das durchaus die Gesichtszüge eines Palastes trug.

„Na, die bauen die Häuser ja nicht hier“, gab Grant zurück, während er den Taxifahrer bezahlte, der Othello zum Abschied noch ein Stück seines Sandwichs gab. „Hier sitzen nur die Chefs, vermute ich.“

„Dann sind wir hier ja richtig.“ Megan folgte den beiden Männern und wickelte sich Othellos Leine einmal um die Hand, streichelte ihm beruhigend den Kopf. „Das ist kein Einsatz, hörst du? Wir stellen nur Fragen.“

Als sie das Gebäude betraten, hob eine sehr blonde, sehr schlanke Frau in den Vierzigern am Empfang den Kopf und lächelte professionell.

„Kann ich Ihnen behilflich sein?“, fragte sie mit einer Stimme, die für ihr elegantes Erscheinungsbild eine Spur zu tief war.

„Inspektor Flynn und Inspektor Grant, Scotland Yard“, die beiden wiesen sich aus. „Wir haben einen Termin mit Mister Monroe.“

Sie nickte höflich und hob einen schmalen Telefonhörer ab, kündigte den Besuch an und nickte schließlich.

„Bitte den Korridor hinab und dann nehmen Sie dort Platz. Mister Monroe wird sofort bei Ihnen sein."

„Vielen Dank."

Megan führte Othello voraus, die beiden Männer folgten ihr. Das Gebäude wirkte wie ausgestorben, nicht das geschäftige Telefonklingeln und Tastenklimpern, das man in einem Bürohaus vielleicht erwartet hätte. Entweder es war wirklich niemand hier oder die Mitarbeiter arbeiteten sehr still.

Sie setzte sich auf einen der schlichten Lederstühle und Othello legte sich auf ihre Füße. Während sie seinen Kopf streichelte, nahmen Bailey und Grant ihr gegenüber Platz.

Eine Zeitlang warteten sie schweigend, dann räusperte sich Bailey.

„Hier ist es so gemütlich wie in einer Zahnarztpraxis", sagte er leise. Grant nickte. Und tatsächlich brachte er das leblose Interieur und die angespannte Stille im Gebäude damit auf den Punkt.

Sie wollte noch etwas erwidern, doch da plötzlich öffnete sich eine weiße, überbreite Tür.

Ein Mann trat zu ihnen. Er war durchschnittlich groß, durchschnittlich alt und ziemlich durchschnittlich attraktiv. Das Einzige, was an ihm hervorstach, waren der maßgeschneiderte Anzug und die Karatzahl der Diamanten, mit denen seine goldene Uhr besetzt war.

„Gentleman? Meine Dame? – Wie kann ich Ihnen helfen?", fragte er, woraufhin Bailey und Grant gleichzeitig aufstanden. Sofort sprang Megan auch auf die Füße, so dass auch Othello sich erhob.

„Wir sind von New Scotland Yard, Mr. Monroe. Vielen Dank, dass Sie sich die Zeit nehmen."

Der Mann nickte herablassend und zeigte mit einer Geringschätzigkeit, die Megan gar nicht passte, auf Othello. „Und der Hund?"

„Ist ein Polizeihund", gab Megan zurück.

„Ein Polizeihund?", echote er mit einem schiefen Lächeln.

Megans Blick wurde sehr ernst. „Leichenspürhund."

Jetzt lachte Monroe sogar. „Glücklicherweise haben wir hier keine Leichen."

„Aber wir haben eine", antwortete Grant, woraufhin Monroes Lächeln abrupt verschwand.

„Wie bitte?"

„Möchten Sie das hier auf dem Korridor besprechen?", fragte Bailey.

„Nein, nein. Natürlich nicht. – Kommen Sie herein!"

Er zeigte an sich vorbei durch die Tür. Othello und Megan gingen voran, die Männer folgten ihm.

Das Büro war riesig, in elegantem Schwarzweiß eingerichtet und wie das ganze Gebäude sehr blutleer.

„Bitte setzen Sie sich", sagte Monroe zu Megan, die sich auf einen, der sechs Stühle niederließ, die vor seinem überdimensionierten Tisch standen. Grant setzte sich neben sie und Bailey wiederum neben ihn. „Wie kann ich Ihnen helfen?"

Bailey legte den Pappordner auf den Tisch und zog Rileys Foto heraus.

„Kennen Sie diesen Mann?"

Monroe beugte sich über das Foto, betrachtete es einige Sekunden lang stirnrunzelnd und schüttelte dann den Kopf.

„Nein, tut mir leid. Wie kommen Sie darauf?"

„Er hatte zwei Regelböden voll mit Ordnern Ihrer Firma."

Monroe gab ein Achselzucken von sich und setzte sich ein wenig in seinem protzigen Lederstuhl zurück.

„Das ist nicht weiter ungewöhnlich. Wir versenden viele Unterlagen von Bauvorhaben und Objekten an Interessierte und mögliche Investoren."

„Mr. Riley war der Direktor eines Heimatmuseums. Er hatte keinesfalls die Mittel in eines Ihrer Vorhaben zu investieren."

„Sie sagen *war*. Ist er die Leiche, von der Sie gesprochen haben?"

Bailey nickte.

„Das tut mir leid." Monroe schüttelte den Kopf. „Auch, dass ich Ihnen nicht helfen kann. Aber diese Unterlagen versenden wir an tausende Interessierte. Er könnte sie auch von jemand anderem bekommen haben, der an uns interessiert war. Wir sind eine große, breit aufgestellte Firma."

„Das wissen wir", nickte Grant.

Monroe lächelte und erhob sich, schloss den Kopf seines Jacketts und gedachte den Termin zu beenden. Auch Grant und Bailey erhoben sich, nur Megan blieb sitzen.

„Sie lügen", erklärte sie, worauf die drei Männer regelrecht erstarrten. Grants fragender Blick bohrte sich in ihren Scheitel, während in Monroes graublauen Augen Zorn aufflammte.

„Wie können Sie es wagen?", knurrte er, worauf Othello sich erhob.

Megan jedoch blieb ruhig, nicht zuletzt, weil sich Grant und Bailey zu ihrer Bestätigung wieder setzten.

„Wussten Sie, dass die Hundenase ungefähr 6000 Mal empfindlicher ist, als die des Menschen? Hunde können Moleküle riechen von Stoffen, mehr benötigen sie nicht." Sie zeigte auf sein Gesicht. „Wobei in Ihrem Fall die Präzision einer Hundenase gar nicht nötig ist, ich kann selbst von hier sehen, wie Sie plötzlich schwitzen. Ihre Halsschlagader tanzt an ihrer Kehle, die Nasenflügel sind gebläht und über dem Kragen ihres unmoralisch teuren Hemdes verfärbt sich Ihr Hals gerade puterrot. – Kurzum: Sie lügen!"

Er starrte sie wutentbrannt an und ballte die Fäuste. „Diese abstrusen Behauptungen sind eine Frechheit! Und unbeweisbar überdies!"

Megan gab ein Achselzucken von sich. „Sie mögen unbeweisbar sein, trotzdem wäre es sicher interessant für … die ein oder andere Partei."

„Wovon, zum Teufel, sprechen Sie?"

„Na, Sie planen doch einen Börsengang, sobald die Börsenaufsicht ihr Okay gibt, nicht wahr? – Anleger sind empfindsame Wesen, voller Unsicherheit und Skepsis. Was denken Sie, wie sie reagieren und damit der Kurs, wenn ich Ihre etablierte Firma mit einem brutalen Mord und schwerem Diebstahl in Verbindung bringe."

„Das wagen Sie nicht!"

Sie schüttelte den Kopf. „Eine grobe Unsportlichkeit und unfair obendrein, die ich mir natürlich verkneife, … *wenn* Sie uns die Wahrheit erzählen!"

Sekundenlang herrschte absolutes Schweigen im Raum.

Die Stille war angefüllt mit nichts als Spannung und Monroes augenscheinlichem Wunsch Megan zu erwürgen.

Dann plötzlich atmete er tief ein, ging zur Bürotür und schloss sie, um dann wieder zu seinem Schreibtischstuhl zurückzukehren und sich zu setzen.

„Also schön“, erklärte er und verschränkte die Hände auf der Tischplatte. „Ich kenne Mister Riley. Oder vielmehr kannte ich ihn. Er arbeitete für uns.“

„Er arbeitete für Sie?“ Grant richtete sich in seinem Stuhl auf. „Als was?“

„Als Scout.“

„Das klingt nicht wie etwas, das man geheim halten muss.“

„Ach ja?“ Monroes Kopf nahm allmählich dieselbe Farbe an, wie sein Hals. „Wissen Sie denn, was ein Scout ist?“

„Jemand, der Mädchen auf der Straße anquatscht und fragt, ob sie Model werden wollen?“, warf Bailey ein.

„Netter Versuch, Inspektor. – In unserer Branche ist ein Scout jemand, der kurz gesagt Orte sucht, an denen sich Objekte realisieren lassen. Im besten Fall findet er Standorte, die eine positive Prognose für die jeweilige Klientel haben. Er findet sozusagen eine Marktlücke, und wir füllen die Lücke dann mit einem Hotel, einem Einkaufszentrum, einem Hochhaus, was auch immer. Wenn so ein Projekt gelingt, sprechen wir hier von Umsätzen im zwei- womöglich sogar dreistelligen Millionenbereich.“

„Mr. Riley hat ein Heimatmuseum geleitet. Das klingt mir nicht wie jemand, der Grundstücke für einen Immobilienhai erschnüffelt“, wandte Grant ein.

„Ganz im Gegenteil. Er ist einfach perfekt geeignet für die Aufgabe. Die schottischen Inseln werden mehr und mehr für den Tourismus erschlossen, teilweise machen die Urlauber schon mehr als 50% des Umsatzes aus. Und ein Mann wie Riley, der kennt jede Seele auf einer Insel, jeden Stein und jedes Haus. Wenn jemand einen Standort finden kann, dann er."

„Und hat er einen gefunden?"

„Wir hatten für heute Nachmittag einen Termin angesetzt. Er hatte wohl einen Standort gefunden, den er mir vorstellen wollte. Mehr weiß ich nicht." Er fuhr sich mit beiden Händen durchs Haar. „Klingt das vielleicht nach einem Mordmotiv? – Wenn ich den Mörder vorher erwischt hätte, hätte ich ihm zehn Millionen bezahlt, dass er ihn *nicht* umbringt und immer noch Gewinn gemacht!"

„Sehr pietätvoll", stellte Megan ironisch fest.

„Mir ist egal, ob sie mich für geschmacklos halten. Fakt ist: Ich bin kein Mörder. Wenn sie meine Meinung wissen wollen: Fragen Sie sich, wer etwas davon hätte, wenn wir die Informationen *nicht* bekommen."

„Sie meinen, ein Konkurrent?"

„Allein in Großbritannien gibt es mindestens zwei Dutzend namhafte Firmen, die an dem interessiert sein könnten, was Riley mir heute zeigen wollte. Von den internationalen gar nicht zu sprechen. Und mehr kann ich Ihnen zu dem Thema wirklich nicht sagen!"

Als er bockig die Arme vor der Brust verschränkte, sah Megan zu Grant hinüber, der sie fragend anblickte. Sie nickte.

„Gut, Mr. Monroe", sagte er daraufhin und erhob sich. „Wir danken Ihnen für Ihre Zeit. Wenn wir noch weitere Fragen haben …"

„Ja, ja. Von mir aus", maulte er. Für jemand in einem so teuren Anzug war er wirklich nicht gerade gut erzogen.

Als sie schon bei der Tür waren, drehte sich Megan nochmals um.

„Eine Frage habe ich noch."

„Was denn?"

„Hat es Ihnen Freude gemacht, meine Unterwäsche zu durchwühlen?“

Monroe riss fassungslos die Augen auf. „*Was*?!“

„Ach nichts. Guten Tag, Sir.“ Mit diesen Worten drehte sie sich um und verließ das Büro.

Die Männer und Othello folgten ihr schweigend. Am Empfang lächelte die Blondine, die keine Ahnung davon hatte, wie das Gespräch so verlaufen war.

„Einen schönen Tag noch“, trällerte sie und Megan grinste.

„Wünsche ich Ihnen auch.“

*

Als sie aus dem Gebäude kamen, fing Bailey an zu lachen. Begeistert klatschte er in die Hände.

„Wow, Megan! Woher wussten Sie das?“

„Ich wusste es nicht.“

„Aber -“

„Es war nur ein Bluff. Der zufällig sehr gut funktioniert hat.“

Grants Mundwinkel zuckten amüsiert. „Sehr gut, Frau Kollegin.“

Sie imitierte einen Knicks und lächelte. Zugegebener--maßen war sie schon ein wenig stolz auf sich.

„Und dass Riley ein Scout war, glauben Sie?“, fragte Bailey.

Megan gab ein Achselzucken von sich. „Möglich. Aber unwahrscheinlich. Ich kann mir einen Kerl, der nichts mehr liebt als die Natur und Geschichte seiner Insel, der auf Flohmärken voller Begeisterung alte Steinketten findet und ihre Geschichte recherchiert, der ein Heimatmuseum leitet nur sehr schwer als denjenigen vorstellen, der dafür sorgt, dass ein Teil genau dieser Insel womit auch immer zugepflastert wird."

Grant und Bailey wechselten einen Blick. Die Anerkennung, die darin lag, gefiel ihr außerordentlich gut.

„Und warum hast du den Kerl das mit deiner Unterwäsche gefragt?"

„Weil er uns kannte."

„Was?" Nun war auch Grant überrascht. „Othello kannte ihn, das habe ich gemerkt. Er hat ihn schon einmal gesehen. Nämlich als er völlig außer sich vor Sorge um uns von ihm aus dem Wagen gelassen wurde. Und außerdem hat Monroe nicht nach meiner Dienstmarke gefragt. Er wusste schon, dass Grant und ich zusammen unterwegs sind, und hat deswegen nie angezweifelt, dass ich ebenfalls zur Polizei gehöre."

Bailey schüttelte den Kopf. „Selbst wenn das stimmen würde, was ich – Othellos Erinnerungsvermögen und Ihre Beobachtungsgabe in Ehren – doch für etwas weit hergeholt halte, wie sollte sich das jemals beweisen lassen?"

Megan griff sich in die Innentasche ihrer Jacke und förderte einen silbernen Stift zutage. „Vielleicht sollten wir die Fingerabdrücke auf diesem Stift mit denen am Mietwagen und mit denen in meinem Hotelzimmer vergleichen, falls er dort welche hinterlassen hat."

„Hast du etwa -?" Grant blieb der Mund offen stehen. „Hast du den geklaut?"

„Den hat er mir doch geschenkt!" Megan sah mit einem gespielt tadelnden Kopfschütteln zwischen den beiden hin und her. „Habt ihr das gar nicht mitbekommen?"

Bailey griff sich grinsend in die Jackentasche und förderte einen Beweisbeutel zutage. „Jetzt, wo Sie's sagen", befand er nickend und nahm ihr mit der Tüte den Stift ab. „Das war sehr nett von Mister Monroe."

„Oh, er ist ein wahrer Menschenfreund", bestätigte Grant und hob dann den Arm zur Straße hin. „Taxi!"

*

„Wir sollten vielleicht den netten Gentleman, der uns am Callanish aufgelauert hat, einmal befragen."

Bailey stieg aus dem Flugzeug und wartete, bis Grant Othello auf dem Boden abgesetzt und Megan ebenfalls herausgeholfen hatte. Dann deutete er ein Achselzucken von sich.

„Ich weiß nicht", sagte er dabei. „Er hält ziemlich dicht."

„Das ist schade", gab Grant zurück. „Er könnte uns den entscheidenden Schritt weiterbringen. Und wenn wir die Leiche von diesem armen Teufel Johnny finden, wäre das auch nicht verkehrt."

„Vielleicht sollten *wir* ihn mal befragen", erklärte Megan, zu ihrer eigenen Überraschung erstaunlich selbstsicher.

„Sie und Grant?", fragte Bailey.

Sie schüttelte den Kopf. „Othello und ich."

„Was versprichst du dir davon?" Grant hielt ihr die Autotür auf.

„Nun, es kann überzeugend wirken, wenn ein 60 Kilogramm schwerer Schäferhund Anstalten macht, einem die Kehle herauszureißen."

„Bei aller Wertschätzung, Megan", ging Bailey dazwischen. „Das geht nicht. Auch wir müssen uns an Vorschriften halten. Und Sie als Zivilistin dürfen kein Verhör durchführen."

Sie gab ein Achselzucken von sich und lächelte: „Dann ist wohl unsere Kreativität gefragt.“

IX

Megan verschnürte den Maulkorb auf Othellos Kopf, was er gar nicht witzig fand; nicht zuletzt, weil sie ihm dabei zahlreiche Haare ausriss.

„Tut mir leid, Junge“, flüsterte sie. „Ich nehm‘ ihn dir gleich wieder ab.“

Als sie den Blick hob, schielte Bailey nervös durch die Lamellen der Jalousie.

„Wenn Morgan früher aus der Mittagspause kommt, sind wir am Arsch.“

„Nur die Ruhe“, erklärte Grant. „Sie werden Megans Methoden jetzt kennen und lieben lernen.“

Der junge Polizist atmete tief durch. „Das wird sich noch zeigen.“

Grant legte ihr eine Hand auf die Schulter und lächelte. Dass er genauso viel Spaß an ihrem Plan zu haben schien, wie sie selbst, machte sie regelrecht euphorisch.

„Bereit?“, fragte er.

Sie grinste. „Bereit.“

Er verließ den kleinen Raum, der durch einen großen, falschen Spiegel Blick in den Verhörraum bot. Als er ihn betrat, war seine Miene undurchdringlich, ernst und beinah furchteinflößend.

„Was ist, wenn er beim ersten Verhör die Wahrheit gesagt und überhaupt keine Ahnung hat, von wem das Geld gekommen ist? Was ist, wenn wir diese ganze … Sache ohne Ergebnis durchziehen?“

Megan sah Bailey fest an.

Der ängstliche Zug in seinem Gesicht war für sie zugegebenermaßen überraschend, dennoch gab sie ein entspanntes Achselzucken von sich.

„Wenn dem so ist, dann haben wir doch nichts zu verlieren."

„Außer unserer Dienstausweise, einer Pension und regelmäßigem Gehalt?"

„Tief durchatmen", wies sie ihn an und nickte zum Spiegel. „Die Show beginnt."

Grant betrat den Verhörraum, ohne Johnnys Mörder anzusehen. Stattdessen blätterte er mit gerunzelter Stirn durch eine Akte und setzte sich damit an die gegen-überliegende Seite des Tisches.

Sein regelrecht widerwärtiges Gegenüber hatte die Arme vor der Brust verschränkt.

Grant schwieg beharrlich. Fünf Minuten. Zehn Minuten las er in der Akte, ohne aufzusehen, bis der Verdächtige, dessen Namen sich Megan gleich in der Akte nochmal ansehen wollte, sowie auch Bailey allmählich unruhig wurden.

„Was wollen Sie denn noch, Mann?", fragte Ersterer. „Ich habe doch schon alles gestanden."

Endlich sah Grant auf und obwohl er mit dem Rücken zu Megan saß, überlief sie für einen Moment eine Gänsehaut; er konnte nämlich verdammt ernst und mindestens genauso respekteinflößend sein.

„Wir glauben, dass Sie uns nicht einmal einen Bruchteil dessen gestanden haben, was vor sich ging, Doyle."

Aha, Doyle, dachte sich Megan und konzentrierte sich auf Grant. Sie durfte ihren Einsatz nicht verpassen.

Doyle lachte nur. Dabei vibrierte das Spinnennetz, das rund um seine Kehle tätowiert war.

„Kümmert mich einen Dreck", erklärte er erwartungsgemäß. „Sie haben mich doch schon für Mord am Arsch. Warum sollte ich Ihnen noch etwas erzählen."

„Wenn Sie kooperieren, können wir etwas für Sie tun." Grant gab ein Achselzucken von sich. „Sie wissen schon, eine Zelle mit Fenster, duschen ohne Gewaltverbrecher und Sexualstraftäter, vielleicht eine eigene Kloschüssel."

Doyle lachte kalt. Megan durfte sich von dem Anblick, den er bot, nicht einschüchtern lassen; genauso wenig von der Tatsache, dass er diesen Johnny brutal gefoltert und ermordet hatte.

Als sie etwas Feuchtes an ihrer Hand spürte, sah sie hinab. Othello in seinem Hannibal-Lecter-Outfit hatte sie angestupst, als hätte er ihre Gedanken gehört und wollte ihr Mut machen.

Sie streichelte ihm lächelnd über den Kopf und blickte zurück in den Verhörraum.

„Sagt Ihnen der Name Jason Monroe etwas?"

Doyle starrte regungslos über die graue Tischplatte hinweg. „Nicht, dass ich wüsste."

„Oder der Name Estate Dreams Inc.?"

„Was soll das sein?"

„Eine Immobilienfirma."

Doyle verzog den Mund zu etwas, das mit viel Fantasie ein schiefes Lächeln war. „Sehe ich aus, als könnte ich mir etwas leisten, das den Begriff Traumhaus verdient?"

„Davon abgesehen, dass das Vereinigte Königreich für den Rest Ihres Lebens Ihre Unterkunft stellen wird, muss Mord doch ein sehr einträgliches Geschäft sein."

Doyle presste die Lippen aufeinander und funkelte Grant kalt an. „Von mir hören Sie kein Wort mehr, Mann!"

„Sie wollen also stur bleiben?", fragte Grant dagegen und Megans Herz setzte einen Schlag aus. Ihr Stichwort.

„Komm schon", sagte sie zu Othello, verließ den Raum, ohne noch einmal in Baileys unsicheres Gesicht zu sehen, und trat auf den Korridor. Eine Sekunde später stand sie vor der Tür zum Verhörraum, sprach sich selbst Mut zu und klopfte dann lautstark mit der Faust an.

„Was ist denn?", kam Grants grimmige Stimme von drinnen.

Sie öffnete die Tür und streckte den Kopf durch den Spalt. „Du musst mal kurz rüberkommen. Ist dringend."

Grant schickte ihr einen vernichtenden Blick. „Siehst du nicht, dass ich mitten in einem Verhör bin, Fairchild?"

Sie schob die Tür auf und kam mit Othello herein. Dessen Kopf flog sofort herum, sodass er den Mann am Tisch fixieren konnte. Als dieser den Blick des Hundes auf sich spürte, flackerte etwas in seinen Augen auf, das womöglich Unsicherheit, vielleicht sogar Angst war.

„Ich muss erst in zwanzig Minuten auf dem Hundeplatz sein", erklärte sie und nickte. „Ich bleibe solange hier."

„Der Kerl ist ein Mörder. Wo ist deine Waffe?"

Megan nickte auf Othello hinab. „Steht neben mir."

„Okay." Mit einem Seufzen erhob er sich. „Bin gleich wieder da. Pass auf den Kerl auf!"

„Klar doch." Sie warf Doyle einen kurzen Blick zu, während Grant die Tür hinter sich schloss. Kaum dass er den Raum verlassen hatte, schlich sich ein dreckiges, widerwärtiges Grinsen auf Doyles Gesicht.

„Na, Schätzchen?", fragte er. „Wie wär's mit einem Quickie?"

„Gute Idee!", erklärte sie, woraufhin er verblüfft das Gesicht verzog und noch verblüffter dreinblickte, als sie plötzlich den Stuhl vom Boden aufhob und so unter der Tür verkeilte, dass sie von außen nicht mehr zu öffnen war.

Als die Klinke heruntergedrückt wurde und jemand daran rüttelte, drehte sie sich lächelnd zu Doyle um und klopfte sich auf den Oberschenkel, so dass Othello zu ihr kam.

„Hey, Fairchild!“, drang Grants gedämpfte Stimme herein. „Was soll denn das?“

Anstatt zu antworten, griff sie nach dem kleinen Verschluss, der den Maulkorb auf Othellos Kopf geschlossen hielt, und öffnete ihn. Sofort, als er das Folterinstrument los war, schüttelte er sich und fixierte Doyle, der sichtbar schluckte.

„Fairchild!“ Grant pochte gegen die Tür. „Mach auf, verdammt nochmal! Bei noch einem tödlichen Biss kommt der Hund nicht so einfach davon!“

Beim letzten Satz warf Doyle seine grimmige Beherrschtheit über Bord und richtete sich auf. „Was soll das heißen?“, fragte er, ohne Othello auch nur eine Sekunde aus den Augen zu lassen. „Was soll der ganze Scheiß überhaupt?“

Megan wandte sich ihm zu und lächelte grimmig. Wenn ihr rasendes Herz nicht gewesen wäre, hätte sie es direkt genossen. Doch wenigstens Othello schien es zu genießen, denn auf ihr Schnalzen hin, begann er nur zu gerne ein tiefes Knurren. Als Doyle sich bewegte, zog er die Lefzen hoch und entblößte ein durchaus tödliches Gebiss; vor allem, wenn man ihm in Handschellen gegenübertreten musste.

„Halten Sie die Töle fest!“, verlangte Doyle.

„Warum sollte ich?“ Megan lehnte sich gegen den

Spiegel und sah dem Mann fest in die Augen, der ein geständiger Mörder war; aber darüber hinaus war er vielleicht noch mehr: nämlich der Schlüssel zu der Frage, wer sonst noch hinter der Kette her und ebenfalls bereit war, dafür zu töten.

„Leider haben Sie auf Inspektor Grants Fragen ja sehr unkooperativ reagiert", erklärte sie möglichst gleichgültig. „Wir sind nun hier, um ihn abzulösen. Constable Othello hier und ich spielen das bewährte Spielchen Guter Cop, Böser Cop. – Es bleibt Ihnen überlassen herauszufinden, wer welche Rolle einnehmen wird."

Wie aufs Stichwort hin knurrte Othello noch etwas lauter. Draußen wurde weiter gegen die Tür gehämmert.

„Wir geben Ihnen nun also die durchaus faire Chance nochmals über die Frage des geschätzten Kollegen nachzudenken und Ihre Antwort gegebenenfalls anzupassen."

Niemals hatte ihr das steife Londoner Englisch, das sie sprach, besser gefallen als in dieser Situation.

Doyle brach der Schweiß aus.

„Welche Frage, verdammt nochmal?"

„Ob Sie einen Jason Monroe kennen. Oder die Firma, der er als Geschäftsführer vorsteht: Dream Estate Inc."

„Nein, verdammt. Ich habe von einem scheiß Monroe und seiner verfickten Firma noch nie etwas gehört!"

Als er laut wurde, sprang Othello nach vorne. Im letzten Moment konnte sie ihn am Halsband zurückhalten. Er nahm seine Rolle fast ein wenig zu ernst.

„Mit Schimpfwörtern sollten Sie sich zurückhalten", erklärte sie an Doyle gewandt, der beinah vom Stuhl gekippt wäre, an den er gefesselt war. „Die mag Othello gar nicht."

„Der Köter hätte mir um ein Haar die Kehle rausgerissen!", hielt er dagegen. „Schaffen Sie ihn raus! Ich will meinen Anwalt. Ich will … raus hier!"

„Erst die Arbeit, dann das Vergnügen", erklärte Megan mit erhobenem Zeigefinger und ließ Othello wieder los, als sich der eifrige Hund wieder unter Kontrolle hatte. „Sie bestreiten also, einen Jason Monroe zu kennen. Und ebenso von ihm auf die Kette und alle, die zwischen ihr und Ihnen stehen, angesetzt worden zu sein?"

„Ich will meinen Anwalt!"

„Und ich will den Weltfrieden. Beides wird in absehbarer Zeit nicht eintreffen. – Also? Jason Monroe?"

Doyles Augen waren beinah schwarz vor Wut. „Jetzt hör mir mal zu, du kleine Schlampe. Dein Köter kann mir den Kopf abbeißen und trotzdem kenne ich diesen Kerl nicht!"

„Dann sagen Sie mir, wer Sie angeheuert hat!"

„Und mich im Knast von seinen Leuten dann kastrieren lassen? – Vergiss es!"

„Besser als gar nicht so lange zu überleben!" Sie klopfte mit der flachen Hand auf den Tisch und Othello sprang darauf. Obwohl Doyle soweit zurückwich, wie es in seinem Stuhl ging, verzog er den Mund zu einem schiefen Lächeln.

„Du bluffst doch nur!", zischte er. „Sie knallen dir den Köter ab, wenn er mir etwas tut. Das riskierst du nicht!"

Nun war es an Megan das Gesicht zu einem diabolischen Grinsen zu verziehen. Sie beugte sich nach vorne, während Speichel von Othellos Lefzen tropfte, der Doyle unablässig ins Gesicht knurrte.

„Leben Sie wohl, Mister Doyle", erklärte sie mit einem kurzen Nicken. „Einen so qualvollen Tod wie Ihrem letzten Opfer werden wir Ihnen wohl nicht zu bescheren vermögen, aber … - wir tun unser Bestes."

„Fick dich, Schlampe!"

Megan ging zur Tür, wo sie sich noch einmal umdrehte. „Othello", sagte sie dabei und nickte ihrem Hund lächelnd zu. „Er gehört dir!"

Dann ging sie nach draußen, schloss die Tür hinter sich und genoss das süße Geräusch, als das sie Doyles panisches Kreischen empfand.

*

Grant saß mit gerunzelter Stirn über eine Akte gebeugt da und überflog deren üppigen Inhalt zügig, während er Othello unaufhörlich über den Kopf streichelte.

„Am Ende war ich mir wirklich nicht sicher, ob er den Kerl nicht vielleicht doch umbringt", erklärte er wie jemand, den dieser Gedanke nur bedingt abschreckte.

Megan lächelte stolz. „Er ist eben ein Profi. Und wesentlich effektiver beim Verhör als wir alle zusammen." Sie schielte Grant über die Schulter. „Arturo Gonzales", las sie. „Das klingt wie ein kolumbianischer Drogenboss."

„Tatsächlich ist er offiziell etwas weitaus weniger Unangenehmes: er ist Kunsthändler aus Spanien."

„Und inoffiziell?"

„Ist er ein dicker Fisch, was den Schwarzmarkthandel mit gestohlener Kunst und Antiquitäten angeht."

„Das klingt gar nicht schlimm."

„Nur wenn man vergisst, dass wir von Kunstwerken sprechen, die nicht selten zweistellige Millionenbeträge kosten."

Sie zog die Stirn kraus. „Aber doch nicht unsre unfassbar hässliche Kette, oder?"

Grant gab ein Achselzucken von sich. „Vielleicht. Vielleicht auch nicht. – Aber nachdem er sie jetzt in seinen Besitz gebracht und uns bei der Gelegenheit schier ersäuft hat, halte ich es für durchaus angebracht, ihm diese und weitere Fragen persönlich zu stellen."

Megan setzte gerade zu einem zustimmenden Nicken an, da flog die Bürotür auf.

Inspektor Morgan, das Gesicht verzogen wie ein tollwütiger Eber – im Prinzip fehlten nur noch die Hauer und der Schaum vor dem Mund -, stürmte herein und schlug die Tür hinter sich, mit solcher Wucht zu, dass eine der Scheiben sprang.

„Was, zum Teufel, fällt Ihnen ein?", brüllte er. „Auf meinem Revier, so eine verdammte Show abzuziehen!"

Megan erhob sich. „Wir haben -", setzte sie zu einer Verteidigung an, doch Morgans ausgestrickter Arm samt Zeigefinger brachte sie zum Schweigen.

„Mit Ihnen rede ich nicht! Sie sind Zivilistin. Und Gesetz dem unwahrscheinlichen Fall, dass unser geständiger Mörder Mr. Doyle keine Anzeige gegen Sie oder Ihren Hund erstattet, möchte ich Sie hier nie wiedersehen."

„Sie sollten nicht vergessen, dass uns Miss Fairchilds unkonventionelle Vorgehensweise einen großen Schritt weitergebracht hat", gab Grant zu bedenken, der sich von Morgans aufbrausender Art nicht einmal ansatzweise aus der Ruhe bringen ließ.

„Unkonventionell?", japste dieser. „Unkonventionell? – Einen Verdächtigen zu bedrohen und ihm vorzugaukeln, er würde gleich von einem Kalb von einem Hund massakriert, ist nicht unkonventionell; das ist kriminell! – Und sämtliche Informationen, die wir auf diesem Wege bekommen, sind vor Gericht nicht zulässig!“

„Das müssen Sie auch nicht“, hielt Grant dagegen. „Und dem ehrenwerten Mr. Doyle ist nichts geschehen. – Wenn Sie alles ins rechte Licht rücken, hat sein Anwalt nichts, woran er ansetzen kann. Und wir haben eine heiße Spur!“

„Wir? – *Wir* haben gar nichts! Sie sind raus, Grant. Sie und ihre kleine Helferin verschwinden augenblicklich von meinem Revier oder ich lasse Sie unter Arrest stellen!“

Grant erhob sich instinktiv. „Sie sollten Miss Fairchild besser mit dem nötigen Respekt behandeln“, erklärte er drohend leise.

Morgan machte einen Schritt auf ihn zu. „Und bevor mir das unmöglich wird, sollten Sie besser das Revier verlassen und uns in diesem und keinem anderen Fall mehr in die Quere kommen. – Guten Tag, Mr. Grant.“ Er warf Megan einen glühenden Blick zu und nickte notdürftig. „Miss Fairchild.“

Das war ganz unzweifelhaft ihr Stichwort. Sie hängte die Leine in Othellos Halsband und sah zu Grant auf, dessen Kiefermuskel zuckte. Die Nasenflügel waren gebläht und für einen Moment befürchtete Megan, er würde Morgan an die Gurgel gehen; Bailey indes war sicher. Der Feigling hatte sich in der hintersten Ecke des Büros verkrochen und wie die letzte Memme geschwiegen.

„Inspektor“, verabschiedete er sich mit einem knappen Nicken und zog die Tür auf, um unter den fragenden und staunenden Blicken der restlichen Polizisten das Gebäude mit Megan und Othello zu verlassen.

„Du hattest Recht“, erklärte Megan, als sie am Wagen ankamen.

„Natürlich hatte ich Recht!“

„Nein, ich meine … mit Bailey.“

Grant hob die Brauen. „Er ist ein Waschlappen. Ein Feigling. Er hätte sich schon fast ins Hemd gemacht, bevor ich nur überhaupt zu Doyle reingegangen bin.“

Nun grinste er. Megans Worte vermochten seine Laune offenbar deutlich zu heben. Sie ließ Othello auf den Rücksitz springen und stieg selbst ein.

„Ich bin doch nicht auch so, oder?“, fragte sie stirnrunzelnd.

„Wie Bailey?“ Grant schüttelte energisch den Kopf. „Wie kommst du auf sowas?“

„Na, weil er doch auch so jung ist, wie ich.“

„Feige? - Ich bitte dich!“ Er stieß ein Lachen aus und startete den Wagen. „Du marschierst mit einem Polizeihund in einen Verhörraum zu einem geständigen, folternden Mörder und quetschst Informationen aus ihm heraus, die ihm ein Staatsanwalt und ein halbes Dutzend Polizisten nicht entlocken konnten. – Du bist so in etwa eine Million Lichtjahre entfernt von *feige*.“

Sie lächelte. „Was für ein schönes Kompliment.“

„Allzeit bereit. – Ach, apropos …“ Er griff sich in die Innentasche des Jacketts und zog den zusammengefalteten Hefter heraus, den er vor Morgans Auftritt durchgelesen hatte. „Die Details zu unserem lieben Senior Gonzales konnte ich ja nicht liegenlassen.“

Sie nahm den Hefter. „Wir halten uns also nicht raus?“, fragte sie freudig. „Wir mischen uns ein? Zusammen diesmal?“

Er warf ihr einen kurzen Blick zu und gab ein Achselzucken von sich. „Als vernunftbegabter Bürger wird man leider ab und zu gezwungen, auf eigene Faust zu handeln.“

Megan lehnte sich mit einem breiten Grinsen in ihrem Sitz zurück. „Wem sagst du das?"

*

Megan wischte sich die Finger an der Jeans ab, um auf der Akte ihres neuen Verdächtigen keine Fettflecken zu hinterlassen. Die Fish and Chips, die sie am Hafen gekauft hatten, waren einfach göttlich. Und zweifellos billiger, als alles, was es im Hotel zu kaufen geben konnte.

„Meinst du, die Adresse ist noch gültig?", fragte sie und tippte auf das oberste Blatt.

„Vielleicht. Aber bei einem Objekt, dessen Beschaffung offenbar ein gewisses Maß an Dringlichkeit anhaftet, könnte ich mir auch gut vorstellen, dass der Senior selbst auf die Insel gekommen ist."

„Aber Riley wird er doch nicht selbst umgebracht haben. Und uns hat wohl auch jemand anders im Meer versenkt."

Grant nickte.

„Das würde uns dann zu dem Schluss bringen, dass er mit mindestens noch einem weiteren Killer vor Ort ist."

„Was für ein beruhigender Gedanke", befand sie ironisch und spießte ein weiteres, frittiertes Kartoffelstück auf ihr Holzstäbchen.

„Die Frage ist nur, wo wir solche illustren Personen finden können."

„Du meinst, ohne selbst wieder in Lebensgefahr zu geraten?"

„Wenn möglich, ja."

Als es an die Zimmertür klopfte, verstummten Sie beide.

„Ja, bitte?", fragte Grant.

„Inspektor Finley Grant?"

Megan und er wechselten einen kurzen Blick. „Ja?“

„Ich habe hier ein Päckchen von New Scotland Yard, Sir. Sie müssen sich mit Dienstausweis und –nummer, sowie Unterschrift identifizieren.“

Während Grant offenbar Bescheid wusste und seine Brieftasche hervorkramte, hatte Megan keine Ahnung, was für ein Päckchen da für ihn ankam.

Ein junger Kurierfahrer stand in der Tür und ließ sich alles von Grant zeigen und quittieren, dann verschwand er mit einem freundlichen Gruß und ging den Korridor hinab.

„Was ist denn das?“, fragte sie, während Grant mit einer Schere die Klebebänder anstach.

„Meine neue Dienstwaffe. Die alte ist mir ja leider abhandengekommen … worden.“

Sie zog die Brauen in die Stirn. „Das geht ja fix. – Aber du darfst sie nicht tragen, wenn kein autorisierter Einsatz ist?“

„Nein.“

„Du tust es aber trotzdem.“

„Natürlich. – Meinst du, ich spaziere bei Arturo Gonzales durch die Tür und bin nicht bewaffnet?“

Megan beobachtete ihn, wie er den Lauf zurückzog und wieder nach vorne springen ließ und schließlich die Waffe lud.

„Apropos“, fragte sie und war seltsam fasziniert von dem Anblick. „Wo befindet sich denn Senior Gonzales Tür?“

„Das weiß ich nicht“, räumte Grant ein. „Aber ich habe zumindest eine Idee, wo wir suchen könnten.“

X

Megan starrte etwas entgeistert aus dem Beifahrerfenster. Sogar Othello schien überrascht, wenn sie den Gesichtsausdruck des Hundes richtig deutete.

„Eine Ferienanlage?", fragte sie. „Du meinst, der spanische Kunstmafiosi interessiert sich für Wasserrutschen und Hochseilparks?"

„Darf man keinen Spaß haben wollen, nur weil man ein mordender Krimineller ist?"

Megan blinzelte tadelnd.

„Na, du hattest aber auch schon mal mehr Humor!" Er zeigte auf das bunte Schild, das sie willkommen hieß. „Wo würdest du denn jemanden wie Gonzales als allerletztes suchen?"

„Hier!", erklärte sie.

„Na, siehst du." Er nickte zufrieden und steuerte den Wagen durch das große Tor.

An der Rezeption war eine junge Frau, die eine bunte Ferienpark-Uniform und dazu das breiteste Lächeln trug, das Megan jemals gesehen hatte.

„Willkommen im Lewis Fun Park, wo der Spaß für Groß und Klein niemals endet. – Haben Sie eine Reservierung?"

Megan lächelte schweigend und überließ Grant das Wort.

„Miss …" Er beugte sich etwas vor um das kleine, kunterbunte Namensschild auf der Brust seines Gegenübers lesen zu können. „Miss Mary …"

„Nur Mary“, erklärte sie fröhlich. „Das ist mein Vorname. Hier im Lewis Fun Park, wo der Spaß für Groß und Klein niemals endet, nennen wir uns alle beim Vornamen.“

„Äh …, natürlich. Mary, … wir sind auf der Suche nach einem Freund. Ich glaube, dass er bei Ihnen wohnt.“

„Mit seiner Familie?“

Grant und Megan wechselten einen kurzen Blick.

„Das wissen wir leider nicht“, erklärte Megan und lächelte entschuldigend. „Wissen Sie, wir sind extra den langen Weg aus London angereist, um mit Arturo seinen Geburtstag zu feiern. Die ganze Familie ist über ganz Europa verstreut, fürchte ich.“ Sie lachte kurz und erntete von Mary ein verständnisvolles Nicken. „Wir haben uns auf der Lewis verabredet, weil es hier so besonders malerisch und schön ist. Und in Ihrem Park, soll man besonders schön feiern können.“

„Ja, im Lewis Fun Park, wo der Spaß für Groß und Klein -“

„Ganz genau“, unterbrach Megan, die den Spruch nicht noch einmal hören konnte. „Und nun hoffen wir einfach, dass Arturo schon hier ist und wir ihn finden können. Um alles zu organisieren.“

„Wie heißt Ihr Cousin den mit Nachnamen?“, fragte Mary und wandte sich ihrem Monitor zu.

Megan hatte zwar mit keinem Wort die Verwandtschaftsverhältnisse erwähnt, dachte jedoch nicht im Traum daran, die hilfsbereite Mary zu korrigieren.

„Gonzales“, sagte sie stattdessen. „Arturo Gonzales.“

Marys Finger flitzten über die Tasten. Dann schüttelte sie den Kopf.

„Bedaure“, erklärte sie. „Ich fürchte, Ihr Cousin wohnt nicht im Lewis Fun Park, wo der Spaß -“

„Versuchen Sie es mit Aurelio“, unterbrach Grant. „Arturo Aurelio.“ Als sie zögerte, fügte er lächelnd hinzu: „Das ist sein Bruder.“

Die Frage, wie Brüder unterschiedliche Nachnamen haben konnten, schien Mary nicht weiter zu beschäftigen. Vielmehr tippte sie wieder und entspannte dann ihr Gesicht zu Megans ehrlicher Überraschung zu einem Lächeln.

„Ja, Mr. Aurelio wohnt in einem unserer Chalets.“

„Allein?“

„Nein, mit seinen beiden Brüdern.“ Sie hob den Kopf. „Soll ich Sie anmelden?“

„Oh, nein, nein.“ Megan gab ein Achselzucken von sich und versuchte dabei möglichst kindlich schelmisch zu wirken. „Wir wollen sie überraschen. – Wenn Sie mir nur sagen, wo das Chalet ist, dann kommen wir wunderbar zurecht.“

„Natürlich, Miss. – Es ist die Nummer 19.“ Sie zückte eine kleine zusammengefaltete Karte und breitete sie auf dem Tresen aus. „Diese Straße entlang und dann das letzte auf der linken Seite. Mit direktem Blick auf die Küste. - Einfach herrlich.“

„Vielen Dank.“

„Gern geschehen. – Und viel Freude im Lewis Fun Park, wo der Spass für Gr -“

Megan hatte die Tür mit aller Wucht hinter sich ins Schloss geworfen, so dass das Scheppern und das Klirren der Scheiben das Sprüchlein der lieben Mary unterbrachen.

„Und da heißt es, Lehrer müssten immer alles 1000 Mal wiederholen“, erklärte sie mit einem Augenrollen und hob den Blick. „Da entlang, vermute ich.“

Grant nickte. „Jetzt, wo wir wissen, dass Gonzales hier ist, sollten wir genau überlegen, wie wir vorgehen.“

„Gibt es denn da so viele Möglichkeiten?"

„Natürlich. – Wir können ja nicht einfach zu ihm spazieren und sagen: Hallo Arturo, dein Auftragskiller hat uns erzählt, du würdest für eine hässliche Steinkette über Leichen gehen. Und wir wollten jetzt mal hören, warum? Und – achso ja! – du bist festgenommen!"

Megan gab ein Achselzucken von sich. „Klingt doch gut."

„Nur, wenn du in einem Plastiksack aufs Festland zurückkehren willst."

„Nicht unbedingt."

„Also!" Er atmete tief durch und zeigte zum Wagen. „Wir holen am besten Othello und sondieren einmal die Gegend. Ich kann mir nicht vorstellen, dass nicht wenigstens einer von Arturos *Brüdern* aufpasst, dass er keinen ungebetenen Besuch bekommt."

„Okay." Sie zeigte Richtung Klippen. „Die Häuser haben alle einen großen Garten. Sicherlich kann man sie von hinten gut einsehen. Vorausgesetzt man hätte ein Fernglas."

„Ist im Wagen. – Komm!"

Othello hatte ungeduldig hechelnd auf dem Beifahrersitz gewartet und machte mit einem Gähnen deutlich, dass es auch allerhöchste Zeit wurde, dass man ihn herausließ. Megan legte ihm die Leine an und folgte dann Grant, der sich in die Nebenstraße hinter Gonzales Haus geschlichen hatte.

„Wie bist du überhaupt auf den Namen Aurelio gekommen?", fragte sie, nachdem sie aufgeschlossen hatte.

„Das war der Name seiner ersten Galerie in Madrid. Er hatte sie über zehn Jahre. Darüber hinaus war es der Name seines Vaters. Diese Spanier sind doch ein recht emotionales Volk und da habe ich gepokert."

„Hm", erklärte sie anerkennend und nickte dann einem jungen Ehepaar mit brüllenden Zwillingen im Kleinkindalter zu, die gerade aus einem der Chalets kamen. „Ich hätte nicht gedacht, dass so etwas auf einer Insel wie dieser ankommt."

„Was meinst du?"

„Na so eine Anlage. Sowas stelle ich mir eher in der Karibik vor. Oder in Griechenland."

„Warum? – Es ist doch absolut perfekt. Man hat keine lange Anreise, schöne Landschaft, Meer und trotzdem für die Kinder jede Menge Spaß. – Was denn?", fragte er auf Megans zweiflerischen Blick. „Ich war auch schon hier mit Mairead."

„Wirklich?"

„Klar. Sie fand es super. Und ich auch. – Wer noch nie mit einem nörgelnden Kind im Stau gestanden hat, der weiß nicht, was das Wort *Höllenqualen* überhaupt bedeutet!"

Megan lächelte. „Dann müsstest du dich hier ja bestens auskennen."

„Leider nein", gab er zurück. „Es ist fast zehn Jahr her, dass wir hier waren. Und damals war der Park noch ein ganzes Stück kleiner – Pass auf!" Er packte Megan am Arm und zerrte sie um eine Häuserecke. Othello war hinter den Buchsbaumhecken ohnehin nicht zu sehen.

„Was ist denn?", flüsterte sie.

„Da hinten. – Auf drei Uhr."

„Wo?"

„Rechts", erklärte er augenrollend und legte dann den Zeigefinger auf die Lippen.

Megan legte Othello mit einem Handzeichen ab, so dass sie praktisch unsichtbar waren.

Sie wartete sekundenlang und wollte schon fragen, was der ganze Quatsch sollte, da plötzlich erschien ein Mann in ihrem Blickfeld, der so gut in einen Ferienpark passte, wie eine Kuh aufs Hochseil.

Er war schwarz gekleidet, trug eine Sonnenbrille und unter seiner Lederjacke, die trotz strahlenden Sonnenscheins bis zum Kinn zugezogen war, beulte sich etwas, das nur eine großkalibrige Waffe sein konnte.

Grant schob Megan noch etwas weiter zurück, die keinen Widerstand leistete und schweigend beobachtete, wie der Mann, der zweifellos Gonzales selbst oder einer seiner Männer war, an ihnen vorbei die Straße hinabging.

„Ich glaube, er ist weg", flüsterte sie einige Zeit später, woraufhin sich Grants Griff lockerte. Er nickte.

„Ja, ich glaube auch."

„Dann lass uns weitergehen", sagte sie und trat vor, was auch Othello als Aufforderung verstand, weiterzugehen. „Na, komm schon, Grant!"

„Ich fürchte, das geht nicht!"

„Warum nicht?"

„Weil mir grade jemand eine Waffe an den Kopf hält."

„*Was?*" Sie fuhr herum und erstarrte regelrecht.

Der Anblick, der sich ihr bot, war geradezu grotesk: In der kitschigen Ferienpark-Idylle mit den Holzchalets und den gepflegten, kleinen Vorgärten stand ein – dem Äußeren nach – Serienkiller in dunkler Montur und mit noch finsterer Miene und hielt Grant eine Waffe an den Kopf.

Erst Othellos kehliges Knurren riss sie aus ihrer Starre.

„Den Dackel hältst du besser fest, ricura!", erklärte er mit überdeutlichem spanischen Akzent. „Sonst muss ich ihm eine Kugel verpassen!"

Megan krampfte die Finger um Othellos Leine und schlang sie sich zweimal um die Hand. Grant blieb regungslos.

„Ich nehme an“, sagte er mit einem gezwungenen Lächeln, „Sie gehören nicht zum Sicherheitsdienst hier.“

Der Spanier lachte. „Kann man so oder so sehen. – Vorwärts!“

„Wohin vorwärts?“

Er nickte die Straße hinab. „Chalet Numero 19. – Aber das wissen Sie ja schon.“

Während sich Megan noch fragte, ob die monotone Mary am Empfang eine geschickt getarnte Spionin für Gonzales oder einfach nur strohdoof und leutselig war, wurde Grant nach vorne geschubst.

Die Waffe verschwand von seiner Schläfe und bohrte sich offenbar in seinen Rücken. „Und immer schön lächeln, si?“, verlangte der Spanier und trat mit den Dreien den Weg zu Chalet Nummer 19 an.

Megans fieberhafte Überlegungen eine Fluchtmöglichkeit betreffend, endeten schnell; denn es gab schlichtweg keine. Jedenfalls nicht, wenn sie alle drei vorhatten, zu überleben. Und das hatten sie!

„Halt!“ Der Spanier brachte sie zum Stehen und nickte in Richtung eines kleinen Teichs, auf dem Seerosen in Rosé und Weiß einen herrlichen Duft verströmten.

„Der Tümpel ist ja viel malerischer als das Loch, in dem Sie uns das letzte Mal ersäufen wollten!“, erklärte Grant grimmig. Und während Megan ihn in Gedanken anflehte, den augenscheinlich gewaltbereiten Spanier nicht auf ungesunde Ideen zu bringen, lächelte dieser nur schief.

„Die Waffe“, sagte er dabei. „Geht jetzt baden.“

Grants Kiefer zuckte. „Ich -“

„Rapido!“

Widerwillig griff er sich an den Gürtel und zog die Waffe aus dem Holster. Er zögerte noch kurz und dann warf er sie mit einem deftigen, vermutlich gälischen Fluch ins Wasser.

„Das ist jetzt schon die zweite in dieser Woche!“, beschwerte er sich, doch der Spanier lachte nur.

„Weiter geht's!“

In gemäßigtem Tempo gingen sie die Straße hinab. Megan war sich sicher, dass ihr Anblick den Touristen – auch im übertragenen Sinne – spanisch vorkommen musste, doch diese waren sämtlich so sehr mit der Vorfreude auf ihre Urlaubsabenteuer beschäftigt, dass niemand sie wirklich wahrnahm.

Als sie am Ende der Straße und damit am Chalet Nummer 19 angekommen waren, wartete dort schon der zweite Mann, den sie beim Patrouillieren auf der Straße beobachtet hatten.

„Los“, sagte er. „Wir bringen sie rein.“

Er nahm Grant am Arm und zog ihn durch die Tür. Megan hielt Othello ganz kurz und bedeutete ihm, sich ruhig zu verhalten. Diese Männer waren offenbar kaltblütige Mörder. Wieviel Skrupel konnten sie schon haben, wenn es darum ging einen aufmüpfigen Hund zu erschießen?

Als sie ins Innere des kleinen Chalets traten, wurden Grant sofort die Hände mit Klebeband hinter dem Rücken gefesselt. Der Spanier, der sie entdeckt hatte, hob danach die Rolle hoch. „Kleb deinem Hund das Maul zu!“

Das drohende *Oder* schwang so deutlich in seinen Worten mit, dass Megan nicht zögerte und nach der Rolle griff. Sie ging vor Othello in die Hocke und schlang ihm schnell und mit zitternden Fingern das Band so eng ums Maul, dass er es nicht mehr öffnen konnte und aber trotzdem noch genug Luft bekam. Das hoffte sie zumindest.

„Und jetzt du!"

Widerwillig und mit einem kurzen Seitenblick zu Grant, in dessen Gesichtsausdruck sich Sorge und Wut gleichermaßen widerspiegelten, gab sie das Klebeband ab und ließ sich die Hände schmerzhaft fest hinter dem Rücken fesseln.

Dann blickten die beiden auf sie herab und lächelten genauso anzüglich wie selbstgefällig.

Der eine von ihnen sagte etwas auf Spanisch, das sie nicht verstand. Doch das Knacken in Grants Handgelenken, als er offenbar stumm gegen seine Fesseln ankämpfte, sagte ihr, dass es um seine Fremdsprachenkenntnisse besser bestellt war.

Einer der Spanier machte einen Schritt auf Megan zu, woraufhin sie automatisch zurückwich.

„Hey, lass' sie in Ruhe!", knurrte Grant. „Oder bist du zu feige, dich mit jemandem anzulegen, der in deiner Klasse boxt?"

Der Spanier warf ihm einen kühlen Blick zu. Megan stieß gegen die hölzerne Chaletwand und weigerte sich vorzustellen, was dieser Grobian mit ihr zu tun imstande war; ganz gleich, ob sie gefesselt war oder nicht. Wenn das dieser Gonzales war, dann hatte Doyle wirklich nicht untertrieben. Er war eiskalt und ließ sie zweifellos nur deswegen noch am Leben, weil er etwas mit ihr vorhatte.

Unweigerlich wurde ihr schlecht bei dem Gedanken.

„*Miguel!*", bellte plötzlich eine Stimme von irgendwo anders. „*Quita estos dedos sucios!*"

Sofort erstarrte ihr Gegenüber und machte schließlich

einen Schritt zurück. Megans Schultern sackten herab und sie murmelte ein knappes Dankgebet.

„Perdón, Señor Gonzales."

Megan hob den Blick. Unweigerlich begannen ihre Knie zu zittern, denn wenn das seine Gorillas waren, dann mochte sie sich nicht vorstellen, wie der Kerl aussah, der am anderen Ende der Leine war.

Als sich eine Gestalt aus dem Halbdunkel des Nebenraums löste und das Zimmer betrat, erstarrte sie.

Sie hatte mit allem gerechnet; mit *allem*! Aber vor ihr stand nicht der klassische Mafioso mit nach hinten geschleimtem Haar, Brusthaartoupet und daumendicker Goldkette. Vor ihr stand ein Mann, der genauso düster wie faszinierend wirkte. Er hatte schwarze Augen, hohe Wangenknochen und einen Zug um die vollen Lippen, der entweder brutal oder einfach nur entschlossen wirkte. Sie war sich nicht sicher.

Als er auf sie zukam, wollte sie wieder nach hinten ausweichen. Da sie aber schon an der Wand stand, schlug sie nur mit dem Kopf dagegen.

Grant wollte nach vorne schnellen, doch die Waffe des zweiten Wachmannes brachte ihn zur Raison.

„So behandelt man keine Dame, Miguel", sagte Gonzales praktisch akzentfrei, wenn man von einem gerollten *R* absah. Er zückte ein Messer, ließ es aufspringen und beugte sich tief über Megan.

Ein panisches Geräusch bildete sich in ihrer Kehle, doch er schüttelte nur den Kopf.

„Keine Angst, mi Corazon", sagte er dabei, umfasste sie und durchschnitt ihre Fesseln.

Als er sich wieder aufrichtete, starrte sie zu ihm empor.

Nicht zuletzt, weil er ihre Hände festhielt, die Reste des Klebebands abzog und ihre Handgelenke massierte. Eine seltsam hypnotisierende Berührung.

Plötzlich ging er vor ihr in die Knie. Sie sah ihm nach, seltsam weggetreten, wie es nur jemand sein konnte, der gerade unter Drogen gesetzt oder von einer Schlange mit ihrem bloßen Blick bewegungsunfähig gemacht wurde; um anschließend von ihr verspeist zu werden.

Erst als er nach Othellos Halsband griff, erwachte sie aus seiner Starre. Oh Gott, wenn er das Maul aufschnitt, nachdem Megan von seinen Männern so angegriffen worden war …

„Sie dürfen nicht -!"

Doch da war der sicherlich schmerzhafte Maulkorb schon ab. Megan beobachtete völlig entgeistert, wie sich ihr Hund willig das Klebeband und damit Dutzende Haare abziehen ließ, um sich dann sogar streicheln zu lassen. Offenbar war sie nicht die Einzige, auf die Gonzales so seine ganz eigene Wirkung hatte. Sie ermahnte sich, bei dieser Gelegenheit nicht zu vergessen, dass er ein brutaler Mörder war; ganz gleich, wie zuvorkommend er sie im Augenblick behandelte.

„Ein kluger Hund", urteilte er und richtete sich wieder auf, wobei er Megan um fast zwei Köpfe überragte. „Er beschützt Sie. Das muss man respektieren."

Megan schluckte trocken und zog Othello etwas enger an sich. Sie fühlte sich plötzlich von sämtlichen sinnvollen Worten verlassen.

„Miguel, hilf dem Señor aus seinen Fesseln", sagte Gonzales dann, ohne Grant auch nur eines Blickes zu würdigen, und zeigte auf eine Couch.

„Bitte setzen Sie sich."

Megan gehorchte wortlos und Grant setzte sich, kaum da er frei war, schnell neben sie.

„Bist du okay?“, fragte er besorgt, woraufhin sie nickte und sich an einem kläglichen Lächeln versuchte.

„Was wollen Sie, Gonzales?“, fragte er dann.

Der Spanier lächelte nur. „Das selbe könnte ich Sie fragen.“

„Uns wurde eine Steinkette entwendet“, erklärte Megan und blickte ihrem durchaus einschüchternden Gegenüber fest in die Augen. „Bei der Gelegenheit wurden wir überdies beinah umgebracht.“

„Wie bedauerlich“, gab Gonzales zurück, woraufhin Megan ein Achselzucken von sich gab.

„Wie Sie jedoch sehen, haben wir überlebt.“ *Bis hierher*, fügte sie im Geiste hinzu.

„Zweifellos dramatische Geschehnisse“, antwortete Gonzales. „Doch was haben all diese Dinge mit mir zu tun?“

„Uns kam zu Ohren, dass die Kette nun in Ihrem Besitz ist.“ Grant sah ihm fest in die Augen. Megan hatte das Gefühl, als würde sie ihn überhaupt das erste Mal in der Gegenwart einer Person erleben, die sie als würdigen Gegner empfand.

„Wie Sie vielleicht wissen, interessiere ich mich nicht für Schmuck. Auch in keiner meiner Galerien wird großen Wert darauf gelegt. Wir verlegen uns vielmehr auf Kunst … anderer Art.“

„Kennen Sie eine Firma namens Estate Dreams Inc.?“, fragte Megan.

Gonzales schüttelte den Kopf. „Ich bedaure, dass ich Ihnen nicht behilflich sein kann“, erklärte er und erhob sich, um das Gespräch ganz unmissverständlich zu beenden. „Nichtsdestoweniger habe ich mich sehr gefreut, Sie kennenzulernen, Miss Fairchild."

Sie kniff die Augen zusammen. „Ich habe Ihnen meinen Namen gar nicht gesagt."

„Ich bin ein Mann, der stets gründlich und gut vorbereitet ist." Er nahm ihre Finger und hauchte einen Kuss darauf, dann sah er wieder zu ihr auf. „Ich empfehle Ihnen das selbe."

Sie öffnete den Mund, um irgendetwas darauf zu erwidern, doch ihr fiel einfach nichts Passendes ein.

Da packte sie Grant auch schon am Arm und zog sie zur Tür.

„Sie erschießen uns doch nicht beim Hinausgehen, oder?", fragte er über die Schulter.

Gonzales legte den Kopf schräg. „Ich würde niemals jemandem in den Rücken schießen."

Und während Megan eilig ins Freie gezerrt wurde, glaubte sie ihm sogar.

*

Auch als sie schon die halbe Straße hinaufgegangen waren, ließ Grant sie noch immer nicht los.

„Ich denke, wir sind jetzt in Sicherheit", befand Megan und versuchte sich aus seinem Griff zu winden. Vergeblich.

„Das denke ich nicht."

„Warum hat er uns dann gehen lassen?"

„Das weiß ich nicht. Aber er und seine Leute haben uns unzweifelhaft in diesen Tümpel geworfen und an die Steine gefesselt. Nackt!"

Megan schluckte. „Was macht dich so sicher?"

„Ich habe meine Waffe gesehen. – Die erste."

„Aber -"

„Ja, genau. – Es gibt nur eine Person, die sie mir abgenommen haben kann: die, die uns versucht hat, umzubringen. Und das ist in diesem Fall Gonzales."

Unweigerlich warf sie einen Blick zurück und rief sich das Gesicht des Spaniers ins Gedächtnis.

War er faszinierend? – Ja.

Konnte er ein skrupelloser Mörder sein? – Auf jeden Fall.

Ein kalter Schauder überlief sie, obwohl bei über zwanzig Grad die Sonne schien.

„Lass dich nicht täuschen von seiner Art", sagte Grant plötzlich, als hätte er ihre Gedanken erraten.

„Was?", fragte sie dennoch.

„Ich kenne diese Sorte Mensch. Ein paar davon sind mir schon begegnet in meinem Leben. Nicht viele. Aber genug, um zu wissen, dass man sich nie in Sicherheit wiegen darf, egal, was sie sagen oder tun; egal, welches Gefühl sie einem zu geben vermögen."

Megan wollte etwas antworten, doch ihr fiel einfach nichts Passendes ein. Und so stieg sie mit Othello in den Mietwagen und ließ sich von Grant zurück ins Hotel fahren.

*

„Woher weißt du das?", fragte sie, als er die Zimmertür hinter ihnen schloss.

„Woher weiß ich was?"

„Über Gonzales. Und Menschen wie ihn …"

Grant legte seine Jacke über einen der Barhocker, die an

der Küchenzeile standen und atmete tief ein.

„Ich kannte einmal eine Frau. Ich war grade vereidigt worden als Polizist.“ Er drehte sich zu Megan herum und knöpfte sich das Hemd auf. Vermutlich wollte er duschen. „Ich war völlig fasziniert von ihr. Sie war schön und klug und gab mir das Gefühl … etwas ganz Besonderes zu sein; das Gefühl, das sie etwas in mir sah, das niemand sonst sehen konnte. Etwas Außergewöhnliches. Einzigartiges. – Ein Gefühl, das einen mehr fesselt und einnimmt, als jede Droge, die es für Geld zu kaufen gibt.“ Er zog das Hemd aus dem Hosenbund und streifte es ab, was Megan nachhaltig von seiner Erzählung ablenkte. Zumindest für einen Moment.

„Was … ist denn mit ihr passiert?“

„Mit ihr nichts. Eher mit mir.“

„Mit dir?“

Er drehte sich um und zeigte auf die Stelle, wo sich seine Rückenmuskeln verjüngten und in die Hüfte übergingen. „Sie hat mir in den Rücken geschossen“, sagte er dann. „Zweimal. – Keine Fünf Minuten zuvor hat sie mir gesagt, dass sie mich liebt.“

Megan blinzelte erstaunt und fixierte die kreisrunde Narbe, die direkt neben seiner Wirbelsäule rötlich schimmerte. Die andere musste wohl unterhalb des Hosenbundes sitzen.

„Du … hattest bisher nicht viel Glück mit Frauen, oder?“

Als er sich wieder zu ihr herumdrehte, stand er direkt vor ihr.

„Nein“, sagte er leise. „Bisher nicht.“ Und dann küsste er sie.

Megan war so perplex, dass ihr Denkvermögen jäh von ihr abfiel. Grant schlang beide Arme um sie, zog sie an sich und presste sie so fest an seinen Körper, als wäre dieser Kuss viel mehr als der Ausdruck schnöden Verlangens.

Er ließ von ihr ab und schüttelte kurz den Kopf, kniff die Augen zusammen, als müsste er sich mit aller Kraft zurücknehmen und zur Besinnung kommen.

„Nicht heute“, sagte er und klang dabei mehr, als würde er sich selbst ermahnen. Dann legte er seine Stirn gegen die ihre. „Ich glaube, wenn man das tut, was man immer getan hat“, sagte er leise. „Dann bekommt man nur, was man immer bekommen hat.“

Sie lächelte an seinen Lippen.

„Ich würde dir zumindest niemals in den Rücken schießen, oder dich wegen meiner Supermodel-Freunde verlassen.“ Sie legte ihre Hand auf seine nackte Brust und spürte das Herz, das darunter hart schlug. „Ich würde dich niemals hintergehen. Ganz egal, was wir füreinander sind.“

„Und das sagst du nicht nur, weil ich deine Strafzettel verschwinden lassen kann?“

„Auch.“ Sie wackelte mit dem Kopf. „Aber nicht nur.“

Er griff nach ihren Knöpfen und begann ihr die Bluse aufzuknöpfen.

„Ich dachte, du willst warten“, erklärte sie beinah entrüstet.

„Tue ich ja auch.“ Er zog ihr in einer ungeduldigen Geste die Bluse über die Schultern und ließ seinen Blick über ihren Oberkörper gleiten. Seine Finger strichen über die Träger ihres schwarzen BHs. „Trotzdem können wir uns doch hinlegen und uns küssen. Du weißt schon, … wie Teenager.“

„Teenager?“

„Ja, wir tun einfach, als wären die letzten zwanzig Jahre nicht vergangen.“

„Äh …“

„Okay, zehn Jahre in deinem Fall und zwanzig in meinem.“

Jetzt musste sie lachen, wurde jedoch schnell wieder ernst, als Grants Fingerspitzen zwischen ihren Brüsten hinabstrichen. Er wirkte ernst und auf eine erregende Weise konzentriert.

„Wenn man zu gierig ist, entgehen einem die schönsten Details“, sagte er mehr zu sich selbst und ließ seine Finger um ihren Nabel kreisen, woraufhin ihre Bauchdecke erbebte. „Diesen kleinen Leberfleck über deinem Hosenbund, dem wurde doch bisher viel zu wenig Beachtung geschenkt.“ Als er in die Knie ging, schluckte Megan trocken.

Ganz unschuldig, erinnerte sie sich, unschuldig!

XI

Megan strampelte die Decke von sich und drehte sich auf den Bauch. Sie hob blinzelnd die Augenlider und sah im bläulichen Licht der Vollmondnacht, dass es laut ihres kleinen Weckers gerade drei Uhr morgens war.

Und nein, sie hatte keinen Sex gehabt! Und ja, sie fühlte sich fantastisch! Sie drehte sich auf die Seite, wo Grant auf dem Rücken schlief. Ein Arm lag über ihrem Kopf, als wollte er sie damit beschützen, während sein Kopf zur Seite gedreht und seine Lider fest verschlossen waren.

„Bitte erschrecken Sie sich nicht, Miss Fairchild.“

Megan fuhr mit einem Schrei herum. Im Sessel vor dem Fenster zeichnete sich der Schatten eines Mannes ab, der sie regungslos beobachtete. Doch das war nicht das wirklich Erschreckende, denn sie hatte geschrien. Und Grant hatte nicht reagiert.

Sie kümmerte sich nicht, ob ihr Oberkörper nackt oder der Fremde sie im nächsten Moment erschießen würde. Vielmehr beugte sie sich panisch über Grant und rüttelte an ihm, ohrfeigte ihn, schrie ihn voll unerträglicher Panik an, endlich aufzuwachen, doch er tat es nicht.

„Kein Grund zur Sorge, mi corazon“, erklärte der Fremde seelenruhig und zeigte zuerst auf Grant und dann auf den Boden, wo Othello lag. „Sie schlafen nur.“

Megan zog die Nase hoch und blinzelte ihre Tränen fort. Als sie eine Hand auf Grants Brust legte, spürte sie, wie sein Herz ruhig schlug.

„Und wie lange?“, fragte sie mit brüchiger Stimme. „Lange genug, um mich zu töten? Oder zu vergewaltigen?

Oder beides … in beliebiger Reihenfolge?“

Als sich Gonzales erhob, rutschte sie unwillkürlich zurück.

„Nach keinem von beidem steht mir der Sinn.“ Als er neben ihr stand, hielt er ihr nur ein Shirt hin, das sie nach kurzem Zögern schnell ergriff und sich über den nackten Oberkörper zog.

Gonzales setzte sich wieder.

„Was wollen Sie von uns?“

Er schlug die Beine übereinander und sah sie fest an. Sogar im Halbdunkel des Raumes leuchteten die abgründigen Onyxe, die seine Augen waren.

„Ich will absolut nichts von Mister Grant. Dessen können Sie sich sicher sein. Ich interessiere mich für sein Wohl genauso wenig wie für Dinge, die ihm Schaden bereiten könnten.“

Das klang alles andere als wohlwollend. Megan schluckte. „Ist das so?“

„In jedem Falle. Ich habe ihn mit Äther betäubt. Eine ausreichende Menge, die ihn für etwa eine Stunde außer Gefecht setzen wird. Er hat davon nichts mitbekommen und ich werde wieder aus diesem Raum verschwunden sein, noch ehe er erwacht. Dasselbe gilt für Ihren anderen treuen Gefährten.“

Megans Herz hämmerte in ihrer Kehle. „Und was wollen Sie von mir?“

Nun lächelte er. „Es gäbe zahllose Dinge, die ich von einer so außergewöhnlichen Frau wie Ihnen begehren könnte. Zweifellos würde es uns beiden große Lust bescheren, wenn unsere nackten Körper nur für Momente dem nachgeben könnten, was sie so offensichtlich beide begehren.“

Sie schluckte und versuchte gleichzeitig, ihren Atem zu kontrollieren. Unwillkürlich fielen ihr Grants Worte wieder ein. Denn egal wie anziehend Gonzales auf seine dunkle Art war, dass er imstande war, ihr ohne zu zögern in den Rücken zu schießen, war unstrittig.

„Ich muss Sie enttäuschen“, gab sie betont kühl zurück. „Doch ich lehne das ab.“

Wieder ein Lächeln. „Sie werden Ihre Meinung eines Tages vielleicht ändern.“

Eines Tages? – „Vielleicht wird auch eines Tages Weltfrieden herrschen.“

„Beides kann man sich nur wünschen.“

„Es muss dennoch einen anderen Grund geben, weswegen Sie mitten in der Nacht in unser Zimmer einbrechen. Und ich würde ihn zu gerne erfahren.“

„Sie haben mir heute einige Fragen gestellt, auf die wir beide die Antwort kennen.“

„Sie meinen, dass Sie uns beide versucht haben, umzubringen?“

„Nicht ich“, räumte er ein. „Aber Miguel und Naldo. Es war nichts Persönliches.“

„Natürlich.“

„Es ist mein Ernst, Miss Fairchild. – Ich habe mit nicht unwesentlichem Ärger zu kämpfen, weil Sie beide das Chalet heute lebend verlassen haben. Und aus demselben Grunde bin ich zu dieser ungewöhnlichen Zeit hier, um mit Ihnen zu sprechen.“

Sie begriff zwar nicht, warum er diesen Aufwand betrieb, nickte jedoch. „Sprechen worüber?“

„Ich arbeite in dieser Angelegenheit für jemand anderen. Bedauerlicherweise gibt es auch für Menschen wie mich Instanzen, die nicht ignoriert werden können.“

Sie runzelte die Stirn. „Instanzen welcher Art?“

„Das tut nichts zur Sache. – Für Ihre Angelegenheit ist es jedoch vielleicht interessant, dass der provinzielle Lewis Fun Park, in dem wir heute das Vergnügen hatten aufeinanderzutreffen, bald erweitert werden soll.“

„Und?“

„Die Planungen sind bereits weit gediehen. Zweistellige Millionenbeträge wurden investiert. Doch aufgrund eines Schmuckstücks, das wir beide nur zu gut kennen, könnte das Vorhaben scheitern.“

Nun wurde sie wirklich neugierig. „Wie das?“

„Der verblichene Mister Riley hatte das Pech diese Kette zu finden. Gleichzeitig geriet er damit auf die Spur der Bronzegießerei, die sich nördlich der Callanish-Anlage erstrecken soll. Zwar hat er sie noch nicht gefunden, doch ist es genauso wahrscheinlich wie in seinem Falle tödlich, dass sie wohl dort sein wird. Ein archäologischer Fund von derartiger Wichtigkeit, könnte in seinem Ausmaß eine ganze Epoche in unserem wissenschaftlichen Verständnis an eine andere Stelle rücken. – Da ist es doch logisch, dass alle Bauvorhaben, die auf ebendiesem Fundort geplant sind, sofort eingestellt würden.“

Da endlich dämmerte es Megan. „Der Park soll auf dem Gelände erweitert werden, auf dem Riley die Bronzefunde und die Gießerei vermutet?“

Gonzales nickte. „Die Planung ist praktisch abgeschlossen. Anfang des kommenden Jahres soll der erste Spatenstich erfolgen.“

„Oder auch nicht, wenn sich Rileys Theorie als wahr erweist.“

„Ich überlasse es Ihrem zweifellos nicht unerheblichen Kombinationstalent, zu erraten, welche Firma in diesem speziellen Fall der Projektentwickler ist, der mit Unsummen in Vorleistung gegangen ist."

Endlich ergab alles einen Sinn.

Megan nickte. „Monroe", erklärte sie. „Estate Dreams Inc."

„Ganz genau. – Egal, was Ihnen Mister Monroe erzählt hat, warum Riley mit ihm Kontakt hatte oder was er überhaupt mit der Firma zu tun hatte, es ist eine Lüge. Riley hätte Monroe und seine Firma ruiniert. Es war nur eine Frage der Zeit."

„Und jetzt ist er das Problem los."

„In der Tat."

Megan schwieg und betrachtete Gonzales eingehend. „Warum erzählen Sie mir das? Warum handeln Sie sich Ärger ein und bringen uns stattdessen nicht einfach um, wie es Ihre Gorillas ja schon einmal versucht haben?"

„Ich wusste nicht, wer ihr wart." Er erhob sich und kam noch einmal zum Bett, wo er nach ihrer Hand griff und sie lange betrachtete. Wie paralysiert ließ sie es geschehen.

„Ich verstehe das nicht", erklärte sie wahrheitsgemäß. Sein Verhalten ergab doch überhaupt keinen Sinn. „Warum sagen Sie uns das? Warum -"

„Um euch aus der Schusslinie zu bringen. Um zu verhindern, dass du noch einmal in dieser Angelegenheit Kontakt zu mir aufnimmst. Meine Partei hat nichts mit dem Mord an Riley oder dem jungen Archäologen zu tun."

„Aber Doyle hat uns doch erst Ihren Namen gegeben!"

„Mister Doyle ist nicht mehr am Leben."

„Was?"

„Er hat sich heute Nacht in seiner Zelle erhängt. Er war ein Verräter."

Megan entzog ihm ihre Hand, die er noch immer festgehalten hatte und starrte ihn voller Abscheu an. „Sie haben ihn umgebracht?“

„Nein.“ Er setzte sich neben sie auf die Bettkante und fixierte sie. Beinah wirkte er leidend. „Der Tod reist oft mit uns, Megan, aber nicht in diesem Fall. Wir haben die Kette. Wir reisen ab. Doyle hat meinen Namen aus Gründen ins Spiel gebracht, die sich auf seinem Bankkonto nachvollziehen lassen müssten. Und auch der Mord an Mister Riley geht nicht auf unser Konto. – das Blut dieser Männer klebt nicht an meinen Händen. Auch wenn es schier dein Blut gewesen wäre, was unverzeihlich ist.“

Sie starrte ihn an und schüttelte den Kopf. „Müsste … ich Sie kennen?“, fragte sie aus einem Impuls heraus, der sicher nachvollziehbar war, wenn man bedachte, wie er mit ihr sprach und argumentierte.

Gonzales schüttelte den Kopf und zog eine Karte aus seiner Tasche. „Dein Freund ist ein guter Mann, der sich und jeden töten würde, der dich bedroht. Das respektiere ich. – Ich habe gemordet, Megan, und ich bin aus vielerlei Gründen in meinem tiefsten Inneren eiskalt. Doch manchmal überlebt ein zarter Zweig die schrecklichste Feuersbrunst.“ Er nickte auf die Karte. „Im Notfall erreichst du mich dort.“

Als Grant sich zu regen begann, erhob er sich. Megan war völlig perplex, sie begriff einfach nicht, was all dies kryptische Gerede sollte.

„Forsche nicht nach!“, sagte Gonzales leise, als er an der Tür stand. Und dann noch einmal: „Forsche niemals nach!“

*

Als Grant anfing, zu sich zu kommen, wankte Othello gerade mit schräg heraushängender Zunge zum Wassernapf und trank so lange, bis er leer war.

Megan hatte sich die Knie unters Kinn gezogen und die Arme fest darum geschlungen, während sie Grants Gesicht keine Sekunde aus den Augen ließ, bis er endlich die Lider hob.

Er lächelte. Man brauchte kein Prophet sein, um zu wissen, dass er keine Ahnung von dem hatte, was geschehen war.

Als er ihren ernsten Gesichtsausdruck bemerkte, runzelte er die Stirn.

„Du siehst ziemlich unzufrieden aus“, befand er und räusperte sich kurz. „Gott, was brummt mir der Schädel!“

Megan antwortete ihm nicht. Was sollte sie ihm nur sagen? Und wie, um alles in der Welt?

Es dauerte nicht lange, bis er sah, das mehr als Ernst in ihrer Miene geschrieben stand. Mühevoll setzte er sich auf.

„Was … was ist denn los?“

„Gonzales war hier“, platzte sie heraus. Eine schonende Hinführung zum Thema gab es wohl nicht.

„Was? – Wann?“

„Bis vor etwa zehn Minuten.“

„Wie konnte ich das nicht merken? Warum hast du mich nicht geweckt?“

Sie sah ihn mit gerunzelter Stirn an. „Das habe ich versucht. Aber du warst betäubt. Äther.“ Sie nickte in Richtung Boden. „Othello auch.“

Grant strich sich mit beiden Händen das Haar zurück und versuchte zu verarbeiten, was Megan da gerade sagte.

„Hat er …, hat er dir etwas getan?“

„Nein. Er …“ Sie rieb sich die Arme, über die sich eine Gänsehaut breitete, je mehr sie die Erinnerung an das eben Geschehene zuließ. „Er hat mir einen Hinweis gegeben.“

„Einen Hinweis?“

„Eine Spur, sozusagen.“

„Um drei Uhr nachts? Und um sie dir zu geben, musste er mich erst betäuben? - Was soll das denn für eine Spur sein?“

„Er hat gesagt, dass er nichts mit den Morden zu tun hätte.“

Grant lachte freudlos. „Ja, klar.“

„Er sagte, dass das Gelände des Freizeitparks vergrößert werden soll. Dass die Planung fast abgeschlossen wäre und mehrere Millionen Pfund gekostet hätte.“ Sie leckte sich die trockenen Lippen und wunderte sich plötzlich selbst über ihren Wunsch, dass Grant Gonzales glaubte. „Wenn es stimmt, was er sagt“, fuhr sie fort. „Dann vermutete Riley die Bronzegießerei auf genau dem Gelände, auf dem der Park erweitert werden soll. Und wenn sich sein Verdacht bestätigt hätte, dann hätte die Firma, die die Erweiterung durchführen sollte, Millionen verloren.“

Nun wurde auch Grant hellhörig. Othello sprang aufs Bett und rollte sich am Fußende zusammen. Er war ganz augenscheinlich noch recht groggy.

„Die Firma heißt nicht zufällig Estate Dreams Incorporated?“

„Zufälligerweise doch.“

„Gonzales sagte, egal, was Monroe uns erzählt hätte, wäre gelogen. Fakt ist: Riley war für ihn eine tickende Zeitbombe. Wenn er die Bronzegießerei gefunden hätte oder auch nur noch weitere Bronzestücke oberhalb des Callanishs, wäre das Gelände niemals zur Bebauung freigegeben worden. Und das hätte die Firma in den Konkurs getrieben."

Grant ließ den Gedanken sacken und nickte dann. „Wenn das wahr ist, dann wäre das ein mehr als handfestes Motiv."

„Gonzales sagt, er hätte nichts mit den Morden zu tun. Er hätte die Kette, das wäre alles, was sein Auftraggeber wollte, und damit würde er heute Morgen abreisen."

„Und du glaubst ihm?"

Megan zog die Unterlippe zwischen die Zähne und überlegte einen Moment, wie sie es formulieren sollte.

„Er behandelt mich", sagte sie dann, „als würde er mich kennen. Und ich meine das nicht im romantisch-übertragenen Sinne, sondern als würde er mich wirklich kennen. Und irgendwie habe ich das Gefühl …"

„Was?"

„Ich habe das Gefühl, als müsste ich ihn auch kennen."

„Aber das tust du nicht!" Es war keine Frage.

„Nein", bestätigte sie. „Ich habe ihn noch nie in meinem Leben gesehen. Es ist, wie du sagst, seine diabolische Art ist faszinierend und einschüchternd zugleich. Aber davon abgesehen ist etwas an seinem Verhalten …, etwas, das über all das hinausgeht. Etwas …" Sie gab ein hilfloses Achselzucken von sich. „Ich weiß auch nicht. – Er hat so einen riesen Aufwand betrieben, damit er nicht mit mir gesehen wird und doch alleine mit mir sprechen kann, dass ich ihn gefragt habe, ob ich ihn kennen müsste."

„Und was hat er darauf gesagt?"

„Dass ich nicht nachforschen soll. Niemals." Ein eisiger Schauder überlief sie, als sie diese Worte zitierte. Etwas durch und durch Unheilvolles schwang in ihnen mit.

„Wir brauchen nicht zu tun, was der Kerl sagt. – Wir können jederzeit Nachforschungen anstellen, egal welcher Art!“

„Ja, ich weiß und dennoch …“ Sie überlegte kurz, ob sie die Visitenkarte erwähnen sollte, die er ihr gegeben hatte, entschied sich dann aber dagegen. „Ich möchte erst den Hinweisen nachgehen, von denen er gesprochen hat. Wenn sie sich als echt herausstellen, denke ich, dass der Mörder dort zu finden ist. – Immerhin hätte uns Gonzales problemlos im Schlaf ermorden können; oder schon im Chalet. Aber er hat es nicht getan. – Wir können auch Morgan und Bailey davon erzählen und versuchen, wieder mit ihnen zusammenzuarbeiten.“

Grant schüttelte energisch den Kopf. „Und uns wieder vom Hof jagen lassen? – Nein, danke. Das machen wir lieber selbst.“

Er warf einen Blick auf den Wecker und seufzte. „Es ist halb Vier.“

„Allerdings.“

„Kannst du noch schlafen?“

„Nicht für Geld und gute Worte!“

„Ich auch nicht.“ Er schlug die Decke zurück und streckte sich. „Dann lass uns den Computer anwerfen. Mal sehen, ob wir etwas über dieses epochale Bauvorhaben herausfinden können“.

*

Als sich die Sonne über die nebelverhangenen Klippen schlich, waren Grant und Megan tatsächlich ein Stück weitergekommen. Und wie es aussah, stimmte es, was Gonzales erzählt hatte.

Der Lewis Fun Park – wo der Spaß für Groß und Klein … - sollte im kommenden Jahr auf die beinah doppelte Größe erweitert werden. Zwei Dutzend Chalets, ein Wellenbad, ein Hochseilgarten und die längste Sommerrodelbahn des Landes sollten gebaut werden. Dem ganzen waren über fünf Jahre Planung vorausgegangen, zumal es bei derartigen Vorhaben stets aufmerksame Bürger gab, die zu tollkühne Vorhaben ganz genau beobachten.

„Wie es scheint, hat dein Latino-Killer Recht“, erklärte Grant irgendwo zwischen Interesse und Unzufriedenheit.

Megan kniff die Augen zusammen. „Er ist nicht *mein* Latino-Killer! – Er ist einfach nur irgendein Latino-Killer.“ Sie stockte. „Gedacht klingt das bei weitem nicht so dämlich, als wenn man es laut ausspricht! Ehrlich.“

Grant gab ein schottisches Geräusch der Unzufriedenheit von sich und wandte sich wieder dem Monitor seines Laptops zu. „Du hattest ganz Recht mit deiner Vermutung, Monroe hätte gelogen. Nur hat er beim Zugeben der Lüge, direkt eine neue verbreitet. Riley war kein Scout. Er war derjenige, der das millionenschwere Kartenhaus zum Einsturz hätte bringen können; und es war nur eine Frage der Zeit, bis das tatsächlich geschehen wäre.“

„Also hat er ihn umgebracht und alle Unterlagen mitgenommen, um den Verdacht von sich abzulenken?“

„Vermutlich. – Und wenn es tatsächlich stimmt, was Gonzales dir erzählt hat, dann war er nur mit uns im Haus, um an die Kette zu kommen. Oder vielmehr seine Gorillas; sie sind uns gefolgt, bis sie uns an einem Ort überfallen konnten, der nicht einsehbar war. Und dann wollten sie ihre Spuren verwischen, indem sie uns umbringen.“

Megan nickte. „Gonzales sagt, er interessiert sich nicht für das Bauvorhaben und die Morde drum herum. Was nicht bedeutet, dass er und seine Leute nicht zwei begangen hätten, um die Kette zu bekommen."

„Für den mysteriösen Mister X?"

„Sozusagen."

Grant setzte sich im Stuhl zurück und verschränkte die Arme vor der Brust. „Wenn es so ist, dann frage ich mich trotzdem, warum die eine Person unsere Schlüsselkarte klaut und dein Hotelzimmer durchsucht und die andere Riley und die Unterlagen verschwinden lässt. Zumal es dann ja eigentlich nur eine Partei geben dürfte."

„Vielleicht ist es auch nur eine", überlegte Megan laut. „Vielleicht hat Monroe oder wer auch immer es war, in meinem Zimmer noch etwas gesucht, an das wir noch gar nicht gedacht hatten."

„Hm … - Möglich." Er warf einen Blick auf die Uhr. „Es ist jetzt fast halb Sieben. Wir könnten doch Mr. Monroe einen kurzen Privatbesuch abstatten, bevor er ins Büro fährt."

„Haben wir denn seine Privatadresse?"

Er griff nach seinem Handy und lächelte. „Haben wir gleich."

*

„Ich vergesse immer wieder, was für ein unschätzbarer Vorteil es ist, wenn man Polizist ist und den Datenschutz ganz nach Belieben umschiffen kann", bemerkte Megan und ließ für Othello die Heckscheibe ein Stück herunter, der dankbar die Nase hinausstreckte und gegen die aufgehende Sonne anblinzelte.

Es versprach ein wunderschöner sonniger Tag zu werden. Und wenn ihr Weg nicht irgendwie von Leichen gepflastert gewesen wäre, durchaus auch der ersten Ferienwoche würdig.

„Ich habe herausgefunden, dass unser potentieller Mörder ein Ferienhaus auf der Isle of Lewis hat, da willst du mir doch nicht ernsthaft mit Datenschutz kommen“, gab er zurück. „Ach, apropos Datenschutz … - du könntest nicht einmal Bailey anrufen?“

„Bailey? – Ich dachte, du willst nicht mehr mit ihnen zusammenarbeiten!“

„Will ich auch nicht. Ich will nur wissen, ob es stimmt, was Gonzales gesagt hat; dass Doyle tot ist, meine ich.“

Megan verschränkte die Arme vor der Brust. „Warum sollte mir der junge Inspektor so etwas wohl verraten?“

„Na, er steht auf dich. Das ist doch offensichtlich.“

„Und nur weil ein Kerl auf eine Frau steht, verrät er ihr alle Geheimnisse?“

„In diesem Alter? – Auf jeden Fall!“ Er gab ein Achselzucken von sich. „Ich bin mittlerweile natürlich weitaus reifer und erfahrener. Mir passiert so etwas nicht!“

„Natürlich!“, nickte sie ironisch.

„Wenn ich also bitten dürfte?“ Er schob Megan das Handy hin, das sie seufzend ergriff, um dem armen, gutgläubigen Bailey ein paar Informationen zu entlocken.

„Ich weiß gar nicht, was schockierender ist“, befand sie nach dem Telefonat. „Dass Gonzales Recht hatte oder dass Bailey mir nach einem weiteren mädchenhaften Lachen vermutlich auch noch die PINs für Kreditkarten und Onlinebanking verraten hätte.“

Grant nickte wissend. „Sag ich doch.“

Sie hob den Blick und betrachtete ihn Kopfschüttelnd. „Ihr Männer seid echt Idioten!“

Er nickte weiter, wie jemand, den diese Erkenntnis alles andere als überraschte. „Hat Bailey gesagt, wie er gestorben ist?“

„Nein. Ich glaube, er wusste es selbst noch nicht. Wie gesagt, es ist kurz vor Sieben.“

„Ja, schon klar.

Sie bogen in eine gepflasterte Straße ein, die augenscheinlich nur zu einem Haus führte, das sich zwischen meterhohen Rhododendren und hinter einem ebenso hohen Sicherheitszaun verbarg.

„Man verdient wohl ganz passabel, wenn man eine gigantische Immobilienfirma leitet“, bemerkte Megan. Zumal dies kein Ferienhaus, sondern eine mondäne Villa war.

„Ja, und wenn man bereit ist, in brenzligen Situationen auch mal das ein oder andere menschliche Hindernis aus dem Weg zu räumen, läuft es vermutlich besonders gut.“

„Das sowieso!“ Sie zeigte aus dem Fenster. „Das Tor ist offen.“

„Ja, das sehe ich.“

„Ob das wohl ein gutes oder ein schlechtes Zeichen ist?“

Grant stieß ein Lachen aus. „Um ehrlich zu sein, ist mir bei unseren Ermittlungen noch nie ein gutes Zeichen begegnet.“

„Seit wann bist du so negativ?“

„Seit Mister Monroes Türe so weit offensteht, ohne dass die Alarmanlage Krawall schlägt.“

„Hm …“, bemerkte Megan und wartete, bis der Wagen stand.

„Irgendwie wäre es mir lieber, du hättest noch deine Waffe."

„Ja, mir auch. Aber ist ja kein Wunschkonzert." Er parkte den Wagen und zog das Handschuhfach auf, wo er ein kleines Ledermäppchen hervorzauberte.

„Was ist da drin?"

„Wurfmesser."

„Wurf -?" Sie riss die Augen auf. „Wir sind doch nicht im Zirkus!"

„Die Alternative wäre dann: gar keine Waffe!"

„Gefällt mir nicht."

„Ja, eben drum." Er steckte das Mäppchen in die Innentasche und klopfte darauf. „Willst du Othello mitnehmen?"

„Als ich ihn das letzte Mal im Wagen gelassen habe, wurden wir beinah ertränkt."

„Gutes Argument. Ich glaube ohnehin nicht, dass uns noch eine Gefahr droht."

„Warum nicht?"

„Wer auch immer das Haus aufgebrochen hat, ist weg."

„Was macht dich so sicher?"

„So ein Gefühl."

Sie rollte mit den Augen. „Na, also bitteschön. Dann auf in den Kampf."

Jason Monroes Ferienvilla war ein wunderschöner, viktorianischer Bau, dessen Front sich eine rote Kletterrose bemächtigt hatte, die einen schier hypnotischen Duft verströmte. Es war zugegebenermaßen wunderschön.

Grants Griff an ihrem Arm riss sie aus ihren schwärmerischen Gedanken. „Bleib hinter mir."

„Warum?"

„Darum."

„Du bist nicht Superman. Meinst du, die Kugeln prallen von dir ab, wenn du getroffen wirst?"

„Halt die Klappe, Fairchild!" Er öffnete die Tür ein Stückweit und Megan schob Othello genauso hinter sich, wie sie selbst wiederum hinter Grant geschoben wurde. Sie hatten das marmorgeflieste Haus kaum betreten, da schoss Othello mit einem so gewaltigen Ruck nach vorne, dass er Megan schier von den Füßen riss.

Grant packte nach der Leine und brachte den 60-Kilogramm-Hund zur Raison. Gleichzeitig warf er Megan einen fragenden Blick zu.

Ihr Leichenspürhund reagierte nur selten so heftig.

„Sieht nicht gut aus für Mister Monroe", flüsterte sie.

„Allerdings nicht." Grant holte das Mäppchen aus der Jackentasche, klappte es um und steckte es irgendwie am Gürtel fest. „Sollen wir nach unserem System suchen oder nach Othellos."

„Othello hat nur ein System: Finde die Leiche! Und er wirkt, als hätte er das schon getan."

„Okay, aber halt ihn fest. Falls der Mörder doch noch in der Nähe ist."

„Ich dachte, die Gefahr wäre gebannt."

„Davon gehe ich aus", gab er ungeduldig zurück. „Aber da ich meine Glaskugel gerade nicht zur Hand habe …"

Er nahm ihr Othellos Leine ab, was ihr zwar nicht passte, aber wenn man bedachte, mit welcher Wucht dieser immer und immer wieder ins Halsband sprang, um seinen Fund zu melden, war es vielleicht gar keine schlechte Idee.

Zielstrebig führte er seine Menschen die breite, geschwungene Marmortreppe hinauf ins erste Stockwerk und interessierte sich für keine der Türen, auf die sie zuerst trafen.

„Muss da hinten sein“, interpretierte Megan und erntete von Grant ein zustimmendes Nicken.

Je weiter sie den breiten, kahlweißen Gang entlanggingen, desto mulmiger wurde ihr Gefühl und desto flatternder ihr Herzschlag. Grant ging vor ihr und verstand sich wirklich darauf, leise zu schleichen, was Othellos eifriges Hecheln leider völlig überflüssig machte.

Als es nur noch zwei Türen gab, die vor ihnen lagen, zog Grant zwei Messer. Eines davon gab er Megan und machte eine vielsagende Augenbewegung.

Sie nickte. Für den Notfall; … der hoffentlich nicht eintrat!

Othello zog kraftvoll zur linken Tür am Ende des Korridors. Grant hielt ihn zurück, linste um die Ecke in den Raum und gab dann Megan den Hund.

„Halt ihn fest!“, wies er sie an, wobei er deutlich an Farbe verloren hatte. „Und bleib draußen!“

Sie öffnete den Mund, doch er schüttelte energisch den Kopf und sie schwieg.

Dann ging er voraus, drückte von außen die nur halb offenstehende Tür ganz auf und warf einen Blick in den Raum. Dann stand er im Türrahmen und atmete tief durch.

„Ich bin mir nicht sicher, ob du das sehen willst.“

Megan schluckte trocken. „Ich auch nicht. – Ist es Monroe?“

Er nickte.

„So schlimm?“

„Naja, eben viel Blut.“

Sie krampfte ihre Finger um Othellos Leine und schluckte die Übelkeit hinunter.

Sie ermittelte zwar gern, aber das Bedürfnis eine Leiche zu sehen, hatte sie wirklich nicht.

„Vielleicht ist es besser, ich bleibe draußen und du bringst nur Othello etwas näher ran, damit er den Fund nochmal melden kann, und du lobst ihn. Dann ist er zufrieden."

„Ich kann aber nicht bis ganz ran. Ist ne ziemliche Sauerei."

Eine eiserne Faust ballte sich in Megans Magen zusammen. Sie nickte knapp. „So weit es eben geht", erklärte sie etwas schwach. Und sobald Grant ihr Othello abgenommen hatte, ging sie ein paar Schritte den Korridor hinab in die andere Richtung; fort von der Gegenwart einer offenbar schlimm zugerichteten Leiche und dem Geruch von Blut, der ihr immer quälender in die Nase stieg.

An der Treppe angekommen, stützte sie sich auf das kunstvoll geschmiedete Geländer und atmete mehrere Male tief durch, um wieder zur Ruhe zu kommen.

Othello winselte irgendwo hinter ihr und Grants überschwängliche Lobesworte brachten sie trotz Leichenbrechreiz zum Lächeln; zumindest ein bisschen.

Als es ihr wieder etwas besser ging, richtete sie sich auf, straffte die Schultern und hob den Kopf. Ihr Blick durch das übergroße runde Fenster fiel hinaus auf die schroffen Felsen der naheliegenden Küste. Ein Ausblick, den Monroe nie wieder würde genießen können.

Als Megan schweigend und immer noch mit flauem Magen die grüne Weite betrachtete, fiel ihr auf, dass eine schmale Straße von Monroes Villa fortführte und sich offenbar zwischen die Hügel schlängelte. Eine dunkle Limousine fuhr den Weg mit nicht unerheblicher Geschwindigkeit hinab und wenn sie nicht alles täuschte, gab es zu der Straße keinen Zugang, wenn man nicht vorher auf dem Grundstück der Villa war.

„Grant!“ Als sie herumwirbelte, kam er gerade mit einem sehr zufrieden wirkenden Othello aus dem Raum. Nur für einen kurzen Moment kam ihr der ehemalige Beruf ihres Hundes doch sehr makaber vor. Dann besann sie sich und zeigte durch das Fenster.

„Der Wagen!“

„Wo?“

„Da, auf dem kleinen Weg. – Er scheint privat zu sein. Soweit ich es sehe, gibt es nur vom Grundstück aus Zugang dazu. Das muss doch -“

„Los! Komm schon!“ Grant hatte sie am Arm gepackt und zerrte sie und Othello gleichermaßen hinter sich her die Stufen hinab, aus dem Haus und zum Wagen.

Megan konnte gar nicht so schnell sehen, wie sie auf den Beifahrersitz geschoben war und der Hund auf den Rücksitz gepfercht. Dann schossen sie schon los.

„Wer könnte das sein?“, rief Grant gegen den aufheulenden Motor an und schaltete einen Gang nach oben. „Wer könnte Monroe umgebracht haben?“

Megan griff nach dem Handgriff über der Tür und sah mit einem Stoßgebet geradeaus.

„Du solltest nicht reden, während du mit 200 Sachen auf einer schlecht einsehbaren, schmalen Straße dahinbretterst! – Mein Hund ist nicht angeschnallt! Und ganz generell: Keiner von uns ist unsterblich!“

„Sagt wer?“

„*Grant!*“

„Ich will den Wagen nicht verlieren! Wenn er überhaupt mal wieder ins Sichtfeld gerät. Wer weiß, wohin diese

Straße führt. Vielleicht auf die Hautstraße, dann haben wir sie so gut wie verloren, wenn wir uns nicht beeilen!"

„Wenn wir tot sind, verlieren wir sie auf jeden Fall!"

„Wir sind aber nicht tot! Und in absehbarer Zeit werden wir es auch nicht sein!" Er schlug hart das Lenkrad ein, und beschleunigte im Scheitelpunkt der Kurve, so dass die Reifen laut quietschten.

„Wehe, wenn doch!", rief Megan und verbarrikadierte die Lücke zwischen den Sitzen mit ihrem Arm, falls Othello bei einem plötzlich notwendigen Bremsmanöver von der Rückbank geschleudert wurde.

„Da vorne sind sie!", rief Grant plötzlich aus.

Und tatsächlich kam in einiger Entfernung das Heck einer schwarzen Limousine in Sicht, der sie sich beständig näherten. Leider nur, bis deren Fahrer bemerkten, dass sie verfolgt wurden.

„Die werden schneller", stellte Megan unruhig fest.

„Ja, das sehe ich!" Grant drückte das Gaspedal bis zum Anschlag durch, doch vergebens. Als sie eine enge 90-Grad-Kurve durchfahren hatten, war der Wagen verschwunden.

„Das gibt's doch nicht!", maulte er. „Die waren doch gerade noch da!"

Megan kniff die Augen zusammen und wunderte sich ebenfalls, bis plötzlich etwas zwischen den üppigen Büschen am Straßenrand die Sonne reflektierte.

„Halt an!", rief sie aus.

„Was?"

„Anhalten! Ich glaube, sie sind von der Straße abgekommen!"

Grant trat auf die Bremse und Megan stemmte sich gegen Othellos Körper, der versuchte, sich auf dem Rücksitz zu halten. Als der Wagen endlich stand, sprang Grant heraus.

Es war, wie Megan vermutet hatte. Die Limousine war geradewegs ins Gebüsch gefahren. Die Vordertüren standen weit auf. Offenbar war der Fahrer nicht allein gewesen und nun aber mit seinem Komplizen verschwunden.

Megan stieg aus und ließ Othello heraus, um ihn zu begutachten.

„Sind sie weg?“, rief sie ins Grün.

„Sieht so aus!“

Während sie in die Hocke ging, fuhr sie die Beine ihres Hundes nach und blickte ihm fragend ins Gesicht.

„Das ist gar nicht gut, wenn Othello so durchgeschüttelt wird. Ist ja kein Polaroid-Bild, der arme Hund!“

Plötzlich ein Ächzen hinter ihr.

Als sie sich umdrehte, kam Grant aus dem Gebüsch geschossen und gestikulierte wild.

„Lauf weg!“, rief er aus.

Megan begriff rein gar nichts! Noch ehe sie auf die Beine kommen konnte, packte er sie am Arm und riss sie schmerzhaft mit sich.

Othello sprang ebenfalls auf, wenn auch eher, um Megan zur Hilfe zu kommen.

Da plötzlich zerfetzte ein dumpfer Knall die Luft, der gefolgt von einer Hitze – und Druckwelle wie eine Wand gegen ihren Rücken prallte. Sie spürte noch, dass sie in die Luft geschleudert wurde, was sie mit Unglaube und Panik gleichermaßen erfüllte. Dann schlug sie schmerzhaft mit dem Kopf auf.

Die Gedanken rasten aufgeschreckt durch ihren Kopf.

Grant!

Othello!

Was war passiert?

Doch noch ehe sie irgendetwas davon aussprechen konnte, war alles dunkel!

XII

Als sie zu sich kam, führte sie sich grauenhaft. Es war, als hätte sie den schlimmsten Kater und den grässlichsten Muskelkater ihres Lebens gleichzeitig; zusammen mit migräneartigen Kopfschmerzen.

Sie merkte, dass sie auf dem Bauch lag und sich kleine Steinchen schmerzhaft in ihre Wange bohrten. Doch die Kraft den Kopf zu heben, brachte sie nicht auf.

Wenigstens schaffte sie es, ein Auge zu öffnen, und erblickte … Feuer. Irgendetwas brannte lichterloh und jetzt stieg ihr auch der beißende Geruch von schmelzendem Gummi in die Nase, der sie schlagartig etwas wacher werden ließ.

Plötzlich verdunkelte sich ihr Sichtfeld und etwas Nasses wischte über ihr Gesicht.

Othello!

Mit diesem Gedanken kehrte schlagartig die Erinnerung an das zurück, was geschehen war, bevor sie das Bewusstsein verlor.

Obwohl sich noch immer alles in ihrem Kopf drehte, stemmte sie sich auf die zitternden Arme und richtete sich auf, nur um dann vom vor Freude winselnden Othello gleich wieder zurück auf die Straße gedrückt zu werden.

Ein Schluchzen brach aus ihrer Kehle, während sie ihren linken Arm um Othello schlang und ihn fest an sich drückte. Dann drehte sie den Kopf.

Grant lag etwa zwei Meter von ihr entfernt auf der Straße. Er fing gerade an, zu blinzeln, und legte sich die Hand auf den Kopf.

Seine Lippen bewegten sich, doch entweder seine Stimme war verschwunden oder Megan konnte es schlichtweg nicht hören.

Bei genauer Betrachtung ihrer Situation war Letzteres wahrscheinlich; schließlich war gerade neben ihnen ein Auto mit einem lauten Knall in Flammen aufgegangen. Das konnte einem vermutlich arg aufs Gehör schlagen.

Grant richtete sich auf. Sein Blick flog sorgenvoll über die Straße und das kleine Inferno, das unweit von ihnen noch immer loderte. Als er Megan erblickte, hob sie den Daumen zum Zeichen, dass sie okay war.

Als würde es ihn die letzte Kraft kosten, robbte er regelrecht zu ihr und als er sie erreichte, legte er sich kraftlos neben sie. Seine Hand suchte die ihre und während Othello nur schwer zu beruhigen war, kamen sie zu ein wenig Kraft.

Auf Megans Taubheit folgte ein schrilles Klingeln in den Ohren, das sie mit einem leichten Kopfschütteln versuchte loszuwerden. Erfolglos.

„Wir müssen … weiter weg“, hörte sie Grant wie aus einiger Entfernung.

Sie wollte nicken, schaffte es aber nicht, so dass sie zur Antwort zustimmend seine Hand drückte.

Als sie sich endlich in eine sitzende Position kämpften, war Othello sichtlich erleichtert und schloss sogar Grant in seine überschwänglichen Liebkosungen mit ein.

Dieser rappelte sich auf die Beine und half nach einer kurzen Pause, die er nutzte, um sich auszubalancieren, auch Megan hoch.

Sie gingen einige Schritte, was ihnen trotz zahlreicher Kratzer, Blessuren und zerrissener Kleidung problemlos gelang.

Der Einzige, der glücklicherweise nichts abbekommen hatte, war Othello.

„Wir … wir müssen jemanden anrufen“, brachte sie so leise hervor, dass sie sich selbst kaum hörte.

„Nicht nötig.“ Er zeigte kraftlos den Hügel hinauf, wo ein großes, rotes Fahrzeug mit beachtlicher Geschwindigkeit in ihre Richtung fuhr. Megans Blick war noch nicht wieder geschärft. Sie vermutete, dass es ein Feuerwehrauto war, was sich keine zwei Minuten später bestätigte.

Ein halbes Dutzend Männer sprang herab und heraus, kaum dass es zum Stehen gekommen war. Einige machten sich an das Löschen des brennenden Wagens, andere kamen zu ihnen gelaufen.

„Wissen Sie, ob Personen in dem Wagen waren?“, fragte er.

Grant schüttelte schwach den Kopf. „Der Wagen war leer.“

„Und Sie? Wie geht es Ihnen? Soll ich einen Krankenwagen rufen?“

„Nein, vielen Dank.“ Die Worte kamen entschlossen von Megan, die keine Lust auf einen Besuch in der Notaufnahme hatte.

„Soll ich sonst jemanden verständigen?“

„Ja“, stellte Grant zu Megans Überraschung sehr überzeugt fest. „Inspektor Morgan. – Es gibt einiges, das er wissen muss.“

Megan hob den Blick und sah ihn fragend an. Er war so wild entschlossen gewesen, mit Morgan nicht mehr zusammenzuarbeiten, dass sie sich unweigerlich fragte, was er gesehen haben konnte, bevor der Wagen in die Luft geflogen war.

*

„Möchten Sie noch einen Tee, Megan?“, fragte Bailey, für den es offenbar eine willkommene Aufgabe war, sie zu umsorgen; nicht, dass er Grant dieselbe Pflege angedeihen ließ.

„Nein, vielen Dank. Ich habe noch“, gab sie zurück und lächelte über ihre dampfende Tasse hinweg.

Morgan lehnte mit gerunzelter Stirn und grimmig vor der Brust verschränkten Armen an seiner Fensterbank und betrachtete Grant lange und prüfend.

„Sie haben sicher eine gute Erklärung dafür, warum Sie am Tatort eines Mordes aufgetaucht und dann von den potentiellen Mördern schier in die Luft gejagt worden sind.“

„Habe ich“, gab Grant ungerührt zurück, der bis auf wenige Kratzer wieder völlig auf dem Damm war. „Viel interessanter dürften aber für Sie ganz andere Entwicklungen in dem Fall sein, dem mittlerweile vier Menschen zum Opfer gefallen sind.“

Morgan hob die Braue und warf Bailey einen prüfenden Blick zu, dessen Kopf sofort zwischen den hochgezogenen Schultern verschwand. Natürlich war klar, wer nur den beiden verraten haben konnte, dass Doyle mittlerweile ebenfalls tot war.

Mit einem tiefen Atemzug kämpfte der ältere Polizist sichtbar um Beherrschung und sah dann wieder Grant an.

„Ich bin ganz Ohr.“

Grant nahm Megan die Tasse Tee aus der Hand und trank einen Schluck. Dann sah er wieder zu Morgan auf.

„Wir waren in Mister Monroes Ferienhaus, weil sich herausgestellt hat, dass er über sich und seine Beziehung zu Mister Riley nicht ganz bei der Wahrheit geblieben ist."

„So?"

„So."

„Und wie konnte sich das … herausstellen?"

Grant lehnte sich ein wenig zurück und gab Megan die Tasse wieder. Dann fand seine Hand Othellos Kopf, den er auf eine Art kraulte, die der Hund mit halbgeschlossenen Augen sichtlich genoss.

„Kennen Sie den Lewis Fun Park, Morgan?"

„Natürlich."

„Wussten Sie, dass er erweitert werden soll?"

„Auch das weiß ich natürlich. Ich bin schließlich der leitende Polizist auf dieser Insel."

Grants Mundwinkel zuckten. „Dann wissen Sie als leitender Polizist sicher auch, welche Firma diese Erweiterung über Jahre hinweg geplant hat."

Morgan stockte und Grants Gesicht entspannte sich zusehends.

„Es ist die Firma, deren Geschäfte der verblichene Jason Monroe geleitet hat. Estate Dreams Inc."

„Und was hat das mit Riley zu tun?"

„Nun, einfach alles. Denn Mister Riley arbeitete nicht als Scout für Monroe. Um genau zu sein, arbeitete er überhaupt nicht *für* ihn. Er arbeitete vielmehr *gegen* ihn!"

Da Morgan offenbar nicht noch einmal dumm nachfragen wollte, warf er Megan einen Blick zu.

„Mister Rileys Nachforschungen nach einer archäologischen Sensation das Bronzezeitalter betreffend, führten ihn geradewegs auf das Gelände, auf dem der Park erweitert werden soll", stellte sie fest. „Und man kann sich ja leicht vorstellen, was es für eine Firma bedeuten würde, die bereits Millionen in die Projektierung gesteckt hat, wenn dann alles wegen einer Fundstelle eingestampft würde."

„Und das würde es", setzte Grant nach. „Denn es war nur eine Frage der Zeit, bis Riley fündig geworden wäre. Er war für Monroe eine tickende Zeitbombe."

Morgan zog die Stirn kraus und überlegte kurz, dann sah er Bailey an. „Dann soll Monroe Riley ermordet haben? Und Doyle hat er mit dem Mord an dem jungen Archäologen beauftragt?"

„So sieht es aus", bestätigte Grant.

„Und wer hat dann Doyle ermordet? Und Monroe?"

„Jemand dessen Pläne weitreichender sind, als wir offenbar annahmen", stellte Grant fest. „Denn der Wagen, dem wir von Monroes Anwesen gefolgt sind, ist das des Bürgermeisters. Oder vielmehr war es das."

„Es ist gestern als gestohlen gemeldet worden", bestätigte Bailey. „Und man kann sich vorstellen, dass durch das Feuer alle Spuren vernichtet wurden."

„Alle bis auf die, die ich offenbar noch sehen sollte."

Morgan und Bailey wechselten einen Blick und auch Megan richtete sich auf, denn diesen Teil der Geschichte kannte sie selbst noch nicht.

„Wir haben die Limousine verfolgt, bis sie scheinbar von der Straße abkam und ins Gebüsch gefahren war. Doch das war offensichtlich kein Zufall, denn als wir unsererseits anhielten und ich den Wagen öffnete, klebte ein Zettel auf dem Lenkrad. Darauf stand: Du bist der nächste, M.K.!"

„M.K.?", fragte Bailey, während Morgan offenbar schon Bescheid wusste.

„Michael Kavanagh. – Der Bürgermeister."

„Nehme ich zumindest an."

„Und wer sollte diesen großen Aufwand betreiben, um den Bronzefund zu verhindern und dann den Wagen des Bürgermeisters stehlen, um einen Mord zu begehen und ihm persönlich ebenfalls einen anzudrohen?“

„Jemand, der ein Zeichen setzen will, vielleicht.“ Megan gab ein Achselzucken von sich. „Jemand, der bei einem solchen Fund genauso viel zu verlieren hat, wie Monroes Firma; vielleicht noch mehr. Vielleicht wären wir diesem Jemand auf die Schliche gekommen, wenn wir Monroe ein weiteres Mal verhört hätten; und vielleicht konnte sein Mörder das auf gar keinen Fall riskieren.“

„Wenn diese Theorie stimmt, dann schwebt der Bürgermeister in akuter Lebensgefahr.“

Grant nickte und Morgans Blick flog zu Bailey herum. „Hol‘ das Büro des Bürgermeisters ans Telefon. Sag ihnen, was los ist! – Grant?“

„Ja?“

Morgan zog eine Schublade auf und förderte eine Waffe zutage, die er seinem Gegenüber kurzerhand zuwarf. Ein Magazin folgte. „Ich kann doch auf Sie zählen?“

Grant nickte Megan zu. „Auf uns“, bestätigte er und lud die Waffe. „Natürlich.“

*

Das Rathaus war ein schmuckloser, zweistöckiger Bau, der sich von den umliegenden Wohnhäusern nicht weiter unterschied.

„Der Bürgermeister weiß offenbar Bescheid“, befand Grant mit einem Blick auf den Sicherheitsmann, der mit finsterer Miene und offenbar bis an die Zähne bewaffnet vor der Rathaustür auf sie wartete.

Megan hob den Blick und nickte dem Polizisten freundlich zu, doch *Robocop* würdigte sie keines Blickes.

„Bitte weisen Sie sich aus“, verlangte er mit schwer zu überhörendem, russischem Akzent.

Grant und Morgan zückten ihre Ausweise und stellten Megan als Hundeführerin vor. Nach einer knappen Benachrichtigung in sein Funkgerät und der dazu passenden Antwort, nickte er.

„Sie können durchgehen.“

Morgen ging voraus, ihm folgte Grant, dem wiederum Megan mit Othello an der kurzen Leine folgte.

Das Rathaus hatte rein gar nichts mit den imposanten Steinpalästen gemeinsam, in denen derartige Ämter in London untergebracht waren. Es war am treffendsten als urig zu bezeichnen, mit niedrigen Decken und einer Holztreppe, die laut knarrte, wenn man es wagte, von den Stufen Gebrauch zu machen.

Im ersten Stockwerk war am Ende des kurzen Korridors eine weitere Tür mit einem Messingschild, das Megan auf die Entfernung nicht lesen konnte. Aber es war auch so klar, dass dahinter das Büro des Bürgermeisters liegen musste, denn ein weiterer zu allem bereiter, in Schwarz gekleideter Cowboy stand davor und starrte geradeaus.

Dass ihm dabei ein Sturmgewehr vor der Brust hing, an dessen Abzug er einen Finger hatte, machte ihn gelinde gesagt respekteinflößend.

„Wir werden erwartet!“, erklärte Morgan bereits aus einiger Entfernung, woraufhin der Sicherheitsmann den Arm hob und gegen die Tür klopfte, ohne die Besucher aus den Augen zu lassen.

„Sir?“

Anstelle einer Antwort ging die Tür auf. Ein kleiner Mann um die Fünfzig mit ungeschnitten wirkendem, lockigen Haar, das sich gerade begann grau zu verfärben, streckte seinen Kopf heraus und lächelte.

„Morgan!“, begrüßte er den Polizisten, der vorausging. Offenbar kannten sich die beiden, was in einem so kleinen Ort wohl auch nicht weiter verwunderlich war. „Kommen Sie rein! Sie alle! Kommen Sie!“

Der Sicherheitsmann trat nur widerwillig einen Schritt zur Seite. Er war so riesig, dass Megan problemlos unter seinem ausgestreckten Arm hätte hergehen können. Sie folgte den Männern ins Büro des Bürgermeisters und stellte fest, dass alle Jalousien heruntergezogen waren. Vermutlich auch das aus Sicherheitsgründen.

Bürgermeister Kavanagh setzte sich an seinen Tisch und zog eine Zigarette aus einem goldenen Etui. Dem überquellenden Aschenbecher nach zu urteilen, galt dies wohl der Stressbewältigung.

„Sind Sie der Mann, der dabei war, als mein Wagen in die Luft geflogen ist?“, fragte er Grant und Megan wunderte sich einmal mehr, wie manche Schotten es schafften, die wunderschöne englische Sprache zu vergewaltigen.

Grant indes nickte. „Wir drei.“

Kavanagh nickte. „Ich danke Ihnen.“ Dann griff er nach einem schwarz angelaufenen, silbernen Tischfeuerzeug und zündete sich seine Zigarette an, atmete tief ein und hielt den Rauch lange in den Lungen, bis er ihn durch die Nasenlöcher wieder ausstieß.

„Und bevor Sie fragen“, erklärte er mit einem Kopfschütteln und tief nach unten gezogenen Mundwinkeln, „ich habe keine Ahnung, was die Scheiße soll! Ich habe im Laufe der letzten dreißig Jahre einigen Leuten ans Bein gepinkelt, aber doch sicher keinem so, dass er mir ein Ticket für den Friedhof buchen will."

„Wenn wir diese kleine Notiz in Ihrem gestohlenen Wagen ernst nehmen dürfen", gab Grant zurück, „sieht das irgendjemand offenbar ganz anders."

Während der Bürgermeister einen weiteren Zug nahm, beugte sich Morgan nach vorne. „Gibt es denn überhaupt niemanden, der Ihnen so massiv schaden will?", fragte er.

„Nein! Und selbst wenn: Ich kenne diesen Monroe überhaupt nicht, der heute getötet wurde. Ich habe ihn noch nie in meinem Leben gesehen! Und noch weniger gesprochen. Er ist weder ein Wähler, noch ein Geschäftspartner und schon gar kein Freund. Er ist ein Fremder."

„War", korrigierte Megan, da kam die Lehrerin wieder durch.

Kavanagh nickte schnell. „Natürlich. Der Herr möge seiner Seele gnädig sein."

„Und ihr Wagen?", versuchte sie es mit einem anderen Blickwinkel. „Wurde der früher schon einmal gestohlen?"

„Nie!" Kavanagh stieß ein Lachen mit reichlich Rauch aus und drückte den Stummel seiner Zigarette in den Aschenbecher, die er tatsächlich mit nur drei Zügen geraucht hatte. „Wir sind ja hier nicht in London. Oder Edinburgh. Oder auch nur Glasgow. Das ist die Lewis and Harris. Eine kleine Insel am Ende der Welt, die von toten Fischen und lebendigen Touristen lebt. Kein Schwein interessiert sich für mich! Und mein Wagen ist nichts Besonderes gewesen. Ich bin ja schließlich nicht der Papst. Kein kugelsicheres Glas, keine 900 PS. Einfach nur eine schicke, schwarze Limousine, die das Königreich spendiert hat."

Kurz herrschte Schweigen, bevor Grant den Kopf hob. „Sie wissen doch von der geplanten Erweiterung des Freizeitparks.“

Wieder ein Nicken. „Ja, natürlich.“

„Befürworten Sie das Vorhaben?“

„Selbstverständlich. Arbeitsplätze, Gewerbesteuer, fröhliche Touristen von überall her. Das ist das, was wir hier brauchen!“

„Und Sie kennen Monroe nicht? Er hat das ganze Projekt doch geleitet.“

„Ich bin erst seit vorigem Jahr Bürgermeister“, gab Kavanagh zurück und schielte wieder zu seinem Zigarettenetui, schien sich aber in Gegenwart seines Besuchs nicht als Kettenraucher outen zu wollen.

„Mister Kavanagh war zuvor Anwalt und hat sich erst im vorigen Jahr zur Wahl aufstellen lassen. Er hatte seit jeher einen hervorragenden Ruf auf der Insel.“

Kavanagh lächelte geschmeichelt. „So spricht ein treuer Wähler.“

Morgan grinste kurz, als wäre ihm das größte Kompliment überhaupt gemacht worden. Dann besann und räusperte er sich.

„Die Planungen des Parks waren bereits fast abgeschlossen, als ich mein Amt antrat“, fuhr der Bürgermeister fort. „Der Bebauungsplan war aufgestellt, der Flächennutzungsplan geändert. Na, Sie wissen schon … dieser ganze bürokratische Hokuspokus eben. Aber aus diesem Grund bin ich diesem Monroe nie begegnet. Auch sonst niemandem von der projektierenden Firma.“

„Hm“, stellte Megan fest. „Welchen Zusammenhang könnte es sonst geben?“

Kavanagh gab ein Achselzucken von sich. „Das ist es ja“, erklärte er ratlos. „Es gibt keinen.“

„Tja!“ Morgan erhob sich und gab ein bedauerndes Achselzucken von sich. „Wir wollen Sie nicht länger aufhalten, Herr Bürgermeister. Wenn Sie Unterstützung brauchen oder Hilfe in irgendeiner Form …“

„Vielen Dank, Morgan“, sagte der klein gewachsene Bürgermeister und stand auf. „Ich komme zurecht. – Und wenn es Ihrerseits neue Entwicklungen gibt …“

„Setzen wir Sie sofort in Kenntnis.“

„Vielen Dank.“ Er klopfte dem Polizisten in einer väterlichen Geste auf die Schulter, was schon allein deswegen eigenartig wirkte, weil die beiden im selben Alter waren. Dann wandte sich Kavanagh Megan und Grant zu. „Ihnen natürlich auch. Vielen Dank für Ihre Mithilfe.“

Megan hätte gerne noch einige weitere Fragen gestellt, konnte nun aber nicht anders, als sich der Karawane von Männern anzuschließen, die zur Tür gingen. Othello blieb neben ihr.

Kavanagh öffnete die Tür, woraufhin der Sicherheitsmann einen kurzen Blick über die Schulter warf, bevor er wieder den Gang sondierte.

„Machen Sie’s gut, Morgan.“ Kavanagh schüttelte die Hand des Polizisten. „Und weiterhin viel Glück.“

„Ja, Sir. Danke. – Passen Sie auf sich auf!“

„Ich bin in guten Händen.“

Megan war die Letzte, die durch die Tür trat. Doch noch ehe sie einen Fuß über die Schwelle setzen konnte, wurde sie von Othello mit einem harten Ruck zurückgerissen.

„Was -?“

Sofort tauchte der Kopf ihres Hundes ab in den untersten Boden eines Regals. Er schob die Nase hinein, kratzte und winselte an dem Schubfach, bis er es lockern und herausziehen konnte. Da das innerhalb von Sekunden geschah, war Megan viel zu perplex, um reagieren zu können.

Als sie endlich aus ihrer Starre erwachte, nahm sie Othellos Leine mit beiden Händen und zog ihn energisch zurück.

„Es tut mir … furchtbar leid“, erklärte sie angestrengt. „Ich weiß auch nicht, was er hat!“

Grant trat neben sie. Im ersten Moment schien er es getan zu haben, um ihr mit Othello zu helfen. Aber im nächsten Augenblick sah er in das Schubfach und wurde sehr ernst.

„Aber ich weiß es.“

Als Megan den Blick zu Kavanagh hob, war das politisch Freundliche aus seinem Gesicht verschwunden. Jetzt stand eine grimmige Entschlossenheit darin und die unverkennbare Wut eines Mannes, dem man auf die Schliche gekommen war.

Als Morgen zurück ins Büro kam und in das Schubfach blickte, in dem metallene Bruchstücke lagen, die der Farbe nach aus Bronze gefertigt sein mussten, wirkte er absolut fassungslos.

„Was hat das zu bedeuten?“

Kavanagh trat einen Schritt zurück. „Sie sollten jetzt keinen Fehler machen“, erklärte er langsam und deutlich.

„Wenn Othello bei diesem Fund anschlägt“, stellte Megan unumstößlich fest. „Dann riecht er Blut oder totes Gewebe. Menschliches.“

Morgen griff nach seiner Waffe und entsicherte sie.

„Michael Kavanagh“, erklärte er in entschlossenem Ton, „Ich nehme Sie fest wegen Mordverdacht.“

„Morgan“, sagte Kavanagh mit einem bedauernden Kopfschütteln. „Tun Sie das nicht. Machen Sie keinen Fehler.“

„Sie haben das Recht die Aussage zu verweigern“, fuhr dieser unbeirrt fort. „Nehmen Sie die Hände auf den Rücken mit überkreuzten Handgelenken.“

„Morgan“, versuchte Kavanagh es noch einmal.

Der Polizist verzog grimmig das Gesicht. „Inspektor Morgan, immer noch! Los jetzt! Umdrehen!“

Kavanagh schnaufte und hob dann den Blick. „Bill?“, fragte er.

Megan begriff zuerst gar nichts, doch als der hünenhafte Sicherheitsmann sich herumdrehte und Morgan kurzerhand eine Waffe an die Kehle hielt und abdrückte, fuhr sie zusammen und wirbelte schnell herum. Ein dumpfes Geräusch machte klar, dass Morgan tot und leblos zu Boden gegangen war.

Dann wurde sie zurückgeschoben und Grants massiger Körper stand zwischen ihr und dem Mörder; oder vielmehr den beiden Mördern.

Trotzdem konnte sie über Grants Schulter hinwegsehen, wie Kavanagh gleichgültig mit den Achseln zuckte.

„Schade“, erklärte er. „Treue Wähler sind selten.“ Dann drehte er sich zu Grant um, dessen Körper sich sofort anspannte.

„Hören Sie, Kavanagh“, sagte er, doch dieser und der bis an die Zähne bewaffnete Bill schüttelten den Kopf.

„Sie hören! – Waffe weglegen!“ Der Bürgermeister sah kurz über die Schulter. „Sag Ethan, dass wir hier eine kleine Putzaktion brauchen.“

„Alle?“, fragte er schlicht und Megans Magen krampfte sich zusammen bei der Bedeutung dieser Frage.

„Nein, die nehmen wir mit. Viel zu auffällig, wenn sich im Bürgermeisteramt die Leichen stapeln. – Mister Grant? Ihre Waffe bitte."

Grant zögerte. Doch er wusste genauso gut wie Megan, dass es keine effiziente Möglichkeit des Widerspruchs gab. Also löste er den Verschluss des Holsters und gab die Pistole ab.

„Sie werden damit niemals durchkommen, Kavanagh", sagte er, woraufhin der Bürgermeister laut auflachte.

„Könnt Ihr Polizisten euch nicht endlich mal einen neuen Spruch einfallen lassen? Dieser ist nämlich genauso abgedroschen wie in unserem Falle unzutreffend. – Bill?"

„Sir?"

„Hol den Geländewagen. Mister Grant und seine kleine Freundin gelüstet es nach einem abgelegenen Ort in der Wildnis."

„Und der Köter?"

„Knall ihn ab!"

„Nein!" Megan zog Othello hinter sich und streckte panisch die Hand von sich. „Bitte. Er gehört zu mir!"

„Meine Liebe", entgegnete Kavanagh mit einem schiefen Grinsen. „Die Trennung wird nur von kurzer Dauer sein."

„Dann lassen Sie ihn mir. Erschießen Sie uns beide. Zusammen!"

Während sich Grants Blick beschwörend in ihren Scheitel bohrte, wirkte der Bürgermeister tatsächlich überrascht. Nach einer kurzen Pause drehte er sich zu Bill um.

„Das ist irgendwie romantisch, oder?"

Bill reagierte nicht, woraufhin Kavanagh nickte. „Ja, sehr romantisch. Ich bin ein Feingeist, müssen Sie wissen. Von Grund auf! – Also schön. Der Hund kommt mit auf den

Ausflug. Wenn er sich danebenbenimmt, wäre es jedoch möglich, dass wir das Unausweichliche vorziehen müssen, da muss die Romantik der Vernunft weichen, meine Liebe."

Megan durchbohrte ihn mit einem grimmigen Blick und nickte knapp. Sie dachte nicht daran, was ihnen bevorstand. Sie durfte nicht daran denken, denn solange sie noch am Leben waren, gab es einen Weg. Immer!"

„Der Wagen ist da, Sir!"

„Gut, gut. – Dann wollen wir!" Er streckte Megan die Hand hin, offenbar um ihr über die Leiche des armen Inspektor Morgans zu helfen. Sie ignorierte die Geste und umrundete den Körper, ohne hinabzublicken. Ein heftiges Schuldgefühl nagte an ihr. Wenn Othello die Bronzen nicht gefunden hätte, wäre Morgan noch am Leben.

„Grämen Sie sich nicht, meine Liebe", sagte Kavanagh, der ihren Gesichtsausdruck bemerkte. „Mal gewinnt man. Mal verliert man."

„Morgan wird aber so schnell nicht wieder gewinnen", erklärte Grant grimmig.

„Das stimmt freilich. – Leider müssen im großen Zusammenhang ab und an Opfer gebracht werden."

„Opfer wie Riley und Doyle?"

„Unter anderem. – Sie wissen ja, wie es ist. Ein kleines Detail kann das visionärste Konstrukt zum Einsturz bringen."

Grant warf Megan einen prüfenden Blick zu, die kurz nickte.

„Und Doyle wurde natürlich von keinem Mitgefangenen umgebracht", erklärte sie. „Sondern von Ihren Männern."

„Es hat gewisse Vorteile der Bürgermeister einer Stadt zu sein", räumte er ein.

„Und warum hatten Sie Gonzales ins Spiel gebracht und Doyle angestiftet, ihn als Auftraggeber zu nennen?"

„Das hat private Gründe. Nichts, was für Sie von Bedeutung sein könnte." Er zog die Tür zum Hinterausgang des Gebäudes auf, wo bereits ein dunkler Geländewagen mit offener Hintertür parkte. „Ich weiß natürlich, dass er die Kette ergaunert hat. Ein kleiner Sieg, den ich ihm in unserer großen Schlacht gönne, zumal er diesen verhängnisvollen Gegenstand in diesem Augenblick sicher schon außer Landes geschafft hat. - Bitte nach Ihnen!"

Widerwillig stieg Megan ein und Othello sprang hinterher. Grant setzte sich zu ihr. Alles unter der Aufsicht von Bill, der seine Waffe im Anschlag hatte.

Kavanagh stieg auf der Fahrerseite ein und startete den Wagen.

Leider kannte Megan die Insel nicht gut genug, um abschätzen zu können, wohin sie gebracht wurden. Anhand des Sonnenstandes musste es wohl Richtung Westen gehen.

„Ich nehme also an, Sie hatten ebenfalls Interesse daran, dass der Park erweitert werden kann", sagte Grant und blickte Kavanagh über den Rückspiegel an, der milde lächelte.

„Großes Interesse", bestätigte dieser „Um nicht zu sagen, millionenschweres. – Oder was denken Sie, warum ich mich überhaupt in dieses lächerliche Amt habe wählen lassen?"

„Um diverse Entscheidungen zu beeinflussen."

„Und zu beschleunigen."

„Und als Riley die Kette fand und die Theorie von der Bronzegießerei aufstellte, wurden Sie nervös", fuhr Megan fort.

„Ich werde niemals nervös“, gab er zurück. „Doch ich begriff, dass die Dinge geregelt werden mussten. Jason Monroe war da ganz ähnlicher Ansicht. Er hatte in das Projekt einen ähnlichen Betrag privat investiert und konnte kein Risiko eingehen, alles zu verlieren.“

„Also haben sie alle umgebracht, die Ihre Pläne durchkreuzen konnten. Und am Ende auch noch Monroe, damit es niemanden gab, der Ihr Geheimnis preisgeben konnte.“

„So ungefähr. – Natürlich war es nicht geplant, dass Sie dort auftauchen. Und da Sie meinen Wagen schon gesehen hatten, musste ich ein wenig improvisieren, um den Verdacht von mir abzulenken. – Was auch gut funktioniert hat, bis Ihr Hund einen pikanten Fund gemacht hat.“

Grant setzte sich ein wenig um und sah Megan ernst an. Sie fragte sich, ob er ihr irgendetwas mitteilen wollte; ob er irgendeinen Plan hatte. Doch falls es so war, begriff sie rein gar nichts.

„Da Sie die Bronzen in Ihrem Büro haben, sind Sie also fündig geworden.“

„Ich nicht“, gab er zurück. „Aber Mister Riley.“

„Warum haben Sie sie dann nicht einfach mitgenommen und stattdessen mein Zimmer durchwühlt?“

„Weil wir zwar den Verdacht hatten, dass Riley noch etwas gefunden hatte, es aber nicht sicher wussten. Er hat es uns auch in den letzten Minuten seines Lebens nicht verraten. Und das obwohl Bill ihn befragt hat. Bill kann sehr überzeugend sein, wissen Sie?“

„Kann ich mir vorstellen“, gab Grant zurück, während Megan schwieg, um ihre Übelkeit nicht die Oberhand gewinnen zu lassen.

„Wir hatten also den Verdacht, dass er seine Funde anderswo deponiert hatte, und folgten der liebreizenden

Miss Fairchild zum Heimatmuseum. Es hätte ja schließlich sein können, dass sie die Funde von Rileys Mitarbeiterin überlassen bekommen hatte."

„Das habe ich aber nicht."

„Nein, in der Tat. – Am Ende haben wir die Bronzen bei Mister Monroe gefunden, der sie sich wohl für schlechte Zeiten aufbewahrt hat. Um mich zu erpressen oder ähnliche unschöne Dinge. Wir haben das aber im Keim erstickt."

„Also ist das sein Blut, das Othello erschnüffelt hat."

„Wen interessiert das schon so genau?" Kavanagh brachte den Wagen zum Halten und stieg aus.

„Endstation!", verkündete er mit einem breiten Lächeln.

Megan wagte einen Blick durch die Seitenscheibe und nahm zuerst überhaupt keine Landschaft mehr war; als würden sie irgendwo … schweben. Doch dann begriff sie, dass der Wagen unmittelbar an die Klippe gefahren worden war und darunter nichts als das schäumende Meer zu finden war, in dem sie wohl ihr Leben aushauchen sollten.

Unweigerlich drehte sie sich zu Grant um, der ihre Hand drückte. Die Geste hatte nichts Aufmunterndes; vielmehr etwas sehr Gefasstes an sich. Ihr Herz rutschte ihr direkt in die Hose und sie fragte sich, ob das nun wirklich das Ende sein konnte.

Ihre freie Hand fand Othellos Kopf, den sie nervös streichelte. Natürlich spürte er, dass etwas ganz und gar nicht stimmte.

Als ihre Tür aufgerissen wurde, fuhr sie regelrecht zusammen. Der finstere Bill, der Morgan ohne mit der Wimper zu zucken erschossen hatte, packte Megan und zerrte sie aus dem Wagen.

Othello schoss nach vorne und wurde hart getreten, flog mit einem Jaulen zurück, das Megan das Herz brach.

„Lassen Sie ihn in Ruhe!“, brüllte sie und ging vor ihrem Hund auf die Knie. „Verdammter Mistkerl!“

Grant stellte sich vor sie und taxierte die beiden Männer, die mit ihren Waffen keinen Zweifel daran ließen, wer in der überlegenen Position war.

Kavanagh trat an den felsigen Rand der Klippe und wagte einen Blick hinab, dann drehte er sich um.

„Es gibt zwei Möglichkeiten“, erklärte er außerordentlich gelassen. „Entweder wir stoßen euch über die Klippe, oder ihr springt freiwillig.“

Megan atmete zittrig ein und tastete sich mit dem Fuß ein Stück nach vorne.

Grant stand neben ihr, angespannt bis in die letzte Faser, nicht zuletzt, weil Bill ihm den Lauf seines Sturmgewehrs in den Rücken presste.

„Wenn Sie noch etwas zu sagen haben“, erklärte Kavanagh von hinten. „Dann wäre jetzt sicher nicht der schlechteste Moment.“

Megan hatte wirklich kein Bedürfnis, eine Rede zu halten. Vielmehr hatte sie den Drang aufzuschreien und weinend um ihr Leben zu flehen. Doch da sie wusste, dass es sinnlos, bestenfalls erniedrigend war, unterdrückte sie den Impuls und presste fest die Lippen zusammen.

„Ich habe tatsächlich etwas zu sagen“, erklärte Grant zu ihrer Überraschung.

Als sie den Blick hob, lag etwas in seinen Augen, das es schaffte, den bevorstehenden Tod für einen Moment gänzlich in den Hintergrund zu drängen.

„Aber fassen Sie sich kurz, Mister Grant. Unsere Zeit ist begrenzt, insbesondere die Ihre.“

Er ließ sich nicht ablenken von Kavanaghs Worten und sah Megan fest an.

„Ich hab so vieles falsch gemacht“, sagte er, scheinbar ohne von den beiden Männern Notiz zu nehmen, die sie töten würden. „Ich habe vor allem zu lange gewartet. Mit fast allem.“ Er fasste sie im Nacken und küsste sie innig. Die Berührung war so drängend, dass sie es beinah schaffte, die Spannung aus Megans Körper zu spülen. Als er wieder von ihr abließ, strich er ihr das Haar zurück und deutete ein Kopfschütteln an. „Wenn es überhaupt jemanden gibt, mit dem ich es ertragen kann, in Ermangelung von Alternativen über eine Klippe in den Tod zu stürzen, dann bist du es.“

Megan stockte der Atem, und ihr Blick trübte sich. In Rührung und Angst mischte sich schier unendliches Bedauern.

Grant kniff die Lippen zusammen und schloss für einen Moment die Augen. „Es tut mir leid“, hauchte er. „Du hättest mich niemals begleiten dürfen.“

Megan versuchte sich an einem schwachen Lächeln. „Du hättest mich niemals davon abhalten können.“

„Gut, Herrschaften. Auch meine romantische Ader kennt ihre Grenzen“, drängte Kavanagh, woraufhin Grant Megan noch einmal an sich riss und hart küsste.

„Wenn ich schreie, nimm meine zweite Hand“, hauchte er schnell an ihren Lippen, als er von ihr abließ.

Es blieb keine Zeit, nach einem Plan zu fragen. Es blieb keine Zeit ihm zu sagen, dass er sich unter keinen Umständen für sie opfern dürfte, denn die Gewissheit, dass genau das sein Plan war, raubte ihr den Atem.

„Wir sind soweit“, erklärte Grant.

Kavanagh zog eine Braue in die Stirn. „Sie zuerst? Oder wollen Sie, ganz schottischer Gentleman, der Dame den Vortritt lassen?“

„Wir springen zusammen“, gab er ernst zurück. Nichts in seiner Miene ließ darauf schließen, dass das eine Art von Bluff war. Zu diesem Schluss schien auch Kavanagh zu kommen, der Grant eindringlich musterte und dann nickte.

„Bill“, sagte er. „Hilf den Herrschaften ein wenig auf die Sprünge, falls nötig!“

Der Sicherheitsmann trat ein wenig näher und bohrte Megan den Lauf seiner Waffe in den Rücken, so dass sie mit bebenden Knien und einer Panik, die ihr den Brustkorb sprengen wollte, an den steinigen Rand der Klippe trat. Die Steinchen, die sie dabei lostrat, fielen geräuschlos ins Nichts.

Für einen Moment schloss sie die Augen und nahm einen tiefen Atemzug. Dann fasste Grant nach ihrer Hand und drückte sie fest.

Er trat mit ihr an die Kante. Othello, der dieses Vorgehen offenbar für sinnlos und gefährlich gleichermaßen hielt, blieb ein Stück zurück, bis die Leine spannte.

Dann plötzlich stieß Grant einen Schrei aus und Megan handelte automatisch. Sie packte seine zweite Hand und noch ehe sie begriff, was geschah, wurde sie herumgewirbelt.

Etwas schlug hart gegen ihre Knie. Oder vielmehr schlugen ihre Knie hart gegen etwas. Bill! – Grant hatte sie gegen ihn geschleudert und dann losgelassen, so dass sie benommen übers Gras rollte.

Schnell rappelte sie sich wieder auf. Bill kam benommen auf die Knie, streckte die Hand nach seinem Sturmgewehr aus.

„Othello!“, rief Megan. „Fass!“

Der Schäferhund sprang sofort auf und packte Bills Genick, der vor Schmerz aufbrüllte und mit einer solchen Kraft herumwirbelte, dass Othello fortgeschleudert wurde; geradewegs auf den Rand der Felsen zu.

Megan hechtete hinterher und bekam ihren Hund am Geschirr zu fassen. Doch er war so schwer, dass sie mit ihm über den Rand der Klippe rutschte.

Sie versuchte, sich panisch festzukrallen, doch die scharfkantigen Felsen zerschnitten ihre Finger und boten ihr keinen Halt.

„Grant!“, schrie sie aus vollem Hals und in absoluter Todesangst. Ihr Bein rutschte über die Kante, während Othello in seinem Geschirr strampelte, und alles noch schlimmer machte.

Er kugelte ihr schier den Arm aus und als sie vor Schmerz für einen verhängnisvollen Moment die Spannung im Körper verlor, rutschte sie über die Kante. Ihre Hand bekam einen Felsvorsprung zu packen, der ihr die Handfläche zerschnitt, bis sie schmerzhaft aufplatzte.

Das Blut machte ihre Hand rutschig und noch ehe sie es verhindern konnte, verlor sie den Halt. Und fiel in die Tiefe.

Dann ein weiterer harter Ruck.

Jemand packte ihren Arm. Sie schrie auf vor Schmerz.

„Du musst die Beine gegen die Felswand stemmen!“, rief er.

Als sie den Blick hob, starrte Grant voller Anstrengung auf sie hinab. Aus einer Platzwunde an seiner Stirn lief ein Rinnsal Blut über sein Gesicht.

„Los! Tu es!“

Megan gehorchte und stellte die Füße gegen die kantigen Steine. „Okay“, gab sie schwach zurück. Sie spürte, wie das Geschirr mehr und mehr aus ihren Fingern rutschte. „Schnell!“

„Versuch, dich ein bisschen nach oben zu drücken! Dann kann ich euch leichter hochziehen!“

„Das werden Sie nicht!“

Megan sah ihn nicht, doch Kavanaghs Stimme war unverkennbar. Auch wenn sie brüchig klang, als fiele es ihm schwer zu sprechen. Das Klicken, das auf seine Worte folgte, erkannte sie jedoch sofort. Er war bewaffnet! Und auf wen sollte er zielen, wenn nicht auf Grant.

Im nächsten Moment verzog dieser schmerzhaft das Gesicht, da er offenbar getreten wurde.

„Oh Gott, nein“, hauchte Megan. Als sich ihre Blicke trafen, trübte sich ihr Sichtfeld. „Lass uns los.“

„Niemals!“, stieß er zwischen zusammengebissenen Zähnen hervor und schrie auf. Megan sah nicht, was geschah, aber es war nur eine Frage der Zeit, bis sie alle in den Tod stürzten.

„Lass los, Grant!“, verlangte sie noch einmal.

„Ich sagte: *Niemals*!“

„Eigentlich wollte ich keine Kugel in Ihrer Leiche hinterlassen, Mister Grant. Aber Sie lassen mir ja leider keine andere Wahl.“

Als Kavanagh mit der Waffe nähertrat, sah ihn nun auch Megan. Ihre Augen weiteten sich vor Panik.

„Megan!“

Sie sah Grant an, der angestrengt den Kopf schüttelte. „Sieh nicht hin! Schließ die Augen. Denk an etwas Anderes. Sei an einem anderen Ort!“

Ohne es wirklich zu wollen, gehorchte sie und schloss die Augen.

Und dann zerriss ein Schuss die salzige Luft.

XIII

Megan versuchte, ihren Geist an einen anderen Ort zu beamen und sich nicht auszumalen, was vor ihren geschlossenen Lidern geschah.

Gleich würden sie ins Nichts stürzen und – insofern das wirklich ein Trost sein konnte – sofort tot sein!

„Ich nehme sie!“

Das war nicht Grants Stimme. Megan riss die Augen auf und … blickte geradewegs in Gonzales Gesicht.

„Sie?“, fragte sie beinah empört. Grant lag neben ihm und wirkte, als wäre er kurz vor der Ohnmacht. Es war ein Wunder, dass er Megan in diesem Zustand überhaupt noch hatte festhalten können. Und Othello.

Gonzales jedoch packte kraftvoll mit beiden Händen ihren Arm und zog sie scheinbar mühelos in die Höhe.

„Nehmen Sie ihr den Hund ab, wenn sie hoch genug sind“, wies er Grant an, der sich auf die Knie kämpfte und nah an die Kante heranrobbte. Als Othellos Geschirr in Griffweite kam, packte er beherzt zu und erlöste Megans Arm. Und sie selbst. Zusammen mit ihrem Hund wurde sie über die Kante gezogen und landete völlig entkräftet im Gras.

Als sie die Augen aufschlug, blickten sie sechs Augenpaare an.

„Geht es dir gut?“, fragte Grant.

Gonzales griff nach ihrer zitternden Hand und betrachtete die Innenfläche, die zerschnitten und blutüberströmt war.

„Ich könnte ein Pflaster vertragen“, entgegnete sie mit einem schwachen Lächeln und schloss wieder die Augen.

Plötzlich raschelte etwas hinter ihr.

Grant und Gonzales schreckten auf.

Doch Letzterer war schneller.

Er zog eine Waffe, die er irgendwo unsichtbar am Körper getragen hatte, und schoss Kavanaghs Sicherheitsmann, der nach seinem Gewehr hatte greifen wollen, ohne mit der Wimper zu zucken zwei Mal in die Brust.

Dann warf er die Waffe über die Klippe.

„Woher wussten Sie, wo wir sind?“, fragte Grant.

Gonzales erhob sich beinah ruckartig und sah Megan ernst ins Gesicht, die sich aufsetzte.

„Ich war schon viel zu lange hier“, erklärte er und trat einen Schritt zurück.

Grant wollte aufstehen; ihn zur Rede stellen; vielleicht sogar ihn zurückhalten. Doch Megan griff nach seinem Handgelenk und ließ ihn innehalten.

„Danke“, sagte sie zu Gonzales, der kurz nickte und antwortete: „Jetzt sind wir quitt!“

Dann drehte er sich um und stieg in einen Wagen, der hinter Kavanaghs Jeep geparkt war, und fuhr einfach davon.

Epilog

Zwei Wochen später, Fort Augustus:

„Ich will ja wirklich nicht meckern", meckerte Grant und lagerte im Fußraum mit einem demonstrativen Stöhnen sein eingegipstes Bein von einer Ecke in die andere. „Aber ich habe etwas läuten hören, dass meine Familie wohl eine Überraschungs-Willkommen-Daheim-Party geben will, und deswegen sollten wir deinen fragwürdigen Umweg vielleicht verschieben?

Megan warf ihm einen kurzen Blick zu. Erst als sich die Aufregung an den Klippen gelegt hatte, hatte Grant die Schmerzen in seinem Bein realisiert. Kavanagh hatte ihm mit einem kleinen Findling das Schienbein gebrochen, was ihm einen zweiwöchigen Krankenhausaufenthalt beschert hatte. Trotzdem …

„Es dauert ja nicht lange", erklärte sie. „Ich will dir nur etwas zeigen. Ich wollte es dir eigentlich schon am Anfang der Ferien zeigen."

„Bitte höre auf, das Wort Ferien zu benutzen. Ich werde das in Zukunft immer mit Mord und Todschlag in Verbindung bringen!"

„So oder so! Es dauert nur ein paar Minuten und dann fahren wir zu der Überraschungsparty, von der du keine Ahnung hast, weil du deine Tochter natürlich *nicht* mit Bargeld bestochen hast, um an die Information zu kommen."

Er gab ein Achselzucken von sich. „Sie ist ein Teenager. Sie braucht immer Geld."

„Ja, schon klar." Megan bog auf eine schmale Straße ein,

die ihr nur zu gut bekannt war. Unweigerlich fragte sie sich, wie Grant auf ihre Überraschung oder ihr Geständnis oder wie auch immer man es nennen wollte, reagieren würde.

„Fahren wir zu Schule?“, fragte er, der den Weg ebenfalls kannte.

Doch Megan antwortete nicht und fuhr am Schulgebäude, das auch ihre ehemalige Wohnung beinhaltete, vorbei.

Grant runzelte die Stirn und drehte ganz langsam den Kopf in ihre Richtung.

„Fahren wir dahin, wo ich denke, dass wir hinfahren?“

„Nur, wenn du denkst, dass wir nach Tantallon Hall fahren.“

„Das tue ich.“

„Dann: Glückwunsch! Volltreffer!“

Grant wirkte noch immer außerordentlich skeptisch. „Und warum fahren wir in dieses Spukschloss, wenn unten im Dorf Kaffee, Kuchen und leckeres Grillgut auf mich warten?“

Während sie auf die schmale Schotterstraße abbog, die zum großen Tor führte, hinter dem Tantallon Hall und das weitläufige Gelände drumherum lagen, gab sie ein ungeduldiges Geräusch von sich.

„Ich sage doch, ich will dir etwas zeigen!“

„Und ich sage dir, ich weiß, wie dieser Kasten aussieht! Wir wären darin beinah draufgegangen.“

„Ja, ich erinnere mich.“

„Das ist überhaupt eine ganz dumme Angewohnheit, die sich in letzter Zeit bei uns eingeschlichen hat.“

„Ja, ja. Schon gut.“ Sie stellte den Wagen vor dem Tor ab und stieg aus. Grant blickte sie durch die

Windschutzscheibe fragend an. Sein Gesichtsausdruck wirkte in diesem Augenblick nicht einmal ansatzweise so intelligent wie der von Othello, der zwischen den Sitzen hindurchhechelte.

„Na, los! Rauskommen!"

Othello gehorchte sofort. Grant ließ sich ein wenig bitten, reagierte dann aber ebenfalls und lehnte sich gegen die Motorhaube, das Gipsbein von sich gestreckt und die Arme vor der Brust verschränkt.

„Wie gesagt", erklärte er auf ihr erwartungsvolles Lächeln hin. „Ich kenne es."

„Ja", nickte sie und lächelte aufgekratzt. „Aber das da kennst du noch nicht!"

Sie lief zur Seite des Tores, wo erst auf den zweiten Blick etwas mit Plastik überklebt war.

„Was ist das?"

„Ein Schild."

„Ein Schild? Was für ein Schild?"

Als sie sich an den Klebebändern zu schaffen machte, zitterten ihre Finger. Etwas grobmotorisch riss sie daran und schaffte es, die Plastikabdeckung zu entfernen und das Kupferschild von der Größe eines DIN-A4-Blattes zu enthüllen.

Jetzt wurde Grant doch neugierig. Mit zusammengekniffenen Augen beugte er sich nach vorne, um die Inschrift lesen zu können.

Megans Herz schlug heftig, während sein Gesichtsausdruck von Verständnislosigkeit in absolute Verblüffung umschlug.

„Die *Fairchild-Stiftung*", las er laut vor und schüttelte völlig fassungslos den Kopf. „Heißt das -?"

„*Fairchild-Stiftung für eine glückliche Kindheit*", las sie das komplette Schild vor und nickte dann, halb freudig, halb ertappt. „Genau."

„Was … was bedeutet das?"

Megan strich kurz über das Schild und konnte kaum in Worte fassen, was es für sie bedeutete und welche Aufgabe sie sich damit gesetzt hatte.

„Wie du weißt", hob sie an, wobei ihre Stimme plötzlich zitterte, „war meine Kindheit nicht gerade schön. Und ich wünsche mir, oder ich hoffe, dass ich es schaffen werde, mit dieser Stiftung so vielen Kindern, wie nur irgend möglich einen besseren Start ins Leben zu geben; Kindern, die es schwer hatten, die verlassen oder misshandelt wurden; die keiner haben will. Naja …" Sie gab ein Achselzucken von sich. „So wie bei mir eben."

Als ihr plötzlich die Tränen kamen, rang sie um Fassung und hob den Blick zu Grant, um seine Reaktion zu taxieren. Er humpelte heldenhaft zwei Schritte vorwärts und schloss sie in seine Arme.

„Findest du die Idee dumm?"

Er löste sich von ihr und sah ihr fest in die Augen. „Wie kannst du so etwas nur jemals denken?"

„Denkst du, ich schaffe es? Ich meine, es dauert natürlich, aber ich habe mit Ämtern gesprochen und … ich bin ja selbst Pädagogin und wenn ich noch einen zusätzlichen Psychologen einstelle, könnte ich mit einem halben Dutzend Kindern anfangen. Das Haus ist so groß und gut gepflegt. Es hat es verdient, dass es nach all den Grässlichkeiten endlich etwas Schönes zu sehen bekommt; genau wie die Kinder selbst. Das Grundstück hat fast 10 Hektar. Stell dir nur vor, was die Kinder hier alles machen können. Fußball. Tennis. Gartenprojekte. – Und in einen der Flügel wird die Grundschule verlegt. Dann habe ich die Kinder zum Unterricht direkt dort und vielleicht kann ich mit den anderen Lehrern auch zusammenarbeiten für die anderen Kinder. Das weiß ich noch nicht, das …“ Sie lächelte aufgewühlt. „Ich plane noch.“

Grant strich ihr das Haar aus dem Gesicht und blickte hinauf zu dem alten Gutshaus, das genauso schön wie angsteinflößend war, besonders jetzt, wenn seine schieferne Haut in der Sonne glänzte wie schwarze Schlangenhaut.

„Wieviel ist dann von dem Geld noch übrig, jetzt wo du das Gut gekauft und all das in die Wege geleitet hast?“

„Ein Notgroschen. So könnte man es wohl sagen. – Aber Grant, das Geld, das wir für den Fund bekommen haben, ist mir nicht wichtig, es sei denn, ich kann damit etwas tun, das mir wirklich etwas bedeutet. Und *das* bedeutet mir etwas. Mehr als fast alles andere.“

Grant nickte und schloss fest die Arme um sie.

„Ich dachte bis gerade eben, ich könnte dich nicht für noch wundervoller halten. Aber ich habe mich offenbar geirrt.“

Sie lächelte erleichtert und hob den Blick. „Ich war mir nicht sicher, wie du reagieren würdest“, sagte sie. „Irgendwie hatte ich Angst, dass du es für eine dämliche Idee hältst. Naja, es ist ja auch ein bisschen verrückt … irgendwie.“

„Du willst traurigen Kindern ein Lachen bringen und schutzlosen Geborgenheit. – Wie könnte ich das jemals für etwas anderes halten, als die schönste Idee aller Zeiten. Wenn du Hilfe brauchst, ich bin immer da, Megan. Für dich und alle Kinder, die du hier aufnehmen kannst. Und es werden viele sein, das weiß ich. Und sie werden jede Sekunde aufsaugen, die sie mit dir verbringen können.“

Megan lächelte und legte ihren Kopf gegen seine Brust. Sie zitterte noch immer ein wenig, als sie sagte: „Das hoffe ich. So sehr."

Einige Augenblicke blieben sie so stehen, bis Grant sie ein Stück von sich schob. „Jetzt wo du mir so eine Wahnsinnsüberraschung gezeigt hast, habe ich auch etwas für dich."

„Tatsächlich?"

„Mhm. – Wir müssen zu meinem Haus. Es ist in meinem Wagen."

„Na, worauf warten wir dann noch!"

Othello sprang zurück auf den Rücksitz, Grant humpelte zur Beifahrerseite und Megan, beschwingt von der Gewissheit, dass sie seine Unterstützung und Wohlwollen bei ihrem Riesenprojekt hatte, hüpfte auf den Fahrersitz.

Die Sonne schien auf die Highlands. Auf den Hügeln und in den Tälern wiegte der Wind das Gras in seinem Takt und die kleinen Schafherden verteilten sich, soweit das Auge reichte.

Megan konnte es nicht anders sagen: Sie liebte ihr neues Zuhause. Es war einfach atemberaubend und auf die natürlichste, rauste und wildeste Art, die man sich vorstellen konnte, wunderschön.

Als sie den Wagen vor Grants kleinem Cottage parkte, zog er die Brauen in die Stirn.

„Haben sie die Wagen versteckt?", fragte er und Megan lachte.

„Ja. Alle haben unten hinter dem Hügel geparkt."

„Raffiniert – Los komm zu meinem Wagen!"

Er stieg humpelnd aus und ließ den Kofferraumdeckel seines Autos in die Höhe schnellen. Megan und Othello folgten ihm und sahen zu, wie er auf einem Bein stehend in den Kofferraum gebückt eine Kiste durchwühlte, die offenbar die unterschiedlichsten Unterlagen enthielt.

Als er sich wieder zu Megan herumdrehte, hielt er einen Ordner in der Hand.

„Ich habe ein wenig nachgeforscht“, hob er an, doch Megan schüttelte den Kopf.

„Ich habe dir doch gesagt, dass ich diesem Gonzales nicht hinterherschnüffeln will. Schon gar nicht jetzt.“

„Dieser Ordner hat nichts mit Gonzales zu tun“, widersprach Grant und legte sich offenbar sorgfältig seine Worte zurecht. „Ich habe eine Zeitlang überlegt, ob es richtig ist, dir die Unterlagen zu geben. Aber nach zwei Wochen Krankenhausaufenthalt und der dazu passenden Zeit, Gedanken hin- und herrollen zu lassen, glaube ich es.“ Er reichte ihr den Ordner, den sie perplex anstarrte. „Ich lasse dich ein paar Minuten allein damit. Wenn du ihn haben willst, nimm ihn. Wenn nicht, wirf ihn einfach zurück in meinen Kofferraum. – Überleg es dir einfach.“

Als er sie auf die Wange küsste und umständlich eine 180-Grad-Drehung vollführte, hob sie den Kopf.

„Wo willst du denn hin?“

„Na, es wartet doch eine Überraschungsparty auf mich. – Ich sage allen, dass du einen Anruf hast, und gleich reinkommst.“ Er lächelte, nein er strahlte sie an und nickte. „Bis gleich, ihr zwei.“

„Ja, bis gleich“, murmelte Megan und sah wieder auf den Ordner hinab. Sie setzte sich auf die Kante des Kofferraums und wartete einige Sekunden, bis sie ihn aufschlug.

Das Papier war alt, das war das erste, was ihr auffiel. Formulare, die vielleicht sogar mit einer Schreibmaschine ausgefüllt worden waren. Sie überflog die Zeilen, blätterte vor und zurück und begriff minutenlang nicht, was sie da vor sich hatte.

Dann sprang ihr ein Formular ins Auge, das ihr Herz zum Stillstand brachte: *Antrag auf Sorgerecht.*

Megans Herz pochte schmerzhaft in ihrer Kehle, als dieser Hefter und seine zahllosen Unterlagen endlich einen Sinn zu ergeben begannen.

Es waren Sorgerechtsanträge. Gestellt über mehr als zehn Jahre hinweg, mindestens ein Dutzend davon. Es waren Klageabschriften vom Familiengericht dabei, Gutachten, Widersprüche und Begründungen, warum Melissa Fairchild weiterhin das alleinige Sorgerecht für ihre Tochter Megan behalten sollte.

Ihr Blick verschwamm und eine fröhliche Gruppe Menschen brüllte im Hintergrund „Überraschung", als sie auf den Namen des Mannes stieß, der sie niemals aufgegeben, der vielmehr bis aufs Blut um sie gekämpft und doch verloren hatte.

Grant hatte ihn gefunden.

Ihren Vater.

Ende

Inhaltsverzeichnis:

Impressum:

Lara Steel
c/o **Papyrus Autoren-Club**
Pettenkoferstr. 16-18
10247 Berlin

Impressum:

Lara Steel
c/o **Papyrus Autoren-Club**
Pettenkoferstr. 16-18
10247 Berlin